孽種

司馬中原 著

孽種 目錄

一 被天神鎖禁的巨龍

翻開中原地域的歷史去看，飢荒的年成幾乎是接踵著的，市井的兒歌也那麼唱出：老天怎麼不睜眼？十年倒有九年荒！

實質上，在魯豫蘇皖各省區，鬧荒總是和那條經常作怪的黃河有關。人們相信荒渺的傳說，說是黃河心的下面躺著一條被天神鎖禁的巨龍，那條河流在巨龍的脊背上，當巨龍入睡的時候，黃河是平靜的；當巨龍醒時，略動一動身軀，或是擺擺尾，或是搖搖頭，黃河一定倒口子，洪水決堤而下，滾滾滔滔的一瀉千里，所經之處，人畜橫浮，廬舍為墟。

每年大汛期，黃河要是決了堤，人們不說它是決堤，都驚呼著：龍翻身了！龍擺尾了！可見這條存在於人們意識裏的巨龍，是一條邪惡的孽龍，即使被天神鎖禁著，還要為害人間。

如果那年汛災的災區不大，人們逃荒的路線多半是由西北逃向東南，如果災荒的情形嚴重，波及到黃河南岸各省區，災民們也會一反常例，從東南越過黃河，逃向陝晉冀各省去的。

當然水澇只是形成荒災因素之一，其他像蝗災、澇後的瘟病時疫，或是風不調雨不順的歉收，也都足以造成地域性的荒年。在官府昏聵，民智未開的年代，人們對於這些自然的災患幾無抗拒的能力，要怪，也只能怪老天，為何把這些痛苦的災劫不斷撒向人間？

遇上災荒的年成，賣兒賣女的，餓死荒郊的，甚至於定下出售菜人的規例，形成人吃人的慘事。遠的不說，單在前清一代，和戰亂頻仍的民初，就發生過多次，紀曉嵐的「閱微草堂筆記」裏，很生動的記載過吃人肉的事實。

儘管這些事實被摒諸編年史之外，但它在民間心目裏的重要性，卻遠超乎朝代的更迭或帝王的崩殂。總之，黃河是關乎中原治亂的河流，這是被廣大民間一致認定的。

江蘇北部的重鎮銅山，後來改稱北徐州，它雖然距離今日的黃河河道很遠，但它在黃河河道變遷的歷史上，以及在每一次大荒的年成，這些城市都具有關鍵性的地位。

因為它地處黃河下游，在古老的年代，黃河幾度改道，俗稱黃河奪淮，民間又管它叫龍擺尾，這麼一擺，正擺在銅山城西。後來黃河又改了今道，但它迤邐千里的舊道卻留了下來，一望無際的砂磧鋪展著，風絞動著它們成為粒粒幽靈，在人耳際吐著它們的怨語。它們有的來自天山北麓，有的來自陝甘高原，隨著湍急的流水流落到這裏，黃河的故事總是帶著淚水和血跡的。

如今，黃河舊道在形象和感覺上，完全和流淌著的黃河一樣，只是缺少渾濁的流水而已。這條黃河舊道，是荒災年月逃難人群慣走的道路，他們知道只要順著它斜向東南走去，閉上眼也能摸到江蘇的徐州府。

多少年來，北徐州已變成災民麕集的地方，從九里山口、偏北的雲龍山麓，一直到東郊的黃河灘上，災民們搭起的拱型蘆棚子，比得上三國演義中的七百里連營。事實上，那只是黃河故事當中的一章。

黃河直接或間接引發的災難，對於人們的影響是多方面的。滿清各朝，在治河工程上花費了不知多少銀兩，但多半中飽了主事官吏的私囊；河兩岸的部分居民為搶灘地，不惜使河道曲折，水流不暢，這種損人肥己的自私行為，也是增加水患的原因之一。

民初有位縣知事在實地勘察了他轄境內的黃河河道情形後，斷言預先整治黃河，必先理直水道，他願從他的轄境做起。但當他下鄉去勸說佔有灘地的民眾時，那些村落架起子母炮來拒絕他入村，可見民間少數愚昧自私的人，對損及他們既得利益的任何改革措施，都形成很大的阻力。

像在北徐州這種城市，荒災造成的買賣人口交易，使萬福里和金谷里那一帶興起畸形的繁榮，娼館林立，茶樓櫛比，賣身的、獻唱的，都是災民賣出去的妻女，善心的人為賑濟災民毀家折產的有之，但利用災民苦痛投機取利的更有之，黃河使受災難的人們互相扶持，彼此溫慰，黃河也藉著災難暴露了某些人冷血的心腸！

在銅山東郊萬福里幫閒打混的華福生就是在災難中撿便宜的典型人

物，這個出生在當地的混混，和黑白兩道都沾不上邊，但他走夾縫的本領卻更勝過牆上的壁虎。他沒念過書進過塾館，不懂得棋琴書畫和詩酒流連，陽春白雪幫不上邊兒，而哼歪曲、拎鳥籠、作掮客、交酒肉朋友、打架鬧事、出餿主意、眠花宿柳、訛吃詐騙這類下里巴人的勾當，他卻是老太婆頭上的簪子——路路皆通。

光緒年間，黃河起大汛，許多萬災民逃至北徐州，黃河灘上的風沙裏，插草為標賣兒賣女的形成一個市場，華福生就成了販賣人口的掮客，專替萬福里幾家娼戶的老鴇跑腿，買進些略具姿色的年輕閨女，送她們進火坑。

他本身會拉上幾段胡琴，受聘為娼寮裏的雛兒們教唱，和老鴇們同鍋吃飯，一鼻孔出氣，穿吃花用的，也都是人家的皮肉錢，說他是半個龜奴，也並不為過。

「鬧荒鬧災麻，這都是老天注定的劫數，沒啥好怨的！」這種論調成了他的口頭禪：「黃連樹底下，照樣有人彈琴，萬福里生意興隆，不就是個現成的例子嗎？」

對那些苦中作樂的嫖客來說，華福生這種自私豁達的論調，當然最對他們的胃口了。他的人頭熟，路子廣，又能言善道的能替娼戶招徠生意，日子過得滿愜意的。他年過四十沒成家，卻姘上了娼寮裏的一個老妓叫金貝的，金貝的年紀雖然大了一點，但當年她卻是風靡銅山城的尤物，綽號叫做哆蟲，華福生在風月場裏打滾多年，當然懂得女人的妙處，要不然，他不會拋開那些鮮嫩的雛兒，單單和金貝軋在一堆了。

至於這個哆蟲究竟哆到什麼程度，華福生當然不願抖開來形容，照一些老客人的說法，說是有人慕名去找哆蟲，見了面，奉了茶，哆蟲略施哆功，沒輪著上床落枕，對方就打了退堂鼓，——回家洗褲子去了！不過，在華福生軋上金貝的時候，金貝早已紅過紫過了，至少在外表上人老珠黃，門前冷落啦。琴師軋老妓，門戶倒也相當，所以，金貝對華福生倒也滿真心的，耗得他咳咳喘喘，連腰都挺不起來了。

華福生這個天生具有賭徒性格的龜奴，並不以贏進金貝這個籌碼為滿足，他對那些新買進來的嫩蕊鮮花，一樣的胃口十足，有些膽怯溫馴的，當然輪不到他，老鴇自會找到肯花大錢的恩客，點上紅蠟燭替她們梳櫳。

偶爾遇上一些至死不肯接客的，華福生就會夥著幾個壯漢，來他一個豪奪了。

「這些黑脊梁溝子的丫頭也真想不開，」事後他托著鳥籠品評說：「她們也沒想想，人家花了銀子把她們買到萬福里來，會焚香點蠟把她們當成女菩薩供奉著？月黑頭撒溺，——連鳥影兒全沒有！來到萬福里，只有一條路，那就是叉開兩腿過日子，替娼館搖錢。」

「你它娘白佔便宜，還要風涼啊！」

「這不是風涼，老鴇母不願和她們乾耗，女人整腦殼，死命護著的，就是那麼一點，一通破了，她們也就乖啦。」華福生邪笑著：「其實，一個哆蝨，業已榨乾了我的骨髓，我是端人家的飯碗，不能不替老鴇母鞠躬盡瘁啊！」

華福生在這方面佔了便宜，而哆蝨也並不輸他，照樣開開後門，讓年輕的漢子進進出出，華福生朝她瞪瞪眼，金貝就發潑起來：

「怎麼著？兩眼瞪得白果似的，你以為你是老娘什麼人?!穿沒穿你的，吃沒吃你的，你吃你的嫩草，我啃我的山藥，本就兩不相干！」

「噯，你嗓門甭這麼大，好不好？」華福生說：「咱倆同睡一個熱被窩這麼久了，雖沒有三媒六證，不是什麼正經夫妻，但我姓華的總是在這一帶混的，你多少替我留點面子。」

「既不是正經夫妻，綠帽子上不了你的頭，你就管不著了！」金貝一點也不替對方留面子：「老娘是愛跟誰就跟誰！」

吃軟飯的男人差一根脊梁骨，金貝橫下心一撒潑，做男人的立時就矮了三寸，爭吵的結果是不了了之，金貝那個老嗲蟲，照樣開她的後門，送往迎來，華福生只有藉著遛鳥為名，早晚拎著鳥籠子，蹲在黃河灘上吞飲沙風。受了金貝那個姘婦的氣，想來就覺得太窩囊了，即使碰上一夥廝混得挺熟的狗肉朋友，也都講不開口，問題擰成一把疙瘩，解又解不開，只好把它扔在一邊不去想了，轉想一些痛快的，和胡七朱八他們瞎扯起來。

「人說吃嫩貨是補人的，我看不見得！」他說：「最近娼館有好幾個不聽話的嫩貨，老鴇央我硬開弓，害得我鬧了半個月的腰疼！」

「你不怕傷陰德嗎？」胡七說：「日後會有報應的。」

「不要瞎扯了！」華福生說：「我沒兒沒女，連個姘頭也都是撿來的破鞋，有什麼好報應的？」

這話說了不久，麻煩就來了。金貝那個老嗲貨，居然替他生下一個女兒來，這個女兒的鼻子眼睛沒有一處像華福生，華福生把指頭扳來扳去的數算，怎麼算，這個女兒也不是他下的種。

「你說實話，她究竟是誰的？」

「這本糊塗賬你也不用費神去算啦。」嗲蟲說：「孩子落了地，總得有個姓，外面既都知道我們軋姘，不讓她姓華，難道還要讓她姓別的？你撿個現成的爹做，還皺什麼眉毛？老實講，我讓她姓華，還是替你留面子！」

那年是光緒甲辰年（即民前八年），華福生撿到的是個龍女，不知是哪條孽龍生的？金貝替她取個乳名叫小玉，冠上個華字，也就成了她的名字了。

華福生起初對當這個空頭爸爸，胃口缺缺，後來轉轉念頭，覺得金貝這個老尤物，要是生了個小尤物下來，也是一棵極好的搖錢樹，說不定自己老了，還要靠她呢！小玉的模樣兒長得俊俏，又細皮白肉，一把能捏出水來，可見日後定是個美人胎子。老妓的閨女，將來脫不了還是幹這一行，如果自幼就調教她吹彈拉唱，等她到了二八年華，那不是風靡銅山城了嗎？……正因他有了這個念頭，他這個假爸爸對小玉倒是真心的呵護起來。

從光緒到宣統，滿清末年的政局動盪，內憂外患紛沓而來，但對華福生這種井底下的蛤蟆來說，那都是天外的事情，什麼和洋人交戰啦，割地賠款啦，南方鬧革命啦。和他好像都沒啥相干，他照樣遛他的畫眉，照樣咳咳吐吐的坐茶館，並且對那些事表示他的看法說：

「管他呢，我們在這行混飯吃的，都是在蹚渾水，水越渾，咱們越有撈頭，哪路的兵爺來這兒，離得開男男女女啊?!拿這兩年來說罷，沒有辮帥帶來的這些老總，萬福里的人恐怕只有喝西北風啦！」

對於頻仍的災難造成人們的家破人亡，流離失所，華福生直認那是命運，凡事都是由天定的，關心和不關心都沒有什麼不同。

「黃巢殺人八百萬，在數難逃，咱們是吃浮食的魚，有了就搶著吞一口，天下滔滔，咱們管不著。災民賣兒賣女，咱們出價，這完全是交易買賣。像我這種人，今生都修不了啦！哪還有心去修看不見的來生?!」

說爽快，這個老龜奴也真爽快，這幾句話，業已把他的肝腸屎肚兒全掏出來了，他的人生觀就是這個樣，什麼同情憐憫之類的，對他而言，都是不切實際的酸話，胡琴拉拉，淫曲兒唱唱，自得其樂就是樂。災民的女兒賣進娼戶，經他開過的也有十七八個了，說什麼報應，他壓根兒沒見著，要說有，那就是金貝丟下女兒，跟年輕的野漢子捲逃掉了，這也算不了什麼，那個老殼子已經人老珠黃，嗲也嗲得變了味，有她沒她根本無所謂，好在小玉這顆明珠還握在自己的手上，眼見就有大賺頭，怕什麼？

這一年，小玉虛歲叫十五啦，一顰一笑，一舉一動，完全是自來嗲，比她媽做出來的嗲，更要嗲上十分。華福生教她彈洋琴、打小板、唱小曲，教什麼她會什麼，這粒青果還沒紅透，業已叫人見著就流出口涎來了。有人出價六十塊大洋替她開懷，華福生都搖頭不答應，他認為再等個兩年，單這筆梳櫳費，就能賺進上千。

不過，那只是他單方面的如意算盤，這一回，北徐州一帶，不單鬧起前所未有的大旱，而且兵來馬去，那些北洋的將軍帥爺們，像走馬燈般的在這個軍事重鎮上輪轉著。有些亂兵，班不成班，排不成排的，撞進萬福里來，白吃外帶白嫖，嚇得華福生把小玉藏在床肚下面，恐怕小玉被亂兵糟蹋了，他的上千大洋的梳櫳費，就泡了湯啦！

「我說，華老頭，你帶了小玉耗在萬福里可不是辦法，」老鴇對他說：「你還是趁黑帶著她，外鄉去避一避，等到平靖了再回來，要是小玉被亂兵大爺找著，鍋底兒搗爛了，一口湯水都沒有你喝的。」

逃也是要逃的，該朝哪兒逃呢？華福生可犯了疑難了啦。這些年來，他過慣了拎鳥籠坐茶館的日子，人也五十好幾快望六了，酒色掏虧了身子，要他出門披星戴月趕長路，還沒動身兩腿就發軟啦！

花了幾文錢找人卜卦，卜者說是該朝西北走，日後會遇上貴人扶持。華福生信了他，那年冬天的夜晚，他收拾了一些隨身的細軟，雇了兩匹驢子，讓小玉用鍋灰抹臉，換上破舊的襖褲，扮成貧困的農家閨女，離開萬福里，沿著大隴海鐵路直奔西北。有人說，玉帥轄區裏，情形要好一些兒，那就先到河南跑跑碼頭也成。自己拉琴，讓小玉唱唱小曲兒，多少有些進項，餓不死人的。萬一要是遇上肯出重價的主兒，乾脆把小玉賣了，揣上一筆，也足夠自己養老，小玉根本是金貝那老嗲蟲和野漢子生的，不是自家骨肉，賣了她傷皮不傷骨，也未嘗不可；只是小玉不知道罷了。

出門趕到河南省境內，華福生又再撥算盤，他覺得小玉這雌兒長得太艷了，萬一在駐了北洋軍的大碼頭上，遇見蠻橫的大頭兒，不給一文硬奪了去，使自己的夢變成泡影，那本就蝕大啦；要是走過分偏僻的荒鄉，遇上桿子和霸爺，一樣是人去財空，血本無歸。看來只有揀些小鄉鎮串著走，才比較安穩點兒。

黃河雖沒起汛成災，但年景不好，市面蕭條，到處都差不了許多，長途趕旱串著鄉鎮走，靠著唱曲兒維生，這種淒涼的光景，和華福生當年賺人皮肉錢，挑魚揀肉的日子比起來，那可就全然不同啦。小玉不明白這些，奇怪做爹的為什麼放著安逸的日子不過，要離開銅山，跑到河南省境來餐風飲露？華福生苦著臉，顯出一副關切的神情回答她說：

「小玉，你也算是大人了，應該明白做爹的這番苦心。爹這一輩子少德無能，拉兩手胡琴，編幾條俚曲，在萬福里靠老鴇子吃飯，算是半個龜奴；你媽是個沒良心的賤貨，拋下你不管，跟野漢子跑了，你該睜眼看看，萬福里是個什麼樣的地方？爹再怎麼樣，也不忍把親生的骨肉推落在那種火坑裏面。如今，北徐州兵來馬去的，那些亂兵到處竄，像亂葬坑紅了眼的食屍野狗，你要落到他們手上，還成個人嗎？我一大把年紀了，若不是為你著想，八抬八托的轎子來抬我，我也不願出來受這種苦了！」

接著，他又告訴小玉，說是窮點兒苦點兒都不要緊，只盼日後她能嫁到好人家去，不愁衣，不愁食，也是他老年唯一的依靠。

「你想想嘛，小玉，爹是個荒唐漢子，如今在世上，只有你這麼一個獨生女兒了，不靠你還靠誰？」

華福生這些言語，聽在小玉的耳裏，當然是深信不疑，因為從來沒有人告訴過她的身世，她把華福生一直看成親爹，做爹的既然處處為她著想，她僕僕風塵忍受點兒辛苦，自然算不得什麼啦！

他們從豫東轉豫北，流落了一冬一春。他們用黃河兩岸的沙風洗臉，宿過古廟，投過野店。在麥場角，碾盤邊，在月光下，街廊中，煙霧騰騰的小茶館裏，到處拉琴唱曲，討些賞錢度日。華福生拉動弓弦時，不能不承認自己是老了，連拉了多年的簡單的小曲子，手指都控不住琴弦，拉起來沙啞又顫抖，幾乎不成曲調，虧得小玉天生一副又甜又脆的好嗓子，把琴聲遮掩了，才勉強撐得住場面。豫北那一帶地方，本身的年景不好，民性又非常儉樸，無論小玉的曲子唱得多麼好，也沒有什麼油水好撈。

不過，在荒涼貧瘠的地方，淳厚的民風卻使得老弱多病的華福生感到內疚神明，想想當年河南的災民湧到銅山，他是怎樣對待人家的？如今自家流落到這個省份來，一路上，人家是怎樣對待自己的？兩下裏一比較，不由不相信頭頂上真有神明了，十年風水輪流轉，對方以德報怨，愈使他覺得日夕不安，恐懼著真正的報應就快臨頭了。

水土不服加上心理恐懼，華福生說病就病倒下來，住在小客棧裏，一拖就拖了幾個月，延醫服藥也不見起色，把身邊帶的錢都花光了！他經常寒熱大作，夜晚做惡夢，遇見陰司的鬼卒來鎖拏他，鐵鍊抖得叮噹響，把他押到閻羅殿去受審。他當年販賣人口、逼良為娼那些事，一宗宗都列成他的罪案……從夢裏驚醒，嚇出了一身冷汗。

小玉賣唱很辛苦，得些賞錢也僅夠支付房費，連治病抓藥的錢也張羅不出了。

「爹，這樣下去怎麼辦呢？你的病總是要治的呀！」

「我的病倒不要緊。」他說：「我想，我們不能再在河南省境待下去了……妳不用問為什麼，一天不離開這裏，我的病是不會好的。」

「那，我們該朝哪兒去呢？」小玉說。

「朝山西去吧。」華福生說：「聽說晉城那一帶，我們北徐州的老鄉也有不少，我們不妨去試試。人離家久了，得先找個能落腳的地方。」

「不論朝哪兒去，總得等您病好了才能上路啊！」

「我一天都不願意多等。」華福生喘息著說：「沒錢僱騾車，妳就想法子找輛手車來，推著我走，好在腳下離晉城不遠，我還挺得住的。」

離開河南不是為旁的，只是一種逃避，逃避他自己內心的譴責，就算到了山西又怎樣呢？華福生根本沒有打算，一心只想替小玉找個有錢的主兒，賣了她換一筆錢，留給自己養老。金貝對不起他，跟野漢子捲逃，他就賣了她的女兒，算她還債，這樣一扯平了，兩造都不吃什麼虧。但他心裏計算的，小玉都蒙在鼓裏。

在晉東南那一角落，晉城算得上是個較大的碼頭，市面繁榮，交易茂盛。華福生找了一家規模較大的茶樓，談起帶女兒拉琴唱曲的事，茶樓的趙老闆把小玉叫來，先看她的人品長相，再試聽了她的曲兒，表示非常的滿意，他說：

「華老頭，你這閨女雖說年紀還小，論資質，她可是一等一的，你讓她穿著破舊的衣裳，在鄉鎮小地方串著唱曲，真把她糟蹋了，我願意按月付包底，留你們在這兒駐唱半年，我敢說不到兩個月，她準紅。」

「我們初到貴地，完全找不著門路。」華福生說：「一切都仰仗趙老闆您的大力幫忙啦！」

在晉城唱了兩個月，並沒有如趙老闆預料的紅起來，生意人都很現實，華福生只有捲起鋪蓋捲兒，帶著小玉再上路了。有人告訴他，唱曲賣藝走江湖，從來打西北朝東南去，到京滬蘇杭那一帶，人們日子富足，有那份閒情翹起二郎腿，泡盅蓋碗茶，悠哉遊哉的聽戲聽曲兒。在苦寒的北方，只有平津一帶是個好去處，再不然，巴上省城也還有幾分混頭，在縣城裏唱一輩子，也紅不了人的。

「如今，你只有兩條路好走。」旁人對他勸告說：「一條路就是先到太原府，巴上大碼頭試試運氣；另一條路就是找個荒鄉僻角去拓地開荒，安家落戶，不用再彈琴唱曲走什麼江湖了！」

華福生也明白，他當初帶小玉出來，實在是選錯了路，不該朝西北走的，假如真去京滬蘇杭，遇上豪客老爺，憑小玉這塊料子，撈得到一票大的，自己也就不用這樣辛苦了。但走出千里到了這兒，再說回頭話已經晚啦，到太原就到太原吧，與其在這兒耗著，不如走一步算一步了。

這一回，華福生不再耽誤時間，他買了車票，搭火車到白圭，再轉同蒲鐵路的車到太原。由於人生地疏，到了省城也打不開局面，他心裏鬱悶，毛病又發作了。

「我說爹，您究竟要帶我跑到哪兒去呢？」小玉說：「這兒不是我們賣唱討生活的地方，您都上年紀了，身子又孱弱，這樣漂流浪蕩的跑下去，可不是辦法呀！」

「我算是走霉運，竟把妳領到這種地方來，」雖然喘喘咳咳的，華福生還是不死心，抓住小玉的手說：「等我病好了，我們再湊合點盤纏，到平津去試試吧！」

「說真話，我可不願再走了。」小玉說：「一個人走紅也得看貨色，我不怕傷您的心，就憑您教我的這一些俚曲兒，土氣巴拉的，上不得檯盤。在那些通都大衢裏，名角兒多得很，再怎麼也輪不到我露頭角，您還是死了這條心吧。」

「妳不肯走，耗在太原，咱父女倆拿什麼過日子？」

「朝鄉下走也是一條路。」小玉說；「越是荒涼的城市村鎮，越容易生根，我這些俚曲兒，只配唱給那些沒見過世面的人聽咧！」

華福生一聽，不禁倒抽一口冷氣。自己這一套，連小玉都瞧不上了，早知這樣，倒不如在萬福里就把她給賣出去倒還好，這丫頭如今還沒算長大呢，已經把金貝那一套用在自己的頭上了，日後她翅膀硬了，一飛出去，自己哪還能拴得住她？下鄉就下鄉，至少在她沒能竄紅的時刻，還能留在身邊照顧自己。

說是冥冥中註定的命運也好，出乎華福生意料之外的，他和小玉兩個，竟然在離開太原之後，滯留到一個土匪多如牛毛的多山小縣交城，華福生一千一萬個不願意，但他的毛病業已重到臥床不起，再也無法動彈了。

小玉一個人在交城當地的茶樓酒館裏唱曲兒，賺幾文錢替華福生治病，但她賺的還不夠花銷的。這時候，垂死的華福生怨起小玉她媽那個捲逃的老娼金貝來，他跟小客棧的賬房先生提起出賣女兒的事。

「人都不怨客死在異鄉異地，不是嗎？」他說：「小玉雖是我唯一的寶貝女兒，到了這步田地，我可也顧不得她了，我開價兩百銀洋，希望有主兒把她買了去，把這些錢留給我治病，你幫忙替我物色物色買主吧！」

「你這閨女長得挺標緻，」賬房說：「在交城這種鄉角落裏，真算是拔尖兒的，不過，你要明白，這兒是窮鄉僻壤，能出得起這個價碼的人可不多，……一匹壯馬只賣得六七塊錢啦！」

「你試試看好了，」華福生說：「我請你幫這個忙，決不是白幫的，若是成了交，我送上十塊銀洋算是中人錢，這該成了吧？」

「那當然好，」賬房說：「不過，你開的價碼還是太高了一點，沒幾個人出得起。」

「你不妨先去物色人，價錢好商量的。」

這些話，當然是背著小玉說的。華福生在這種辰光出賣小玉，除掉貪財、治病，還抱著一種怨恨金貝的報復心理。那個老騷娘們能捲逃，我就賣掉你和野漢子生的閨女來抵償，也好出出悶在心裏多年的鬱氣。

賬房究竟是地頭蛇，為貪那筆中人錢，跑起來勤快得很，過不上幾天，就跑來回信說：

「嗨，為這事，我簡直跑破了鞋，總算找到主兒了。交城外面，東南坡，劉家屯，有位財主爺劉老頭，在咱們這一帶，可算是殷實的富戶。劉老奶奶身子弱，長年病在床上，劉老頭雖然快上六十歲了，精力還旺得很，經常騎牲口到城裏來喝酒，你閨女唱小曲，他極愛聽，有意買她回去做小星，價錢他倒是不大計較，只是雙方年歲差了一大截兒，怕你不肯。」

「賣閨女這種事，都是不得已，」華福生說：「要是娼寮妓館肯出價呢，明知那是火坑也得把她送進去。劉老頭肯買她做小，她日後也不會少吃無穿，說委屈也委屈得有限，我答應就是了！」

「有你這句話就好，」賬房先生喜笑顏開的：「那我就寫契約書，讓雙方畫押成交啦！」

這件事對小玉來說，真是晴天霹靂，她做夢也沒想到這個垂死的爹，會這麼狠心的把他親生女兒給賣掉，而且賣給一個快朝棺材裏頭爬的老傢伙，她是哭著鬧著，被人硬裝在麻布袋裏，捆在驢背上送到劉家屯裏去的。拿到銀兩的華福生，在她臨走時對她吼出了真話：

「妳不要叫我爹，妳這個老娼生的野種！妳真正的爹，不知在百家姓的哪行哪頁？我賣了妳，算是妳替妳媽還了我債，……妳……恨我一輩子好了！」

賣掉小玉，揣上銀洋，一口怨氣是吐出來了，不過，華福生卻沒計算到閻羅已經下了帖子，銀洋還沒有摀熱呢，他業已伸腿瞪眼嚥了氣，那筆錢派上的用場是替他買了棺材。

二　是花，早晚總要開的

劉老頭這個老棺材囊子，日落西山的年紀了，還春心大動，娶了個剛滿十六歲的賣唱妞兒回屯來，在這個民風閉塞的地方，真是惹人談論的大事。

在北方，上年紀的人納妾的事，尤其在富戶來講，並不算太稀罕，但多少總要找些名正言順的藉口，比方家無子嗣、延續香煙之類的，但劉老頭的正妻，早就替他生了兩個兒子，長子劉德榮出生在民前十二年，次子劉喜榮出生在民前六年，論年紀，劉德榮比小玉還要大上四歲，要他叫比他年幼的華小玉做姨娘，使他覺得有些不倫不類，但北方家族的規矩很嚴，劉老頭是高高在上的一家之主，他愛花大錢納小星，做兒子可不敢當面說一聲不字。

不過，族裏人講閒話的可就多了。

「劉老頭真是活做孽，他並不是沒子嗣，上六十的年紀了，還買十六歲的黃花閨女來做小，這可是最傷陰德的呀！」

「他想不開，有什麼辦法?!就算是他把那妞兒納進門，又能受用多久?恐怕他連登堂入室的能耐都沒有啦！」

閒話歸閒話，劉老頭可不在乎別人，在背後批評他什麼，他照樣在門斗上挑起兩盞紅燈籠，堂屋裏擺了兩桌酒，一切都當成喜事辦，把小玉給收了房。

小玉這朵黃花，是在怨恨和麻痺中落了的，她恨她那做娼妓的媽，恨華福生這個老禽獸，臨死的時刻還出賣自己。自己雖然不是他親生的，至少是他一手帶大的，她可是一直把他當成親生的爹看待，一路上照應著他。如果把她推給門當戶對的人家，她也沒話說，如今這個劉老頭，滿嘴蔥蒜和羊羶味，身上的皮鬆肉糙，像是曬乾了的死蛤蟆，他不自量力的撩撥人，左鑽右研的鞠躬盡瘁，不一息兒，就丟了盔，卸了甲，兩頭喘到一頭去了。他這樣使她噁心生厭，又不敢發作，一直皺眉隱忍著。

人在矮簷下，只有待下去再說了。

也許正因為劉老頭的本領不濟，自覺有些歉疚罷，他對華小玉倒是滿好的，他囑咐自己的兩個兒子和宅裏的長工們，都叫華小玉姨娘，更把宅裏一些田糧事務交給她料理，凡是她不懂的，他都耐心點撥她。

「我說大爺，我可是個賣唱的，年輕識淺，從來沒管理過這些，您的家宅前後，糧穀牲畜這麼多，我真的計算不過來啊！」

「其實妳心性靈巧，學學就會了。」劉老頭說：「並不是我有意要把這些雜事推給妳，妳要知道，這一帶土匪很多，劉家屯在他們眼裏是塊肥肉，我不得不集聚莊勇，夜夜值更，到土圩崗上去防著他們。妳大娘有病，躺著不能動，若沒有可靠的人督管長工奴僕，家宅裏的事務，就亂得不像話了。」

「那德榮少爺的年紀比我大，這些事該由他主理，我幫幫他的忙還比較好些，您這樣，族裏會講話的，那些風言風語，我可受不了呀！」

「不要緊的，寶貝，有我撐著，妳大可不必顧忌這些，儘管做妳的，若是遇上難處，跟我講就行了。」

劉老頭這個鄉角落裏的土財主，人倒也是挺樸素爽快的，只要不上床，倒不覺得他怎麼樣的惹人厭。華小玉在這種情形下，一顆心也略略安定下來了。不過，劉家那兩個兒子，對她一直很蔑視，從不把這個小姨娘放在眼裏。老大德榮表面上還敷衍得過去，只是臉子冷些，十四歲的喜榮可就鋒利得多，常在言語上直接衝撞，使她很難堪。

她明白北方做妾的地位，何況她是劉老頭花錢買來的，雖然經老的收進房，有個姨娘的名份，其實和奴婢差不多，遇到這種難堪的情事，她不願撒嬌撒癡的去對劉老頭去講，寧願逆來順受的忍過去，心想，日子久了，這兩兄弟總會對自己和善一點。

一個人的心性和遺傳有關，華小玉也是如此，她在某些方面，無形中和她媽媽金貝有若干相似的地方，做小姑娘的時刻還不甚顯著，一旦破過身變成花開的少婦，無論走路說話，眉梢眼角，渾身上下，便都顯出些使鄉下人兩眼發直的春情盪意來。劉老頭待她好，她並沒有絲毫可感激的，她拿身體換來這種日子，使她自覺委屈得很。她是什麼呢？她只是劉老頭花錢買來的貨物，夜夜要陪在他枕邊，聽他豬一樣的扯鼾，她寧願劉老頭去巡視更棚，不來糾纏她，他是一把麥草火，一點上就燒光了，連灶壁都燒不熱，使她覺得毫無趣味，反而變成一種刑罰。心裏既不願意，要她倒過來用狐媚去邀寵，她辦不到。

劉家在當地算是有田有產的富戶，但也是一窩土蛤蟆，從沒走過碼頭見過世面，劉老頭的財氣，硬是嗇出來的，這回花錢納妾，算是頭一回花大錢。這情形，華小玉進門不久就明白了。

劉家平常的伙食，少見葷腥，連用油都只是用絲瓜瓤兒沾幾滴油，在鍋底打個轉，偶爾有些羊肉、羊雜，那是專為招待稀客用的，薯絲、薯片和拌薯葉和雜糧，吃得人滿心泛潮。老大德榮進過一兩年塾館，粗識幾個大字，老二喜榮更不是念書的材料，整天幫家裏牧羊放牛，管家的事一落到小玉的頭上，各種粗活她也得親手去做，像踹碓、拐磨、看碾、飼餵家畜、簸糧種、看管倉房、上灶煮飯、針線活計……壓得她幾乎透不過氣來，她心不甘情不願的，常在心底自問著：為什麼要替劉家挑這副擔子？

逃離這地方，這是她最先興起的念頭，但人生地不熟的，使她不敢立即行動，就算能逃出劉家屯，又要漂流到什麼地方去呢？她連一點成算都沒有。最困難的是她心裏有疑難，連個談話的人全沒有，她明白，她放在心裏的念頭，絕不能透露出來，傳到劉家人的耳朵裏去。

她要等待機會。

她明白在做這種打算之前，她必得要籠絡宅裏的長工僕役，把這裏的一切底細都摸清楚，這樣，行事才會方便。劉老頭的宅子裏，有兩個長工，一個叫老洪的，是山西本地人，五十開外年紀了，平素只幹他的本分活兒，既不熱心，也不偷懶，幹完活，蹲著抽葉子菸，沉沉鬱鬱，冷眉冷眼的，不大愛搭理人，對主人新納的小星，並沒看在眼裏，她就是有意籠絡他，恐怕也籠絡不上。

另一個長工卻是北徐州的人，和她有鄉誼的關係，這個人姓秦，廿六、七歲年紀，她不知道他叫什麼名字，旁人都叫他小秦，她也跟著叫他小秦。

小秦人長得高高壯壯的，有一身結實誘人的筋肉，兩隻在眉影下的眼，大而微凹，彷彿有一股野性被鎖在裏頭。他年紀輕，腦筋靈活，無論出外辦事或在田裏幹活，都做得輕快熟練，所以劉老頭倒滿看重他，把很多事都託付給他去辦。他雖是受雇做下人的人，但他顯露出來的本領倒是挺熱乎的，由於肚裏缺少墨水，也就有些低俗流氣，不過，這種人倒是很容易親近的。

除了兩個長工，還有一個管廚房的老廚娘孟媽，據說是劉老頭的正妻娘家的遠親，當然不會和她站在一邊。另外還有個做雜事的小丫頭，才十二、三歲年紀，長得像一隻孱弱的病雞，而且不懂得什麼；對她來說，根本沒有用處。這樣看來，她只有唯一的一條路可走，那就是籠絡小秦再說了。

她既管宅裏的事務，接近長工僕役的機會自然很多，但她不願意和小秦多講話，恐怕旁人會有閒言，這種事急不得，只有慢慢的來。

有一次她要小秦扛糧去上碾，她說：

「聽口音，你是北徐州的人？」

「是啊，小姨奶奶。」小秦說：「我是逃兵荒離家的，那邊抓兵抓得很凶，我是獨子，家裏不願見到我抓去吃糧，正巧這邊有販馬的商客過去賣馬，我就跟他們出來。大碼頭駐軍多，我只有朝荒僻的縣份躲，受雇到這兒混碗飯吃。」

「我也是北徐州的人嗳，」她說：「我們還是鄉親吶。」

「這還用妳說，一聽妳開口，我就知道了。」

「你就這麼流落出來，不打算回去了嗎？」

「等些時，得看那邊情形怎樣了，」小秦說：「千里迢迢的，跑出來不覺著，回去也並不容易，得有足夠的盤川才行吶。」

話是沒講太多，但這總算開了頭，小秦扛糧上碾，她也是走開了。華小玉明白她的身分，一個土財主花錢買來的小老婆，在風氣保守閉塞的鄉角裏，她的一舉一動，四周都有無數隻眼睛在瞪視著，她一旦踰越，後果就不敢想像啦！她也瞧得出，小秦確實是夠聰明，也能顧慮到這一點，彷佛是存心為她著想，避著她一點，這可是正合乎她的心意。

轉秋後的天氣逐漸的寒冷起來，在這個北地的山區裏，充滿了蕭條和索落的景象，光禿禿的山，灰黑色的原野，抬眼就望得見，幾棵落葉的樹上，停了大群愛聒噪的黑烏鴉，見人就哇哇的叫著，帶給人一股不吉的預感。

她在天井的一角簸糧種，或在門邊的石臼那兒踹碓，抬眼看看四周圍的景物，低頭看看自己的紅紮腳褲和粉色緞鞋，心裏便有了淚。

真的，她自小在萬福里那種地方長大，並沒把自己未來的命運想得多麼美好，她練唱，學著搽胭脂抹粉，用刨花兒水梳頭，也只為了日後能在那地方走紅，成為一個恩客圍擁的紅牌姑娘，穿吃花用都比旁人講究些。她媽開後門接送野漢子，那些情形她多少還能朦朧的記得一些，男男女女的事，她是聽多了也看習慣了，沒有什麼美，什麼神秘的。

娼館裏那些幫閒的年輕漢子，常對著她說些極為粗俗的葷話，甚至對她手腳不乾淨，她回去告訴做媽的，金貝就跳出去，用更粗鄙的話罵個一籮筐，罵完也就算了。

是花，早晚總要開的，早知道會被賣給這個老厭物，還不如在萬福里送往迎來呢！這倒不是賭氣，那些粗俗的年輕男人在她記憶裏復活起來，一身有彈性的、透活的肌肉使她羨慕渴想，戴花球的粉色緞鞋踏在碓尾，碓端包鐵的木桿有規律地踹著石臼中的糧粒兒，她想起劉老頭，越發覺得難堪，——那個沒用的男人，蜂也不是蜂，蝶也不是蝶，偏要口涎黏黏的把人給霸著，這算是什麼日子？

想著這些，便有一點火苗從她心口引燃起來，緩慢的散入她渾身的血流裏面去，使她四肢百骸都發出無聲的吶喊來，彷彿是隔著寒冬，埋在她心深處的春，離冒出火苗的日子，還不知有多麼遙遠。

「你還在踹碓呀？劉家小娘，」同屯的梁嬸兒氣急敗壞的叫喚著她：「大股的土匪捲過來啦，把小梁山附近的莊屯捲了好幾座，你快回宅去，把細軟東西收拾收拾，藏到地窖和夾牆裏去吧！」

她開始收拾碓裏的糧，忽然看到整個屯子裏的人都亂動起來了，屯丁們托著銃槍，拎著纏紅布的單刀朝圩崗上奔去，婦人們盲目的竄動走告著，一副惶然的樣子。劉德榮騎著一匹青騾從屯外奔回來，有些漢子湧上去和他在說些什麼，只見他伸手朝東指一指，又朝南指一指，不一會兒，有人把紅衣子母炮也從祠堂裏推了出來，朝圩崗上推過去。

土匪有什麼好怕的呢？她看到全屯忙碌緊張的樣子，不禁有些好笑。倒不是幸災樂禍什麼的，她倒是盼著土匪打進屯裏來，燒一燒，搶一搶，狠狠的亂上一場，也許她能趁亂脫出這個籠子，到另一片天地裏面去，免得讓她挖空心思，整天計算怎樣逃出屯子去了……人都是為自己想的，劉老頭帶著屯丁上圩崗，為的是保家保產，自己也要為自己想，早點離開這個山窩子。土匪有什麼好怕呢？那些紅眉綠眼的人，脫不了是粗野的男人，對付年輕婦道的那一套，旁的女人會怕得發抖，她倒覺得毫不駭懼，她把身子給了劉老頭，一樣不是心甘情願的。想是這樣胡亂的想著，土匪會不會真的打進屯子來還不一定呢，她還是回到宅裏收拾細軟去了。

全屯陷在山雨欲來的氣氛裏，幾乎所有青壯的男人都上了圩崗，土槍土炮和火藥也都帶了上去，但始終沒見著土匪的影子。這樣捱到黃昏日落，劉老頭把屯丁們布置妥當，讓他們輪番值夜，其餘的都和衣睡在更棚裏，這才抽空回到宅裏來，和村屯裏幾個年長的計議。

客堂裏掌上兩盞油燈，燈燄搖晃著，牆壁上奇幻的人影也跟著搖晃，幾個老頭捏著煙桿，一面談話，一面噴了滿屋子的煙。土匪雖然沒有立即捲過來，但他們的談話仍顯出內心的沉重和焦慮，彷彿在屋外的黑裏，蹲著一隻巨大的妖魔。

華小玉站在一邊侍候茶水，被他們的談話弄得一心寒意，原先由憤懣產生的不在乎，頓然改變了，土匪要真像他們形容的那麼凶狠，他們當然是不來最好啦！

「這一股聽說是虎頭蜂王光頭的那一夥，最凶狠歹毒的，」一個叫陶七公公的說：「他們和陝東陝北的幾大股匪眾，一直是互通聲氣，北洋的將軍帥爺，都拿他們沒辦法。憑咱們鄉屯這點人槍，根本擋不了的。」

「他們要是不來，算是劉家屯幸運，」尖下巴翹起山羊鬍子的葉老頭說：「王光頭這個虎頭蜂的諢名是有來由的，——擋他必死。也就是說，他只要對村屯放話出來，要多少糧或是多少錢，你得如數給他，只要你拒絕他，衝著他響一銃，他是攻進來見人就殺，錢也要你的，命也要你的！」

「若真照兩位這樣說法，他們只要一來，劉家屯就完了，錢和糧都給了他們，咱們又拿什麼活？」一個鬍子半白、身材魁武的漢子說：「與其跪著死，不如站著拚，也許還能拚出一條活路來。」

「我贊成宋大爺這個說法，」叫陸老爹的說：「咱們既已面臨絕路，也只有死裏求生啦！」

「你們說的都對，」劉老頭有些優柔寡斷的說：「我想了又想，真是裏外為難。說是不和土匪對抗吧，白白奉送錢和糧，又不甘心；說是硬拚吧，又恐怕土匪一旦攻破屯子，連累了婦女和孩子，唉……我很難拿定主意。」

「您可是非拿定主意不可了。」宋大爺說：「您是屯裏的首富，論田論產，您幾乎占全屯三成以上，弄得不好，受害最深的就是您啦！」

「那只有挺住，看情形再說了！」他有些顫慄的說：「咱們不妨把土圩崗當成外線，宅院和槍樓當成內線，萬一土匪衝破圩崗，咱們還可退進宅來擋他。」

土匪究竟會不會直接撲向劉家屯呢？誰也不知道。他們在商量著土匪可能進撲的路線，屯丁和火力應該怎樣分配？兩盞燈的燈油快盡了，公雞在黑裏啼叫著，他們眨著澀重的眼皮，在熬著、等著。

劉老頭忽然扭過頭，看了正在掩口打呵欠的小玉一眼，對她說：

「你還站在這兒做什麼？快回房去睡吧。」

「大爺，您想我能睡得著嗎？」

「命該怎樣就怎樣，怕和愁都沒有用的。」劉老頭倒想開了，反而勸慰著她。

退出客室，掀簾子進到睡房裏，她根本睡不著。命運在她眼前的黑裏，分出千百條岔路，她不知自己會被推到哪一條路上去？

這樣胡思亂想的又捱過了一個更次，好不容易把無數瞌睡的蟲子引來了，在她眼皮上啃噬著，啃噬著……她終於闔上了眼。緊跟著，夢像烏黑的雲雨般的翻滾過來，壓在她的心上。

她夢見那些橫眉豎目的土匪，揚著亮霍霍的單刀，騎著鬃毛亂飄的快馬，喊殺連天的衝進屯子裏來，揮動單刀，像砍瓜切菜般的朝人頭上亂砍，許多染血的腦袋，在嘰哩咕嚕的滾著。她又夢見敞開結實胸脯，裸露出一綹胸毛的土匪，騎馬朝著她直衝過來，他臉上露出淫邪的獰笑，闊闊的笑聲在她四周迴盪。她在驚怵中，看見他扔出一支亮紅色的火把，將宅子引燃了，燒成一片毒毒的大火，無數燄舌是飛舞的金蛇，圍著她，繞著她，直鑽進她身體裏面去。一種熾烈的燒炙，一種焚化，一種痛苦裏產生的快意，使她驚醒過來，睜眼看看，青灰的曙色已經透窗而入了。

屯外傳來的消息仍然是不利的，王光頭那夥土匪，在飽掠了幾個村寨之後，在荒涼的河邊歇馬分贓，主要的一大股朝南拉走了，還餘下的一股，仍有進撲劉家屯的意圖，他們來不來就在一兩天內可見分曉。

「老天，這一兩天的日子可難捱了！」有人叫出聲來：「世上還有比等著土匪來燒殺搶掠更苦的嗎？」

「不等著又怎麼辦呢？」有人說：「要是咱們捲帶細軟，牽著牲畜逃離屯子，在半路上被土匪攔著，那可好，連一點抗拒的餘地全沒了，咱們守在這兒，至少還有拚一拚的機會。」

「咱們屯子的家戶多，屯丁也不少，」宋大爺說：「拚大股的雖然不一定有勝算，拚小股的應該拚得過，你們甭看土匪凶蠻，其實都是烏合之眾，人人肯拚命，他們一樣膽怯。」

有了幾個替眾人鼓氣的人物，使原本畏縮的劉老頭也挺起了腰桿，趁著土匪還沒撲過來，他把屯丁重加配置，但他顯然還存著些私心，把長工老洪、小秦都留在宅子裏，讓他們守住屋角的槍樓，同時保護著小玉和小兒子喜榮。他認為宅子有高牆和槍樓，再加上兩桿威力較大的雙管銃鎮著，即使有十個八個土匪衝破圩崗進來，他們也很難闖進宅院裏去。

土匪並沒有讓劉家屯的人等得太久，當天傍晚時分，他們的前隊哨馬就已經放到屯口來了。

「劉家屯的人，替我豎起耳朵聽著，咱們是虎頭蜂王爺的手下，儲頭兒那一股，我傳咱們頭兒的話，要你們湊出三千現大洋，一個時辰之內，使托盤奉出來，收了錢，咱們立刻領韁回馬，不犯你們的屯子，過了一個時辰，咱們就毫不客氣的殺進去了！」

「三千大洋，這麼大的數目，咱們就是有心湊給他們，一個時辰也湊不齊啊！」劉老頭兒打著牙顫說：「他們是獅子大開口，硬敲來了！」

「到什麼時候了，您還說這種話？」宋大爺沒好氣的說：「咱們既打算拚了，就甭理它，告訴他人一個命一條，他們要打，儘管放馬過來好了！」

「好，」劉老頭硬著頭皮說：「那你就照你的意思回他們的話好了。」

宋大爺也就不再客氣，放聲把拒絕的話吼了回去，同時舉銃朝天，轟出一銃，表示寧願拚到底，絕不接受對方的要脅勒索。那幾批哨馬接了這樣的回話，便撥馬奔回，向他們的儲頭兒報信去了。

天落黑後不久，雙方就叫罵著接上了火，砰砰的火銃聲震天響著，土匪雖僅來的是一小股，但攻撲起圩崗來，聲勢卻很驚人，四五隻牛角吹得像鬼嚎的一般，淒厲的喊殺聲彌蓋住全屯。

好在在這些常鬧匪患的地方，人們平素就已經有了防匪撲襲的經驗和準備，他們修護了圩崗，同時在崗外挑了兩道遍插鹿砦的深壕，土匪一時也不容易攻撲進來，只能隔著壕溝，展開銃戰。但這群土匪也不是易與的，他們搶掠多年，經常攻拔掉很多防守堅固的寨子，他們也熟知一般防守的方法，更想出許多攻破這些障礙的方式和工具。因此，他們一面展開銃戰，一面在做攻破圩崗的準備。

可是，躲在宅子裏的華小玉卻看不見這些，她只看得見窗紙上閃著火銃放射時迸出的微光，聽見淒厲的牛角聲繞耳長鳴，屯裏的燈火全都熄滅了，黑得可怕，她一個人躲在睡屋裏，不知怎麼是好。喜榮、孟媽、小丫頭都不在她的身邊，她只有孤伶伶的一個人。

銃戰開始不久，有人敲響她的房門。

「是誰？」她戰兢的問說。

「妳快開門，我是小秦吶，」小秦說：「土匪跟圩崗的屯丁幹上了，大爺他交代我，一聽銃響，就接妳進槍樓。」

小玉摸黑過來拔開門閂，探頭說：「宅裏還有喜榮、孟媽他們哩！」

「老洪也去找他們去了！大爺是怕土匪萬一闖進來，扔把火縱火燒房子，槍樓單獨砌的，四面是石牆，不容易起火！上面有銃槍守著，也安全得多。」

「天這麼黑，怎麼摸啊？」她摸著門框出來，伸手摸出去，正摸在小秦壯實的肩膀上。

「不要緊，」對方趁勢攬住她說：「我扶著妳摸過去吧，小姨奶奶。」

天太黑也是事實，人又在遇難的當口，計較不得那麼許多，假如在平常的日子，宅裏的一個長工，再怎樣也不敢碰觸主人小姨太太的身體的。小秦在黑裏不僅是輕微的觸碰，根本是緊緊的挾住她朝前摸著走，他粗糙厚重的手掌，就護在她凸起的奶膀上，隔著薄棉襖，都使她感到一陣火炙的熱力。她幾乎全身都綿軟了，把頭偎在他的胸脯上，也懶得再去摸路，索性全由這年輕的長工把她挾到要去的地方罷！像這樣依偎著，摸到天邊也不嫌遠。

「小秦，土匪來了，你不怕？」

「怕又怎麼辦？小姨奶奶，我們是端人飯碗的，總不能自己跑掉啊。」小秦說：「其實，我倒沒什麼好怕的，土匪打進來，燒的不是我的屋，搶的不是我的錢，土匪作踐婦道，更和我扯不上關聯——我是個光棍。我拖出銃槍守護這宅子，僅僅是守著我自己的飯碗。我說的，可都是心裏的話。」

「為什麼要把真心話對我講呢？」她說：「不怕我告訴劉大爺？」

「也許我會被土匪殺了呢？」小秦說。

「快甭這麼講，那多冤枉啊！」

「跟妳小姨奶奶講過真心話，就不冤枉吶，」小秦用手攬攬她：「至少有人知道我是冤枉的啊！」

她聽得出小秦講這話時，蜜意裏含著些輕佻，是他久蘊在心裏的意思，被這夜晚的槍銃聲轟翻出來的呢？還是兩體相偎的黑夜給他的鼓勇呢？她不知道，但她卻非常陶醉於這兩句話，把全屯危險的處境全忘卻了。

黑夜變成一片醉人的酒，飲得人醺醺然，小秦的那隻手掌，有意無意的微微挪動著，那是很微妙的，配合著兩人朝前摸索的自然晃動，說它有意，又彷彿是無心，是翼護又帶著些輕輕的揉捏，使她更慌、更軟，一腳高一腳低的，彷彿步步都踏在軟雲上。

從她的睡房，穿過一座小天井和後屋的過道，沿著後屋右拐就是槍樓的入口了，在平常，槍樓的那扇包鐵門總是鎖著，她沒進去過，但根據白天的印象，這段路並不長，但在槍銃聲密響著的黑夜裏，一步步的摸索起來，那就夠長了。走進後屋門時，她不當心被門檻絆了一下，絆脫了一隻鞋子，這使她發出一聲低低的唉喲。

「妳怎麼了？小姨奶奶。」

「我的鞋絆脫了。」

「妳扶著門站著不動，」小秦說：「我來替妳找。」

他在漆黑裏匍匐下身子，一陣摸索，忽然又摸索回來，用掌托住她的腳，低聲說：「找著了，我替妳給套上吧。」

委實的，天那麼伸手不見五指的黑法兒，用得著他這番殷勤，不過，她仍有意無意的感覺到，他的動作隱含著某種掩飾得恰到好處的輕佻，——好像在黑裏摸索難免會發生的，他的手指移動和捺捏都有分寸，奇怪的是她好像根本沒有慍意，反而用嬌柔的嚶嚀回答了那種挑逗。

在劉家屯外的圩崗上，屯丁們正浴在火與血裏和眾匪拚搏，但在黑黑的後屋中，年輕的長工和買來的主人的小妾之間，完全忘卻了外界的事，孕育著另一種漾漾的春情。套好了鞋，秦長工再動手攙扶她時，他已經摸透了她的底，也就不再掩飾什麼了。

「小玉，」他直喚他的名字說：「我原已打定主意，不管這檔子閒事的，但看妳年紀這麼輕，就被賣到劉家屯來做小，我心裏實在不是味道。人說：親不親，故鄉人。我有幾句言語梗在心裏，不能不吐出來。妳可以想得到的，劉老頭這把年紀了，他在世上還能活幾年？他只要一撒手，妳在德榮的鼻孔下面過日子，那又會是什麼日子？他們把妳欺逼死了，都沒人管！」

「這只怪我的命薄，」她說：「我孤伶伶的一個人，事情臨到頭上來，連個商量的人全沒有。」

「妳要是信得過我，我會盡力幫妳忙。」秦長工說：「這種鬼地方，我也並沒打算久待下去，只要找到適當的機會，我帶妳逃離這裏，回到徐州老家去。」

兩人正說著，聽見老洪和喜榮他們說話的聲音，秦長工立刻停住話頭，悄聲說：「老洪也帶著他們進槍樓來了，我們先進去，有話日後再談。」

他領著她摸進槍樓，把她安排在槍樓最下層的地室裏，那裏有木床木桌，點著一盞豆粒似的小燈。

「外面情形到底怎樣，還不敢講，」他說：「至少，有我和老洪在，這裏算是最安全的地方，我走了。」

秦長工剛離去不久，老洪就把孟媽、喜榮和小丫頭送進地室來了。

「這裏面沒有窗，只有一條通氣孔，直通槍樓頂，妳不必熄燈，燈光不會透出去的。」他說：「小姨奶奶，妳安心待著，等土匪退了，我再招呼你們出去好了。」

她為了討好喜榮，把木床讓他睡，自己和孟媽她們，把木凳放在靠牆的地方，坐著打盹，槍樓的石牆很厚，一進到裏面，外間的槍銃聲都變得低了，孟媽和小丫頭都閉上眼歇著，只有她一個人，眼望著燈燄，在癡癡的回想秦長工和她所講的那些話，她覺得她的心早已不在劉家屯了，如真找到機會，她寧願跟那年輕力壯的長工遠走高飛。

三　造孽

姓儲的領著那群土匪，攻撲了一整夜，劉家屯的屯丁也在宋大爺他們帶領下，奮力撐持下來，沒讓土匪撲進屯來，等到天快亮的時刻，他們退下去了。

這一仗熬下來，劉家屯也沒有死人，但被火銃擊傷的屯丁，一共有六七個，其中有一個臉被燒紫，眼睛也教鐵砂噴瞎了。

劉老頭因為年紀老，膽氣又弱，乘機把帶領屯丁的擔子卸交給宋大爺，但他寧願多攤份子錢，讓屯裏添購銃槍和火藥，他恐懼著攻撲受挫的土匪仍會回來濫施報復。

土匪退走，對華小玉來說，是劉家屯又恢復了平靜，她並不像旁人那樣欣喜和慶幸。這裏的生活，人們的悲和喜，都和她隔了一層什麼，她只是陷在這地方，不得不像看戲一般的睜眼看著它。從那個黑夜起，她就把秦長工藏進心裏了，如果她仍留在北徐州，她也許不會看上姓秦的，比他上品模樣的人物很多，但在此時此地，這個漢子的分量就重了起來，至少，他是唯一能幫助自己脫出這個環境的關鍵。

在重新平靜下來的日子裏，她和秦長工每天都會見面，有時因為交辦事情，也會講上幾句必要的話。當著人前，姓秦的完全是一副規矩的下人模樣，一口一個小姨奶奶，沒有半點踰越，但她和他交投的眼神裏，卻隱藏著不為人知的情意。

她是在等待機會，秦長工不也是一樣嗎？她心裏長出的一隻眼，能使她清楚的看得見背後的事物，她明白在這個老宅子裏，尤其是秋莊稼收穫後的季節，她和他能掌握得住的機會並不多，這是急躁不得的事，萬一弄砸了，她和秦長工的命運就悲慘啦。

很顯然的，那個漢子比自己更為迫切，他的眼神總是帶著催促的意味，使她看了就覺得有些慌亂無主。

有一天，她在磨房裏磨糧食，薄暮時分歇了磨，秦長工進來牽牲口回槽去，她對他說：

「小秦，你可急不得，劉老頭整天都窩在宅子裏，他那兩個兒子德榮和喜榮也精得很，不是好惹的，看見你那樣，教我又慌亂，又駭怕。」

他且不忙牽牲口，伸出雙臂來，緊緊的抱住她說：

「小玉，想到劉老頭霸住妳，我就忍不住了！我盼著機會早點來，我要定了妳！」

他在薄暮沉黯的磨房門後，迅速而粗暴的親了她，他的雙臂像鐵箍般箍緊她的腰肢，幾乎使她窒息，但他警覺得很快放鬆了她，轉手去牽牲口走出去了。

她掠了掠鬢髮，定住喘息，過了好一陣子才平復過來，裝出任何事都沒發生過的樣子，收拾了磨上的糧麩子，慢慢走回前屋去。劉老頭這個耳不聰目不明的老傢伙，根本看不出有絲毫不妥，這使她略略放了心。

「小玉，」他說：「隔兩天，我要帶著德榮，要老洪準備牛車到城裏去賣豆子，如今正是油坊趕著碾油的時刻，豆子賣得好價錢。妳要些什麼?早點對我講，好替妳買了來。」

「大爺去城裏多久回來?」她問說。

「總得兩三天，賣了豆子，把錢收齊了轉來。」劉老頭說：「趁著土匪剛退，路上沒什麼風險，出門最妥當，再朝後延，冰雪封路，就走不得了。」

「那您就替我買把木梳罷，舊的那把，梳齒折了，」她說：「在鄉下，沒人梳粧打扮。胭脂花粉之類的，買了也用不上。」

「妳這麼一講，使我想起這段日子，可真委屈了妳了!在鄉下過日子，跟妳早先串碼頭不一樣，妳能很快過得習慣，可見妳的本性還很樸素，能替我爭氣，……妳不知道我買妳回房，背後有多少人在罵我，講妳走江湖，是個小妖精，過不上三幾個月就會捲逃掉的。」

「聽那些人瞎講，狗嘴吐不出象牙來。」她說：「我人生地不熟的，能跑到哪兒去?現成的屋頂不住，再出去喝冷風吃露水?」

「呵呵……」劉老頭聽得受用，瞇眼笑了起來：「妳這張小嘴真會講話。光會講話還不成，最好妳的肚皮能爭氣，替我生個老骨兒子來，那，就會把講閒話的人嘴給封住了啦。」

「會嗎？大爺。」小玉也笑了笑：「那些人也許會造謠，說兒子不是你生的呢？」

「笑話了！」劉老頭賭氣說：「旁人不信兒子是我生的，只要我自己相信就行，我雖多了些年紀，自信還沒老到那種程度，淺耕淺犁一樣播得了種啊，妳說是不是？小玉。總而言之一句話，打妳肚裏出的，沒人敢說他不姓劉，妳有本事，就替我生一胎給那些族裏人看看！」

她低下頭，紅著臉不言語，劉老頭的興致就更大了，當天夜晚，他小飲了兩盅土釀的酒，一心要印證印證他自己講的話，小玉好笑的嘲弄他說：「大爺，你可甭過分忙乎，當心犁尖彎折了！」

雷賀倪湯一陣子，劉老頭喘吁吁的變成一條泥牛，阡不阡陌不陌的連播帶撒，播的還不及撒的多。小玉卻沒有像平常那樣嫌惡他，劉老頭能離屯兩三天去賣豆子，這可是大好的機會，她把他侍候得扯了鼾，獨自盤算著怎樣和秦長工秘密的約會。

臨到劉老頭父子倆，坐上去老洪趕的牛車出門的日子，她還送到屯口，叮囑他們一路上小心，賣了豆子早些回來。她出生在萬福里那種環境裏，這些表面文章她會做得很；劉老頭不知究裏，還真以為小玉的一顆心牢牢拴在他身上呢！

那天黃昏，她去查看上窩的雞，關妥雞舍門時，秦長工抱著劈好的柴火送去柴房，兩人正好遇上了。

「劉老頭走啦，」他說：「我想跟妳好好的談談。」

「他走了，宅子裏還有孟媽和喜榮在，你講話輕聲些。」她提醒他：「在這屯子裏，沒有人肯幫外鄉人講一句話，你該看得出來的。」

「妳放心。」秦長工低聲說：「我絕不讓我倆的事洩漏出半點，今夜二更梆聲響過，我在柴房等著妳。」

說完這話，他就走開了。

火苗在她四肢百骸裏燒著，她早已咬著牙橫下心來，準備迎向一場更大的焚身烈火。秦長工口口聲聲說是要幫助她脫離劉家屯，他會單單純純幫這個忙?從他粗暴的吻和烈狂的言語，已經表露出他要的是什麼了！她願意跟著他走，把一些議論和閒言留在劉家屯，這全然威脅不了她！因為她離此一步，就永不打算回來了！

二更天，梆聲在屯頭響過來，風勢很猛，不斷拍打著窗上的油紙，還夾著絲絲的冷雨，她把屋裏的油燈熄滅了，披上一件罩襖，輕輕掩起房門走出來，沿著牆摸黑，朝後屋邊的柴房摸過去。上回有小秦攙扶著她，她自覺天太黑，不知該怎樣邁步，這回單獨一個人，在更黑的深夜摸著走，卻走得又快又穩，像一隻輕靈的貓。

柴房的門是虛掩的，她剛走到門口停住腳步，門就被裏面用手拉開了。

「進來吧，小玉。」秦長工說：「我把宅裏的兩條狗都關到大門外去了。」

屋裏也沒有燃燈。她一腳跨進屋，就被對方猛力的抱住了，他溫熱的身體緊貼著她，彷彿連她的心也被溫炙了。她腳下是軟軟的一片麥草，顯然是他把麥草事先打開了的，她原想開口講些什麼，但他用唇壓著她，他迫促的呼吸吹向她的臉頰。

「我要妳……要妳……我知道妳會來的！」

他除了反覆的說著這些，再沒有旁的言語了。她被這個年輕漢子燒烤得戰慄起來，兩人滾在麥草上，她任由他像強取硬索般的擺佈。秦長工是粗野的，像一隻餓獸般的貪婪，彷彿要吮乾她的血，嚙盡她的骨髓，她十七年的生命，在火炙的感覺裏真正的縱放了。

她原是憎恨劉老頭的，如今她的恨意變弱了，說實在的，劉老頭待她不算薄，她這樣還報他，確覺有些過分，不過，她抗拒不了身上的這個漢子，也從沒想抗拒，說它是露水夫妻也罷，孽緣也罷，她都承受了。直至一把火燒過去，她才幽然的吐出兩個字來：「我怕……」

「妳知，我知，怕什麼呢？」

「紙總是包不住火的。」她說：「萬一有了身孕，那怎麼辦？」

「記到劉老頭的帳上好了！」秦長工說：「你要老傢伙打土匪，他縮頭怕事，但在這方面，他卻很要強，一定會承認妳肚裏一塊肉是他播的種——他要不承認，不怕全屯的人笑話他？」

「你願意你的孩子跟姓劉的姓？」

「誰願意來著?咱們只是暫時寄養,走的時候,當然連孩子一起帶走。」

「究竟到哪天才能走呢?」

「我得多積些錢,這一路千里地,沒錢怎能走得?要是積得快,也許孩子沒落地,咱們就已經上路啦!妳要真得了孕,妳認為有人會起疑嗎?」

「旁人不敢說,但劉老頭本人不會起疑的。」她把前兩天劉老頭講的和做的,都告訴了他。

「那正好,他本人就會替咱們掩飾,妳更沒有什麼好怕的了。」秦長工說:「退一萬步來說,即使他發現咱們真有什麼,他又能怎樣呢?用一頓亂棍擂死?事情絕對沒那麼簡單,鬧出命案來,他也得傾家蕩產吃官司。妳放心,十個財主九個怕事,照最壞的打算也丟不了命,死不了人的。」

「我們這是在造孽,不是嗎?」她仍有些膽怯。

「孽已經造了,容不得咱們再懊悔,也許生條孽龍下來,在亂世蹚蹚渾水，日後做個山大王也說不定吶。」他調侃著。

梆子在宅外敲響了三更，她從舒慵中驚覺過來說：

「我要回去了。」

「半夜裏有什麼好駭懼的？」他攬住她：「妳多留一會兒，等歇我送妳回房去。」

她只得依他，一直纏綿到四更天，他才摘下蓑衣，護著她回房。這兩個人，一個是戀姦情熱，一個是色膽包天，劉老頭離屯兩夜，他都和她在柴房裏幽會，秦長工大開大闔的手段，直把小玉牢牢的拴繫住了，她對他有說不出的迷戀。

劉老頭賣了豆子回屯，除了替她帶來木梳，還買了些衣料和刺繡用的五彩絲線，一心要討她的喜歡。她並沒有把那些料子剪裁掉，在白天，她穿得比早時更為樸素，垂眼低眉的做她該做的事，連屯裏愛講閒話的姑婆們都捏不著她的把柄，認為這個賣唱出身的妞兒變了，真有把劉家屯當成落腳生根地方的樣子。

其實是她心虛，不能不力圖掩飾。

劉老頭在宅裏，使她無法在夜晚和秦長工幽會，但在白天，他和她還是儘量找機會碰面，那怕是在屋角，在門後，在沒人看見的地方，摸一下，吻一下就再分開呢，他們就已經很滿足了。過了月底，她覺得紅潮不至，胸腹間梗著什麼似的想嘔酸，渾身舒慵懶散，連眼皮都有些發重了，她意識到極可能真的得了孕，但她沒對劉老頭說出來。

還是孟媽看出些端倪，喳喳呼呼的對劉老頭叫說：

「恭喜大爺，小姨奶奶害喜啦！」

「呵呵……」劉老頭翹著鬍梢子大笑起來：「怎麼樣？我說我還不老罷，只要她有孕，不論是男花女花都是大喜的事情。」他轉對小玉說：「打今兒起，宅裏費力的活你全不要動手，讓孟媽和小丫頭她們去做好了，閃了腰，動了胎氣，可不是鬧著玩的。」

一天她在灶屋裏遇上了秦長工，他兩眼斜睨著她的肚子，低聲說：

「孟媽到處在講，妳有喜了，可是真的？」

她紅著臉點點頭。

秦長工臉上堆起衷心的笑意來：

「那可是我們的。」

「可是，他落地就要姓劉了。」

「我要盡快積夠路費，帶妳們走。」他認真的說：「但我預計著，總得等孩子落地，等妳身子恢復過來，這一路的辛苦，對初生的孩子很不適宜。」

聽見遠處的腳步聲走過來，他們便停住話，各自走開了。小秦講的不錯，這一路的風霜之苦她曾嘗受過，尤其是寒季，最不適合趕長途，又是車又是船的，百般顛簸不說，若是走旱路遇上冰雪，一旦巴不上打尖投宿的地方，即使精壯的漢子也吃它不消，甭說攜帶嬰兒的婦道了。這些須得從長計議的事，不妨壓後再講，目前是要小心呵護著，先把這孩子生下來。

華小玉有喜的事，很快就傳遍了全屯，很多人為這事竊竊私議著。當然，老年得子的事例很多，有些男人年到七十還能生出老骨兒來，不過，像劉老頭這種喘喘咳咳的老病底子，房裏的事能不能辦得到值得懷疑，就算他一路歪斜，能播出些乾顆癟粒兒來，就能發得出芽，長得成莊稼嗎？

「咱們胡猜是沒有用的，人家劉老頭喜笑顏開，自己朝頭上攬，旁人能說不是他的親骨血？那野漢子是誰？證據又在哪裏？」

「紙總是包不住火的，」有人很篤定的說：「日後那孩子落地，看看他的眉和眼，就知那是誰下的種了！」

「就算真有這回事，你以為劉老頭願意鬧開來，坍他自己的台？——這和家風顏面有關，他還不是裝聾作啞，認著悶虧吃！」

「旁人沒權過問是事實，但劉老頭的兩個兒子，德榮和喜榮絕不會放過這檔子事不管的，」年紀大一點的人說：「他們會讓一個雜種野小子來分他們的家產？何況德榮已經成年，沒多久就要娶媳婦啦！」

「喜榮雖然年紀小些，但也精得很，他一定會幫著他哥起鬨，逼著老的，把姦夫淫婦轟出劉家大門的。」

這些言語，當然都是在背地裏講的，但華小玉早已能從屯裏人望她的眼神中覺察出來，他們起了疑心對她構成很嚴重的威脅，他們會懷疑誰呢？當然是劉家屯子裏她能接觸到的男人，老洪和秦長工都脫不了嫌疑，她決心在這段日子裏面，儘量不和小秦接觸，要是彼此都能克制自己，裝成若無其事的樣子，對兩個人都有好處。

但這只是她單方面的想法，小秦肯聽勸嗎？至少，在決定這樣做之前，她還得另找機會，和小秦談妥，才不會擔心日後露出馬腳來。

說來也湊巧，就在這時，德榮他媽劉老嬸兒病重了，劉老頭差老洪放車進城去請醫生，她去後院餵雞和小秦碰上了。

「外頭的風言風語，我想你多少會聽到一些，」她對他說：「你就是蹲著不動，別人也會首先疑到你頭上，這時候，只要有絲毫把柄被人捏住，咱們全完了！」

「是啊！」小秦說：「我一直很當心，妳做妳的小姨奶奶，我幹我的長工，誰也找不出我們有什麼過分的地方，除此之外，還有什麼好擔心的呢？」

「不是我瞎擔心，你未免把事情想得太簡單了！你以為他們非要當場捉住咱們，才能算數？像你平常遇上我，信口講的那些話，只要有一句被別人聽去，咱們恐怕再怎樣洗刷都洗刷不清啦！」

「嗨，妳要我怎樣呢？」

「忘記那宗事，只當沒發生過，」她說：「你該明白這是不得已的，在這種地方，真要出事故，也只是勢孤力單的一個人，不論官了私了，都佔不了便宜，人家挖個坑把你埋了，你還能怎樣？」

「千萬甭這樣嚇我。」小秦為難的說。

「我決不是有意要嚇你，小秦，」她說：「至少你要忍著，一直忍到咱們離開劉家屯的那一天，我的心是你的，人是你的，為了我和肚裏這塊肉，你也得忍下去，這多年的光棍你都打得，一兩年難道忍不得？」

「好吧！」小秦萬般無奈的說：「我聽妳的就是了！其實，我並不是不知利害，我太迷戀妳啦，每回一見你的面，就有些身不由己。」

「這我知道。」她低下頭說：「所以我才要跟你把話說清楚，勸你忍著。我不是也在忍著嗎？」

從那天之後，小秦果然不再像影子般的遠遠繞著她了，華小玉也就不再理會旁人傳著的閒話，劉家宅子裏，上下都在為劉老孀兒病篤奔忙著，加上正經主兒劉老頭曲意的袒護，使宅外湧著的小波小浪，並沒沾到她什麼。

在她腹部逐漸隆起的寒冬，劉老孀兒病逝了。她雖然一時還沒被扶成正室，但在這座大宅院裏，她卻成了唯一的女主人。不論她有多聰明，跑過多少碼頭，她總是太年輕了，當劉老頭有意把她扶正時，德榮首先和他老子頂撞起來。

「這個跑江湖的小娘們，做兒子的容忍她踏進劉家的大門，已經夠客氣的啦，三從四德，她有哪一樁夠進正房的？我娘的屍骨未寒，你就這麼寵著她！……我看，這事萬萬使不得。」

喜榮年紀小，不知該怎麼說道理，但也一味幫著他哥，指華小玉是賤貨、壞女人。劉老頭拗不過兩個兒子，只好把這心事擱起來不談了。

「妳還得忍一段時候，小玉。」他回房對她說：「要是妳能生出個男孩來，和那兩個一樣的承宗繼嗣，那時母以子貴，在族中人裏，妳的斤兩就重多了，我也容易幫妳說話，你懂吧？」

「我哪敢爭什麼名分，大爺，」小玉說：「只要您那兩個少爺不要咄咄逼人，讓我有一口安穩飯吃，我也就心滿意足啦。虧得您還在，處處護著我，他們還一口一個賤貨的糟蹋，萬一有一天您倒下頭，留我和這塊肉落在他們掌心裏，那還能再活下去嗎？」

「那倒不至於，」劉老頭說：「這事我自會早早的安排，小梁山腳，還有塊黑土田，孩子落地，我就打算撥在他的名下，日後妳可以搬離宅子，分鍋吃飯，就不會再有什麼大的衝突了！」

講是那麼講，在那日子沒到之前，劉德榮和華小玉之間的爭執就已經一天比一天激烈起來。光緒廿六年出生的劉德榮長華小玉四歲，早就到了單獨撐門立戶的年紀，當然對這個剛滿十七歲的小姨奶奶不買帳。華小玉如果不扶正，儘管劉老頭寵她，她也毫無地位，要是一旦扶為正室，在名義上就成了他的晚娘，這一口氣是他絕難吞嚥的。

為這個，他搬動族裏好些長輩出面，直接和劉老頭攤牌，如果劉老頭執意要把華小玉扶正的話，那得先要把兩兄弟日後該繼承的產業全部先過戶給德榮和喜榮，劉老頭可以領著小玉去另起爐灶。

儘管劉老頭把這檔事收拾起來不提了，劉德榮還更進一步，取了管家的鑰匙、收支出入的帳冊和房地契約，一手握住宅裏宅外管事的大權。表面上，說是做爹的年紀大了，不必讓他老人家再操心勞碌了，一切瑣細雜務，都該由他和兄弟喜榮承擔，讓老人家輕輕鬆鬆的吃碗安穩飯，實際上，也就是逼著劉老頭不能擅自做主把華小玉的名義變更。

「我還沒有死呢，你就這樣專橫？日後小玉要是落到你們手裏，還有嗽飯的份兒嗎？」劉老頭兒為了翼護他的寵妾，不得不硬壓著兒子，經過族中人一再調停，總算爭回一點權限，那就是田莊事務交給德榮去料理，宅裏的瑣碎事務和開支，仍交給小玉管理。這樣，雙方的衝突才比較平服一些，沒有再鬧下去。

「你的肚皮一定要爭氣，」劉老頭歎息說：「要是生個男孩出來，日後財產你才能有份，要不然，等我兩眼一閉腿一伸，你就連爭的資格都沒有了！」

手摸在逐漸隆起的肚皮上，想起這一段日子，劉老頭這般善意的對待自己，華小玉不禁感到有些內疚，自己肚裏分明懷的是秦長工播下的種，還硬是欺著哄著這個行將就木的老人，這只能用情非得已來勉強打圓場了。說真的，劉老頭這個蹲在鄉窩裏的土財主，本性倒是挺寬和的，人也忠厚老實，無奸無詐，要是他再年輕個十來歲，床笫之間多少派得上一點用場，自己半飢半飽的跟定他，也就罷了，誰知他竟是倒地的蠟槍頭，這才惹出一個秦長工，造出這段孽緣來，該怪誰呢？

到了十月尾，她得孕算有四個月了，長工小秦都很老實，沒有背著人纏她。劉德榮在宅裏逐漸掌了權，有個風吹草動，他解雇一個長工只要一句話，太輕而易舉了。小秦是個聰明人，他自會明白這個，一個長工的拳頭再大，胳膊再粗，也鬥不過宅子裏的少主子，為了日後的長久之計，他的強忍該算划得來的。

也許是日暖風和的一串小陽春在做怪吧？那天傍午時，老洪下田去了，德榮出去收秋租，喜榮也跑出去瘋野，不在宅子裏，她走出倉屋，長工小秦就在一邊竄出來，一把把她拖到牆轉角。

「你瘋了？」她驚惶的說。

「快瘋了！」他重濁的喘著：「我想妳想進骨縫，長夜翻過身抓蓆子，妳該想得到的。」

「快放手。」她說：「大白天裏……」

「不！」秦長工說：「大火快把我燒化了！……老傢伙在幹什麼？」

「在前院屋角，躺在躺椅上，閉著眼曬太陽。」她愈來愈慌的說：

「快放手，你！」

「妳整天陪他，他該不在乎妳多離開一會兒。」他近乎哀懇的說：

「只要一會兒。」

他的聲音在發抖，連腔調都變得極為怪異，她駭然於慾火真的會把一個男人給燒烤成這種樣子，他真的是天不怕地不怕的瘋狂了，正常人絕不敢在這時刻做出這種動作來的。與其在牆角拉拉扯扯的耗著，不如索性依了他。這一回，秦長工把她拖進他宿處的小屋，使她在久旱後添了一番暴雨。

在這場滂沱的暴雨中，她全然是驚怔惶亂的，她是一棵臨風搖舞的樹，是被雨水淋透的雞雛，一切的進行都像夢境一樣，對方變成一匹發狂的裸獸，衝撲向她，把她打翻在鋪上撕扭囓咬，一方長形的天窗上，正映著大白天的陽光。鋪板下彷彿有兩隻鼠子在尖叫。她粉色緞鞋尖上的花球，在他腰兩側的空裏抖動。她自覺腹中那塊肉都翻騰起來。

「你這死鬼，不要命了！」她語無倫次的罵著。

秦長工的唇在她肚皮上打轉。

「我親親我的孩子！」

她推開他，從枕邊撿起落下的牙攏兒，忙不迭地梳攏著她散亂的頭髮。

他推門放她出去的時候，還調侃她說：

「有什麼兩樣？太陽還不是這樣亮！我去幹我的活，妳去陪妳的老頭，既利人，又利己，妳就甭再罵了，我的小姨奶奶。」

說它很甜蜜麼？事後回味起來，真的是很甜蜜，但畢竟瘋狂得可怕，如果隔一些時候，秦長工會像這樣的按捺不住發一次瘋，她寧可連腳都不再踏進後院去，要是被人發現，那才真的是樂極生悲呢！

這次冒險，重新提醒她處境中潛伏著的危機，她理出劉老頭為她買來的五彩絲線，剪了一方白布，套進繡花繃子，閒著沒事的時刻，她就坐在前院的陽光裏繡花，一回想起那回事，她就心跳得使她繡的花球也彷彿抖動起來。

那個使人恨得牙癢又疼進心窩的短命鬼！他要是不改掉他狂激的脾

氣，總有一天會被人扔進烈火裏燒焦，被人活活的勒死。她不是在詛咒他，她擔心真的會有這一天。

天起風訊之前，外間謠傳著土匪又出山了，劉家屯的人，個個都像熱鍋上的螞蟻，只是秦長工，雖也忙來忙去，但他始終用濃濃的鼻音，吹出一兩段口哨，尤其當她能聽得見的時候，她明白那是另一種言語，只有兩個人明白那口哨裏吹的是什麼。

有一次，這口哨聲教劉老頭聽著了，還把小秦叫喚過來，當著她的面，把他給責罵了一頓。

「你沒想想，土匪出山，滿屯急成什麼樣子？這種時刻，你還有閒心腸吹小曲兒？你替我閉上嘴，少撩撥得我心煩。」

「是，大爺。」秦長工說：「我也是心慌駭怕，想吹吹口哨安慰自己，沒想到惹大爺您誤會了，朝後我不再吹就是了！」

秦長工挨罵時，她心裏在竊笑，這個急色鬼，敢情兩脅又在煽火了，讓劉老頭潑他一盆冷水也好，這全是他自找的，活該捱罵。但小秦並不這麼想，他用一頓罵換來挨近她的機會，又多看她幾眼，仍然極划算。這些意思，在他和她交換一個眼神之後，就互相融合了。

小陽春的天氣，經一場風雪，就消失無蹤，挺著肚皮的華小玉，也很少有到屋外去的機會，坐在宅裏的火盆邊，再想聽聽那斷續又撩人的口哨聲也聽不到了。

唉，一切都等著明春罷，她沉沉的想著。

四　紙總是包不住火的

也許交城這一帶鬧土匪鬧得太凶了，省城裏派下一撥官兵到縣裏增防，更常出動馬隊，下鄉來巡察，使劉家屯的住戶們過了一個有驚無險的冬天。但宋大爺對那些很神氣的西北軍並不信任，認為他們和土匪只是一個唱黑臉，一個唱紅臉，再繞著圈子推磨而已，等到增防的部隊一撤離，土匪立即就會轉回頭來騷擾。

「要是他們真決定撲滅土匪，他們又不是不知土匪的老巢在那裏，為什麼不派重兵去包圍剿滅呢？」他說：「那些吃糧的總爺們，絕不願意玩真的，他們只是糊弄糊弄，希望能交差而已，所以，咱們想保全全屯的生命財產，還得靠自己。」

屯子裏的人，都相信宋大爺講的話確是事實，他們對屯丁的組織和訓練一點也不放鬆。同樣的，在華小玉和秦長工之間，彼此攻防戰也一點都沒放鬆，小玉比較有心機，明白她處境的危險，在她的四周，不論明處暗處，都有很多隻眼睛在看著她，很多隻耳朵在聽著她，那些洶湧的暗流是看不見的，但也極為可怕，弄得不好，三條命都會賠上去。小秦把劉老頭看成活死人，其實不是，劉老頭還沒老到耳聾眼花，無法行動的程度，絕不能在他眼前露出一絲破綻來。

秦長工生性很聰明，何嘗不明白這個？但他是個饞貓性子，要一冬不接近小玉，他再怎麼也難以忍受。很明顯的，他發現小玉是有意避著他，這就使他更按捺不住了。她當真只是為了在劉家增加她的分量，向自己借種，使她能在一舉得男之後，取得爭家產的機會？她還是真心愛著他，日後真的奔離這個地方，和自己雙宿雙飛，做個長頭夫妻，他非要找機會問個清楚不可。

小玉就是有意避著他，同在一個宅子裏，機會總是有的。一天中晌時，兩人又在灶房碰上了，秦長工剛開口要把他心裏的疑團抖出來，小玉就搶著攔住了他。

「我對你講過多少回了，」她說：「要你極力的忍，開春後不久，孩子就會落地，你只管賣死勁幹活，積你的錢，要是不夠，我旁邊還攢著一點黃白細軟，可以貼補，這才是最妥當的辦法。你卻整天纏著人，問這問那的，這算什麼呢？」

「我夜夜都在想妳。」秦長工說：「我這一心的火，只有妳才能消得掉……」

「甭那麼沒出息。」她說：「幾十年你是怎麼熬過的？你這滿臉猴急相，明眼人一看就看出來，教我怎麼不避著你，你願意走死路，我和孩子還想活呢！」

秦長工的慾火，總算被她兜頭一盆冷水潑熄了，只留下一團隱隱的餘燼。小玉丟下他，自箇兒回到前宅去了，他獨自認真想想，小玉說的話一點也沒錯，兩個外鄉人，在這種地方，一旦姦情敗露，那真是不堪設想。

記得長工老洪曾對他講起過一個在當地發生的故事，說是某個農家的漢子，膝下有個獨生女兒，自小到大，都極得父母的寵愛，一年在燈會上認識一個外路的年輕漢子，被他吸引住了。以後男貪女愛的有過幾次幽會，女方得了孕，男的卻遠走了。旁的事好瞞人，肚皮裏的事卻是瞞不住的，它要朝上挺，連磨盤都壓不住。女父看出蹊蹺來，嚴加逼問，這才問出根由。他氣得渾身發抖，面無血色，大罵女兒不顧廉恥，有辱門風，使他臉面丟盡，沒法子見人。他要女兒去死，絕不容她生下孽種來。女兒哭得像淚人兒似的，不願就去死，做爹的火大了，著人抬來一口黑漆棺材，掀開棺蓋對女兒說：

「我生了妳，又養活妳，十七年，平時不是沒教過妳做人，今天妳做出這種喪行敗德的事，還有臉活在世上丟人現眼嗎？這裏是一口棺材，妳自己爬進去，算是我這做爹的盡了一份心，我們父女一場，再怎麼樣，我也不忍讓妳死在荒郊野外，讓狗啃鳥啄。快爬進去，我好親手封釘，對外就說妳得急症死了！」

做沒做得成倒是另一回事，從那個做老子的想法和行為，就知道在這一帶地方，民風保守到什麼程度，為了顧門風顏面，要把活生生的女兒逼進棺材，然後親手封釘，單是這樣，已經夠駭人聽聞的了！

小玉的做法是對的，忍過這一時，不讓任何人起疑心，日後私奔出去的機會便大得多，這些他也都反覆的想過，但慾火一煽，四肢百骸都發出某種渴求的吶喊，那時候，又把平常的告誡拋到九霄雲外去了。這樣看來，年紀輕輕，身強體壯，反而變成一種毛病啦。

為了克制這種上騰的慾火，秦長工夜晚總是到屯梢去買些土釀的酒來，喝得醉里馬虎的朝榻上一倒；再不然，就用冷水沖頭洗臉，把自己冰上一冰，使頭腦清醒一點。有一夜，他實在熬不過了，半夜起床，用鞭子抽打自己，把脊背打出一條條血痕來，才算勉強將那把火壓熄下去。

同樣的，華小玉也在極力熬忍著；秦長工為她帶來的一場疾風驟雨，化成她生命裏永難忘卻的滂沱，她又貪戀，又懷著恐懼，她腹中每次湧起隱隱的胎動，都使她想起她和他相聚時的情景，她會在一陣急促的心跳中，偷眼去瞥看一邊的劉老頭，唯恐他看出什麼端倪，揭穿隱藏在她心底的秘密。她明知劉老頭根本不會知道什麼，她偏就那麼心虛情怯，心驚膽戰的不得安穩。

隨著時間的輪轉，開了春，她的肚腹逐漸隆起了；劉老頭眼看著她肚裏的這塊肉就要落地，慶幸自己這棵老樹又發了新芽，心裏的興奮禁不住的綻到臉上來，笑得滿臉起皺；他特意叫老洪備車，趕到縣城去，買些珍貴的補品，替孕婦增添營養，又要孟媽接下她平素所管的室中瑣務，不讓她勞動，怕萬一驚了胎，損了胎氣；他那不停眨動的老眼，幾乎像繞線圈兒似的，每天在她肚皮上繞上幾百回，恨不得扯開那層雪白的肚皮，用他的老騷鬍子去刺刺胎兒粉嫩的小臉，那是他的老骨血，不論是男花女花，都是他的心肝寶貝。

這情形，外人倒沒有話好講，做兒子的德榮看在眼裏，滿心的疙瘩，老大不樂意。

他想到自己的母親，一輩子窩在這座宅院裏，甘心做牛做馬，和長工們一道做活，哪裏損了一塊磚，缺了一片瓦，她都放在心上，要把它們填補起來，何嘗多花費一文錢，去過一天像小玉姨娘這種養尊處優的日子？如今，娘死掉不久，老的心意已經很明顯，要把小玉姨娘給扶正，萬一她生的是男胎，偌大的家產少不得要勻成三份兒，把一份給她。假如她肚裏那塊肉，真是老的留的種，他倒覺得分給他家產是應該的，他們雖非一母所生，骨肉相同，也總是親弟兄，他最看不慣的是老爹厭舊喜新，把小玉姨娘寵得能跨在他的脖子上。

德榮心裏不甘願，但依照尊卑長幼的禮俗，嘴裏的言語都盡吞嚥下去，不願和做爹的正面起衝撞；而做弟弟的喜榮就不同了。十四五歲的喜榮還不懂得大道理，是一匹橫衝直撞的野馬，他看不順眼的事情，他就會直直的通出來，至少會白眼相加，連劉老頭都拿他沒奈何。喜榮不知怎麼的，打心裏仇恨小玉，每碰見她就轉過頭去啐吐沫，嘰嘰咕咕的罵「雜種」。這在喜榮來講，只是無心順口吐出的一句粗話，但聽進小玉的耳朵，卻使她膽戰心驚，總以為這個小子敢情是聽著什麼閒言語，或者捏住了秦長工和她之間的把柄，要不然，為什麼旁的言語不好罵，偏要指她肚裏這塊肉是「雜種」呢？

她真想使出女人的真本錢，用嬌憨向劉老頭哭訴，要他給個公道；她又怕這樣做會節外生枝，讓喜榮真的抖露出什麼秘密來，是不是秦長工酒後失言，或是無意中洩漏了什麼，她還弄不清楚，面對喜榮，她只好忍著。

好在她計算過日子，從得孕到如今，已經七個月了，產期應該在四月裏，等到孩子落了地，劉老頭兒邀宴過親友和族人，當眾承認孩子是他的親骨肉，這就是板上釘釘——駭的了，那時候，德榮和喜榮兩個再狠，也不能把他們的弟弟或是妹妹給活啃掉，只要能闖過這一關，她和秦長工帶著孩子私奔，那就容易得多。她可以找機會，設名目，利用主婦的身分，吩咐秦長工套車進城，然後從容的離開交城，那些鄉角落的土佬，即使想追，恐怕還找不到追的路呢！

臨到四月裏，她要分娩了，劉老頭請了兩個穩婆到家裏來，等候著替她接生，結果產下了一個男嬰，劉老頭高興得合不攏嘴，立即吩咐孟媽趕夜煮紅蛋，分送到屯裏每一戶去。他打著朝天的哈哈，自比是寶刀未老的老將黃忠，旁人都以為他真的老而健，只有秦長工在心裏竊笑，認為他是雞抱鴨子枉費心。

老年又得一子，是天大的喜事，劉老頭一反往常的吝嗇，取出一小罈積聚多年的銀洋來，替孩子設喜宴，殺豬宰羊掛龍鞭不說，還請來兩班吹鼓手，嗚哩哇啦的吹吹打打，從早到黑迎接許多趕來慶賀的賓朋。

劉老頭兒是宅裏正經主，挺身出來擺出這樣的排場，吃了酒的親朋都錦上添花的齊聲道賀，沒有誰敢嗑一句閒牙的。小玉穿得滿身新，抱著打扮得花團錦簇的兒子，花蝴蝶般的在賓客群裏穿梭，真是享盡了風光，喜榮氣得不肯吃飯，在門外狠踢著石頭。

在屯子裏，凡是年紀長、有地位的人，即使心裏存疑，也不會輕易的說出口來，因為沒憑沒據的背後講閒話，大家都認為不道德。嘴上積德，是傳統所重的，何況這是劉老頭家門裏面的事，正經主兒都喜笑顏開地認了帳，是不是他的親骨血，與旁人何干？

但有些年輕好事的就不同了，屯子裏有個劉二混，是喜榮的族中兄弟，這個人最喜歡管旁人的閒事，而且出語尖酸，他看到喜榮不進屋去吃酒，反在門外狠狠的踢著石頭，便湊上去說：「兄弟，把鞋尖踢壞了，也是沒有用的，你爹那種身子骨，血氣兩虛，竟然能在你小玉阿姨的身上，掏弄出一個白胖生生的兒子來，旁人信得過，我劉二混可信不過，別以為吹吹打打的大宴親朋，要這種障眼法，就能瞞得過天下的人，……有些人眼裏揉不進一粒沙子，我敢斷言，你那弟弟根本不是你爹種的種，你爹貪圖面子不要緊，你們兄弟倆吃虧可大了，要貼出去三成家業。」

「你說這種話有什麼憑據？」喜榮說：「要是教我爹聽著了，他會割掉你的舌頭。」

「哼，俗話說得好：要得人不知，除非己莫為。」劉二混笑說：「鐵桶還會有沙漏呢，憑據得要你們自己去找啊……你看過那孩子的鼻子、眉毛、嘴和眼沒有？」

「看那些幹什麼？」喜榮困惑地說。

「這話問得真怪了！」劉二混說：「看那孩子長得像誰，就從誰的身上去明查暗訪，早晚你們就會發現，小玉那塊田，究竟是誰在偷耕的了。」

若是說劉二混有心揭發什麼，那倒冤枉了他，他只是表現他自己聰明，懂得捕風捉影；用推理的方法，證明他有頭腦，會推斷事情，說過了也就算了。但喜榮卻把他的話，句句都當成真的。

臨到夜晚，喜榮和哥哥德榮回到房裏，喜榮把劉二混說的話，一五一十的告訴了德榮。德榮聽了，眼睛一亮，不住的點頭說：

「你甭看二混哥平常鬼話劉基的沒正經，他的推斷，並不是沒道理。爹是這樣的人，他寵著小玉姨娘，便不去懷疑她，他不願自認老年多病，身子不濟，埋著頭，閉著眼，承認那個孩子是他生的。老實說，連我都在起疑，不過，找不著憑據，不願講出來罷了。」

「要是真有這種事，她是勾引了誰呢？」喜榮說：「我們宅裏，只有兩個長工，老洪和小秦，他們誰也沒有那麼大的膽子。」

「喜榮，這事你不用再管了。」德榮認真的想了一會說：「記住，也千萬不要對外亂張揚，要是找不著真憑實據，是丟我們全家的臉面，而且，別人還以為我們為了爭財產，故意誣賴弟弟是野種，別人會笑話我們的。再說，我們到處一張揚，會使那野漢子心生畏懼，一時不敢動，找憑據就更困難了。」

「好，」喜榮說：「那我不講就是了。」

「你不但不講，還得替我在一邊睜眼看看，看著她的行為舉動，和誰接觸？都講些什麼話？要是發現有什麼可疑的，悄悄告訴我。」

「好！」喜榮帶著興奮的神情說：「就這麼辦。」

「老洪和小秦兩個，你便中也要多留意。」德榮說：「我想，要是她和野漢子有姦情，外人的機會少，宅裏人的機會多，尤其是小秦，他和她是同鄉，年紀又相當，不能不讓人懷疑到他的頭上。」

「對啦！」喜榮忽然想起什麼來：「小玉姨娘的那孩子，眼眉不是很像秦長工嗎？這話我只能關起房門對你說，要是說給爹聽，他不抓起木棍來搯打我才怪了呢！我們就是講了真話，爹也不會肯信。」

「嗯，」德榮說：「你這樣一講，我就更疑心小秦了。不過，這話先不要講出去，免得打草驚蛇，等有了憑據再講話，就不怕爹不信了。」

這兄弟倆心裏起了疑，決意在暗中找憑據的事，秦長工和華小玉兩個都不知道。華小玉生下一胎男嬰，她雖然一時還沒有扶正，屯裏人已經稱她作玉姨奶奶了。劉老頭替那孩子取的乳名叫小三兒，學名特意找城裏有學問的四書先生取的，叫做正榮。老傢伙為了討好這個年輕輕的寵妾，為這孩子做了大紅鑲皮毛的披風，滾金線嵌銀牌的帽子，胸前掛上百家鎖，腳上套了黃色的虎頭鞋。華小玉並不因為劉老頭寵愛這孩子高興，她卻是舒口氣放下了心，至少，她初懷孕時遭遇到的奇異的眼光和竊竊私語，再難見到和聽到了，全是劉老頭出面替她解的圍，今後再有人議論這個，那就不單是和她過不去，而是針對著劉老頭來的了。

小玉一放下心來，秦長工心裏自然也就寬鬆了許多，他和她兩個，利用劉老頭做擋箭牌，連德榮和喜榮都不敢講出一個不字，旁人就是有疑惑，更不方便開口，他只要等機會把她和孩子帶走就成了。

這當口正趕上麥季，田地裏的莊稼活兒極多，德榮和喜榮都下田工作，兩個長工當然也跟著忙碌。旁人忙碌，是滴著汗，埋著頭，儘管忙著工作，秦長工卻一面忙，一面快快樂樂的用口哨吹著俚俗的小曲兒，盡是相思、調情、郎呀妹呀一類的，德榮聽了，和喜榮交換了一個眼色，並沒講什麼，但老洪卻拿秦長工開起玩笑來。

「活脫是野貓叫春，你這種哼法兒。」老洪說：「春天已經過去啦，當著一窩雄貓，你哼個什麼勁兒？」

「求個心裏樂乎，」秦長工黝黑的臉上綻出一排白牙來：「我娶不著老婆，不賣賣王老五的調調安慰自己，日子怎麼過法？你說。」

「你要想在此地安家落戶，為什麼飄飄蕩蕩的，不娶個老婆呢？」老洪說：「憑你的身段骨架，年紀和長相，這並不是難事，你要有意思，我替你做媒。」

「流落在外的人，一心惦記著老家根，」秦長工說：「單只望多積賺點兒，準備回去。北徐州是個好地方，不會常鬧飢荒，我不希望多個老婆，多份累贅，萬一成家之後，她生下一大窩孩子，那不把人給墜住了？」

「說得也是，」老洪說：「咱們這種窮鄉僻壤，怎樣也比不了徐州那種熱鬧的大埠頭。俗說：人不親，土親。即使徐州不是繁華的地方，你也會回去的，沒有什麼真能墜得住有心人，這跟娶不娶老婆並沒關係。」

「你們兩個，究竟是在幹活，還是在閒扯？」德榮在一邊說話了：「咱們請你們兩個打長工，是要你們幫忙幹活來的，省點吐沫成不成？」

德榮畢竟年輕，用少東的身分講話，尖銳得不留餘地。老洪年長憨厚些，不願出言頂撞，頭一縮也就算了，而秦長工對這兩個少東，一向是看不順眼的，回過頭，把兩眼一翻說：

「幹活不准講話，你的規矩倒多得很吶？幸虧老東家還在，要不然，我的飯碗早就砸掉了。」

「你講的是什麼話？」劉德榮也是年輕氣盛的，長工竟然敢當面頂撞他，他不由得跳起身潑吼起來：「你要不想幹，立刻算工錢，替我捲舖蓋滾蛋！」

「嘿嘿，」秦長工反而大笑起來：「劉德榮，我一直把你當成少東看，沒想到你竟是這樣差勁，你沒睜開眼看看，如今是什麼時刻，我姓秦的要不肯安分，會到劉家屯來幹長工，整天忙著做粗活？我單憑這身力氣，到城裏去扛槍吃糧，老虎皮一披，一樣是爺字輩的人物，實在沒路走了，投幫入夥混黑道，你又能把我怎樣？……滾蛋，這句話是你講的，我明兒一早，拍拍屁股就走！」

老洪一看兩人鬧僵了，他不得不出頭來排解說：

「原本沒有事的事，鬧成這樣多不好？大家都省一句，幹活要緊。」他先轉身對秦長工說：「小秦，劉家的老東家沒虧咱們，凡事要看在他的份上，咱們今天總是端人家的飯碗，小氣不妨忍一忍，就算不願再幹了，也得等到約期滿後，彼此心平氣和的好離好散，用不著立刻甩袖子，是不是？」接著，他又轉頭對德榮說：「大少東，你的脾氣實在也要改一改了，我老洪受得，旁人不一定能受得，你和秦長工反目成仇，對你，對劉家屯有什麼好呢？這，你得多想一想，不能逞一時之氣啊！」

一場眼見就會鬧得不可收拾的衝突，經老洪出面排解，總算雷大雨小的收了場，但兩人之間的裂痕還在，都把內心的餘忿發洩在幹活的動作上，表示出誰也不服氣誰的味道。當天夜晚，老洪跑去找到德榮，鄭重的對他說：

「大少東，我並不是有意幫小秦說話，他這個外路人，單身流落在這兒，你攆他走，算是欺侮他，人家會批評你待人刻薄。小秦人雖不定性，幹活卻沒偷懶，你把他得罪了，他真的去扛槍吃糧，對劉家屯不利還不說它，他要是投到虎頭蜂那邊去，轉臉燒殺過來，又該怎麼說呢。人說富不鬥貧，你可是個明白人啊！」

德榮在事後也承認講話不當，把秦長工惹火了，但他心裏隱藏著的那份疑慮，不願意當人吐出來。在這之前，他和秦長工至少還沒正面起衝突。秦長工是光緒二十二年出生，論年紀，要大他四歲，他走過的路多，見過的世面廣，當然不會把鄉角落裏長大的少東看在眼裏；德榮的脾氣剛直火爆了一些，秦長工也知道，多少避著他一點，兩人之間保持著微妙的距離，一直沒有大的衝撞。這一回，喜榮從劉二混那邊撿了些話頭回來，使德榮心裏起了疑，才覺得秦長工這個人，越來越看不順眼，形成了兩人正面衝撞的原因。

德榮冷靜下來，認真想想，自己動得太早，也太莽撞了，不錯，秦長工是受雇在劉家的下人，和雇主頂撞的結果，大不了是捲舖蓋，辭工走路，他並沒有任何罪證握在自己的手上，劉家屯不是不講理的地方，不能任意誣陷人。

實在說，辭掉一個像秦長工這樣的熟手，再去招僱人也沒有那麼容易，何況又在農忙季節，做爹的恐怕也不會同意。此外，老洪說的那番話，可真有些道理，自己忍不得一時之氣，和姓秦的反目成仇，硬把他給逼離劉家屯，將來恐是後患無窮，秦長工真去投了軍，或是去當土匪，屯裏人擔心他回來報復，怕連覺都睡不安，日後不論鬧出什麼意外事故來，自己都卸不掉這個擔子，別人會說：這全是德榮一個人惹出來的。

「算你講得有道理，老洪。」他說：「你要我怎麼辦呢？難道要我跑去向他認罪？我總是雇主啊！」

「那倒不必了，」老洪說：「人都沒有那麼長的氣性，氣過去，火過去，只要雙方不再口出惡聲，過個三天五日的，也就沒事啦。」

「好，」德榮說：「我答應不再計較。」

「那就好辦了，」老洪說：「秦長工那邊，由我去講，要他對你道個歉，把大事化小，小事化無就是了。」

經過老洪兩頭化解，這宗在田裡嘔氣的事，總算擺平了，但兩個當事人心裏結的疙瘩，卻仍結在那兒，德榮只是暫時嚥下這口氣，一心尋找秦長工的把柄，尤其是可能和小玉姦情有關的蛛絲馬跡，只要能有一絲線索，一點能使人信服的憑據，他就有把握把秦長工扳倒，當時把他捆送進官，使他坐進大牢。那時候，姓秦的就有天大的能耐，也翻不出掌心了。

對秦長工來說，這次爭吵更提高了他的警覺，他知道劉老頭的年紀大，身體弱，已經逐漸把掌管家宅和農務的擔子，分卸到小玉和德榮的頭上。德榮一直氣恨小玉，自己和小玉是小同鄉的關係，他也會因此移恨到自己的頭上，即使目前還不至於由他獨斷專行把自己給攆走，日後也難處下去了。無論如何，他要儘快設法帶著小玉母子上路，只要一離開交城縣，劉家這窩蛤蟆再怎樣也奈何不了自己啦。

他很想把這種情形，找機會對小玉去說，但機會實在很難找。小玉自從生下男嬰正榮之後，劉老頭經常黏在她屋裏，他以下人的身分，根本進不得房門，即使有事稟告，也只能站立在堂屋外的台階下面，放聲稟事，聽候屋裏的一聲吩咐而已。

在男嬰彌月前，孟媽抱著他，沒走出過堂屋的門檻兒，用披風包裹著，還怕被風吹著，秦長工很想看看那孩子，同樣沒有機會看得到。只聽孟媽說是老爺很喜歡這個晚年得來的兒子，做了三朝，還打算花更多的錢替他做滿月，同時，他要請族裏幾位年長的執事公證，把小梁山那邊的大塊坡田，放在正榮這個男嬰的名下，說是正榮和兩個哥哥的年紀相差一大截，怕自己走得早，做哥哥的在分家產時會欺侮寡母幼弟，所以要在他還活著時預留地步，要不然，他活著也難以安心。

秦長工聽了，只有暗中苦笑的份兒：心想：做兒子的比做老子的走運得多，一落地就能分到小梁山的大塊坡田，想我秦某人流落到劉家屯，賣盡力氣幹長工，把汗滴在別人的田地上，想多要一文劉老頭也未必就肯，這真是一宗怪透了的事情。不過，這孩子沒有那個命，因為自己就要把他帶走，要帶小玉離開，當然非帶他不可，要不然，底牌一揭穿，劉家的人真會活活的把他扔到亂葬坑去餵野狗。

劉家為小三兒彌月，請了滿月酒，排場比三朝更為盛大。德榮和喜榮不滿意做爹的這般花費，都在一邊生悶氣，不願去湊這份熱鬧。秦長工想湊熱鬧湊不上，只能在外面跑腿忙碌，正巧，又教愛說閒話的劉二混給遇上了。

「噯，秦長工，你瞧見過那孩子沒有？」

「怎麼樣？你是講屋裏的三少東？我沒瞧見他的臉，還不知他長得什麼樣呢？」秦長工說：「我想，一定很像玉姨娘，那就夠俊的了。」

「嘿嘿，」劉二混笑起來，嘴角總朝一邊歪吊著：「那孩子如你所說，確有三分像是他媽，不過，他那長相很怪，半分也不像我那堂叔，若有人說他和喜榮德榮是兄弟，就連我都信不過。」

「同父異母的弟兄，不像的，也多得很吶！」秦長工掩住心慌，強自鎮定說：「這可不能隨便亂猜測的。」

「我何嘗願意亂猜來著，」劉二混和氣的說：「但你要湊近了多看兩眼，恐怕連你也會生疑了，那孩子的模樣，像極了一個人，——不是我那堂叔就是了。」

「你說是誰？」

「猜歸猜，講可真的不敢亂講，」劉二混說：「過些時，孟媽把他抱出屋，你看到了，會大吃一驚的。你不必著慌，……我並沒講他像你呀！」

劉二混虛虛實實、真真假假一番話，使秦長工的冷汗順著脊背朝下流。他不能因此就對劉二混翻臉，也許對方是故意拿話來試探自己的反應，此地無銀三百兩的做法是玩不得的，他只有裝出漠不經心的樣子，故意裝傻了。

「像我？那麼算他命不好，」秦長工也打著哈哈說：「算了吧，二混子，我可不是你開心逗趣的對象，你兩嘴吃得油油的，舌尖滑溜得很，我還要忙著幹活呢。」

秦長工藉著忙碌躲開了他，有點像脫了鈎的魚一般的驚恐。劉家屯這種地方，像劉二混這種尖嘴子、貓腸子的人不多，但出了那麼一個，就夠人受的，這類人物，一向是成事不足，敗事有餘，正因自己做了虧心事，不得不聽著他一點兒，免得被他的舌尖一撥弄，把事情都給撥弄出來，那時候再想脫身，可就不那麼容易了。

事實上，秦長工想錯了一點——躲就能躲得了嗎?!

小三兒那孩子滿了月，由孟媽抱來抱去，那孩子的眉眼嘴鼻長的模樣，連秦長工自己看了都臉紅心跳，因為和他太像了，這比什麼都糟，旁人都是長著眼的，凡是看過那孩子的，恐怕都會起疑，再加上劉二混子那張尖嘴一挑，事情簡直就到了危乎危乎將要揭穿的地步啦！

如果單是秦長工在暗裏著慌，那還不怎樣，偏偏那些風言風語，經過閒雜的嘴皮子，也灌進華小玉的耳朵裏去了。華小玉知道德榮和喜榮兩兄弟，從孟媽懷裏打開披風，端詳和分析過小三兒的臉，並打算向族裏去告訴，請族中長輩們秉公評斷，看看小三兒究竟是誰的種？膿瘡一旦鼓得露出膿頭，再想用一帖藥膏把它掩壓下去，那是不可能的。她為這事覺得心驚眼跳，時刻不寧。

她急迫的想找個機會，和秦長工暗中見面，商議在事情還沒爆發之前，設法逃走，她不願眼睜睜的坐著等死，讓全族的人聚合在一起審判姦夫淫婦，臨到那時候，就是跪地哀求，哭啞喉嚨，叩破頭皮也沒有用了。

五月中的一個夜晚，小三兒受了驚，有些發寒熱，小玉要孟媽抱著孩子，要秦長工拎著燈籠，到屋外野地裏去叫魂收驚。她一面叫著，一面利用機會和秦長工講了些悄聲的言語，她知道老孟媽的耳朵聾，眼睛又不好，根本不會發覺什麼。

「這孩子長得和你一樣活脫，」她說：「德榮兄弟起了疑，還想著要對付你，不走不行了！」

「我知道。」秦長工挫著牙說：「他們很機敏，不甘心讓咱們的孩子分他劉家的產業。事實上，咱們並沒起過這種貪心，只是想走罷了。」

「走不掉就是三條命！」小玉的聲音有些抖索。

「不用怕，咱們會走得成的。」

秦長工講得很鎮定，彷彿成竹在胸，使小玉略略的安心一點。

第二天絕早，秦長工和德榮兄弟倆牽牛荷犁下田去施耕，那時天剛濛濛亮，曠野瀰漫著一片乳白色的朝霧，耕田的時候，德榮突然單刀直入的問起話來：

「我說小秦，你這個貪心欺主的傢伙，你跟我老實講，你和小玉之間，究竟是怎麼一回事?!那個雜種小三兒，又是怎麼生下來的？你要想狡賴，有你好看的！」

秦長工一聽，知道事情已經爆發了，便冷冷的停下犁，翻起眼睛望著德榮說：

「大少爺，你這些閒話，是從哪兒聽來的？那劉二混子的言語，你居然也聽得進耳？還把它當成真的。有沒有這回事，也應由老東家來問我，輪不到你來審問。」

「放屁！你眼都綠了！」德榮叉起腰罵說：「你們兩個不乾不淨，把個雜種送到劉家門裏來，還理直氣壯的不讓我來管?!你欺負我爹年老昏沉，也太目中無人了！」

「我沒有這回事，有什麼好認的?!」秦長工也橫了心，潑火起來：「你要是存心找我碴兒，不要我幹，我可以隨時捲行李走路，你要一意栽誣我，我和你拚了！」

「我要不給點顏色你看看，你是不會乖乖認賬的！」德榮也吼叫說：「我先砸扁你，再把你捆進屯去，看你還敢狡賴？」

「你沒憑沒據，血口噴人！」

「憑據有的是，到時候你就知道了！」

秦長工一聽，心更橫了，出拳就搗向德榮，德榮也一心是火，兩個漢子就在新犁過的田地裏搏鬥起來，拳來腳往，打得非常激烈。年輕的喜榮看見哥哥和秦長工打架，急忙拾起趕牛的鞭子，猛抽秦長工的脊背，一面放聲大喊著，告訴在鄰近耕作的屯裏的族人。

秦長工一急，跑到牛車旁，從車上取了一柄鐮刀，連著砍向德榮。若論年齡、身材和力氣，這兩個人打起架來，應該是半斤八兩，旗鼓相當，但秦長工沒有退路，起了兇性，更加上搶先搶得了一柄鋒利的鐮刀在手上，一頓猛砍，使德榮明顯的招架不住了，轉眼之間，他身上就被砍了三四刀，滿身都濺著血，把青布小褂子染得透紅。

喜榮見到哥哥受傷，撲上去拖住秦長工的腿，張嘴就咬，把秦長工小腿上的肉，硬生生咬下一塊來。秦長工護疼，反手就是一刀，正砍在喜榮的右邊嘴角上，砍出一道裂口，繞著腮，一直裂至右耳根。

喜榮滿臉是血，倒在地上打滾。

負傷的德榮飛奔出去，大喊著：

「快來人哪！長工小秦殺人啦！」

秦長工這才發覺可能出了人命，把鐮刀一扔，便趁著朝霧沒退，落荒奔逃。德榮受傷流血，喊著喊著，人也就倒地暈了過去。

這正是耕種的季節，村裏很多人都下田幹早活，一聽見德榮的呼喊，知道出了事，便你呼我喚的紛紛趕了過來，再一瞧，不得了啦，劉家的德榮、喜榮兩兄弟都倒在地上，渾身是血。德榮指著秦長工逃跑的方向，大夥兒便抄起傢伙一路追了下去。朝霧退得很快，秦長工是心慌腿軟，跑不出半里地就被後面的人追上了。屯裏的人遇上這類的事，倒是抱氣得很，一來來了十七八個，像追兔子樣的啊荷喊叫圍上來。秦長工一看走不脫了，便轉身說：

「少東栽誣我，我不服氣，雙方就打起來的，傷了人，吃官司，我全認了！」

「事情怕沒有那麼簡單罷?!」德榮的族中兄弟芳榮說：「你受雇在劉家屯當長工，竟敢在當地行兇傷人，你心裏哪還有旁人?!」

「把他捆上，拖回屯去再算賬！」

大家一哄湧上去，拳打腳踢，繩捆索綁，把秦長工修理得臉和鼻子一塌平，牙齒也被打掉了好幾顆，渾身上下，捆了三條繩子，手都被勒紫了。

傳信的跑得飛快，秦長工一被拖進屯子，全屯都已經知道了。不論什麼原因，單是一個外路的長工打傷屯裏的雇主，就使屯裏的人氣憤到極點，他們把秦長工捆在石碾旁邊的木柱上，狠狠地用鞭子抽打，打得他死去活來好幾遭。

德榮和喜榮也被抬回宅去，劉老頭一看自己兩個兒子被砍成這樣，也痛極氣極，恨不得立時就衝出去，也在那傢伙身上砍上幾刀。當他從受傷的德榮口裏，明白是怎麼回事的時刻，他氣得臉色慘白，跌坐在椅子上，不斷的張嘴喘氣。

「罷了，罷了！」他惱恨的說：「要老洪立即備車，把這不仁不義的兇犯押送到官裏去，咱們總不能把他打死，為他那條狗命吃官司，犯不著了。」

「您宅裏那個淫婦，還有那小雜種該怎麼辦呢？」劉二混可攫著機會說話了：「我說大叔，事情業已揭穿，您可留不得他們啦。」

當著一屋子的人，這個瘡疤被揭出來是最使劉老頭難堪的了。他花了重金買妾，卻和自己宅裏的長工私通，生下個雜種兒子，由自己出面承攬，還兩次擺酒宴客，天下要真有冤大頭的話，他該是頭號的了。

「去把她叫喚出來！」劉老頭冷哼著說：「連那私孩子一起抱來，我今天就要打發掉他們。」

小玉沒被喚出來之前，業已知道出了什麼事了，她抱著孩子到堂屋，二話不說，直直的朝劉老頭面前一跪，只求開恩，給母子倆一條活路。

「這麼說，妳和小秦通姦是事實了？」

「是事實。」小玉說：「事到如今，也容不得我不承認了。」

「妳手摸良心想想看，打從妳進門，我待妳怎樣？」劉老頭說：「我養的是狼，是一窩子野狼，到最後，把我兩個孩子弄得血淋淋的，我真恨不得剝掉小秦和妳的皮！妳這個賤人，竟然還有臉要我饒了妳?!」

「打傷德榮兄弟，卻是小秦的罪過，」小玉說：「我事先根本不知道，也從沒存過這種心。」

「好罷，」劉老頭說：「屯裏的族中鄰舍都在這兒，我天生是個老沒用的貨，才弄得家醜外揚。不管妳有多大的罪過，我也不忍趕盡殺絕，迫妳母子走絕路。我也不以通姦罪名，把妳和小秦一道送官。這裏有廿塊現大洋，夠妳母子回到徐州的盤纏了，日後一切，看妳的造化，我也不再管啦，只有一點，我要對妳講清楚，這個私生子絕不准再姓劉！」

小玉原以為這回是會丟性命的，沒想到劉老頭子這麼仁厚，連把她送官也免了，還送她廿塊現大洋，打發她母子倆離開劉家屯，她當時就磕了三個響頭道謝，同樣對屯裏的人叩了一圈的頭，當時就抱著孩子離開屯子走了。

這一帶的民風很獷悍是不錯的，人們對姦夫淫婦，實在也恨之入骨，但劉老頭這樣寬厚的做法，全屯的人都覺得是對的，人再狠，也不願弄死一個年輕輕的女人，更無法撕碎那個私生的孩子，既狠不下心，不給她一點盤川打發她走路，哪找得到更好的辦法呢？

他們把對那淫婦的餘忿，都移到秦長工這個姦夫的頭上來，逼他吐出通姦的經過情形和行兇的實況，替他先錄供畫押，再備車把他送到縣衙門去發落。

劉老頭買妾引起的這場風波，從表面上看，彷彿就這樣的了了！

五 一鍋溫吞水

有阿芙蓉之癖的縣太爺太勞累，常常訴苦說他不想再幹了；惹他一肚子牢騷的最大原因就是積案太多，從早到黑他都在審案子，這可是最勞精費神的。

要是民事糾紛，兩造都是殷商富戶，費了精神多少還有些補償，偏偏在這種縣份，十宗有八宗都是盜匪案，審得重了，縣官頸子上又沒有加上鐵箍保護著；審得輕了，民怨沸騰一樣受不了；審得不輕不重，又兩面不討好。有些重大的案子，上面逼得緊，一點也不敢草率，交關過節弄岔了，丟官事小，說不定能把自己的腦袋也玩掉。有時候，夜晚提審人犯，一個更次一個更次的耗，使他不得不中途暫行打住，回後面去燒上兩個泡子，過足煙癮再上堂。

劉家屯具狀，把秦長工押送過去，這種通姦再加上傷人的案子，在縣裏文案看起來，算是很普通的案件，一時還輪不著審問，先把秦長工發進大牢裏聽候審理，縣太爺連知還不知道呢。

秦長工被發進監去的第二天，華小玉就帶著孩子進城來了。在交城，她認不識旁的人，只認識一年多之前，她曾經落宿過的那間客棧的老闆。

當她提起過去那段事的時候，店主人還記得，他說：

「妳現在不是劉老頭的姨太太了嗎？是進縣城來有事？怎麼不放車來呢？」

「我是被攆出來的，」小玉也據實告訴他說：「他們指我和宅裏的長工小秦通姦，說這孩子不是劉家的骨血，一腳就把我們母子踢出門來了。」

店主聽了，笑裏帶著些說不出的味道。

「也難怪，嗨，劉老頭實在太老了，」他說：「妳打算回原籍去，還是暫在這邊落腳？」

「我是想等一段日子，」她說：「想和監裏的小秦見次面，要是他坐監的日子短，我就等他出來，一道回去。千里迢迢的，我一個人上路，不太方便。」

「說的也是，」客棧的主人說：「最近四鄉鬧匪亂，省城開來駐防的老總很多，妳要肯唱小曲兒，多少會添點進項，母子倆混日子還能混得過的，至於探監，恐怕還得等上一些日子。」

「要等多久呢？」她說。

「很難說，」店主人說：「總得等到案子發落，他的刑期定了，再找上門路，才能和犯人見面罷，我也不清楚衙門裏面的事，容我找人替妳打聽打聽就是了。」

店主有意幫她的忙，小玉忙著向他道謝。她被逐離劉家屯，帶出一隻小包袱，裏面僅有幾件簡單的衣物，所有簪環首飾都不好再拿了，她身上雖帶有劉老頭給她的路費廿塊大洋，如果立時上路，還夠花的，假使在交城留上一段日子，光出不進，那總不是辦法。誰知小秦要被判上多久？到時候，打點他的事，也少不得花費些，要是能賣唱積些小錢，維持平常的日子，那她帶著孩子在縣城住下去，就略微安心一些了。

在店主有意幫忙下，小玉梳理打扮，真的在這家客棧的茶樓裏賣唱了。也許是她趕上時機，那些在縣城駐防的總爺們，平常沒事就逛茶樓，點唱逗樂子；小玉人長得俏，年紀又輕，在開了懷生了孩子之後，眉梢眼角多了一份成熟的風韻；這樣的人，在荒天一角的城市裏，在那些總爺們的眼中，簡直是一等一的大美人了。有人捧場，生意不惡，雖沒什麼大賞頭，卻也積少成多，使她的收入，能維持母子倆開銷的。

生活的問題暫時解決了，但怎樣才能到大牢裏去看望小秦，她卻摸不著門路。據人說：小秦這宗案子，目前還不能開審，因為被他用鐮刀砍傷的德榮兄弟倆，也已經送到縣城來醫治，這兩兄弟如果不死，算他姓秦的走運；要是死了，他就得服重刑，不是三年兩載就能出獄的啦！……聽了這話，她的心裏很焦急，萬一德榮兄弟死了一個，小秦要坐很多年的牢，她又該怎麼辦呢？

正當她焦急的時刻，有個人意外的闖了進來，這個人也姓華，那些總爺們都叫他華棚頭。（**棚頭，即現今的班長**）棚頭雖然算不得什麼官職，但他是駐守在城門口的衛兵頭目，有時也會帶兵上街盤查，在一般商戶的眼裏，算是很有些權勢的人物。

華棚頭也到茶樓來聽唱，聽到小玉說話的口音，就和她攀談起來，問她是哪裏人，小玉告訴他是北徐州，華棚頭立刻很熱烈地說：「可沒想到，在這兒遇上小老鄉了，我的老家也正是北徐州呢！」

接著他問小玉姓什麼？小玉告訴他姓華，華棚頭聽了，一疊聲喊巧，指說小玉和他是族中兄妹，全是一家人了。小玉機靈得很，她為了要找門路，設法和被押在監裏待審的秦長工晤面，一直苦無機會，如今機會來了，她怎肯放過，當時便改口稱呼華棚頭為大哥，華棚頭也樂呵呵的稱她叫小玉妹子，兩個人不但認了同鄉，更認了兄妹，關係一下子就親密起來了。

能認華棚頭為大哥，對小玉來說是太得力了，有了他做靠山，她便不再畏懼劉家屯的人來找她的麻煩，使她可以留在交城過一段日子。同時，對坐監的秦長工也有照顧，兵爺和獄卒都是相通的，只要有人打個招呼，秦長工一定少受很多苦處。

華棚頭認了小玉這個妹子，便常常跑來看她，小玉把華福生怎樣帶她出來，劉老頭怎樣娶她做妾，她怎樣和長工小秦私通，生了這個孩子，事情被揭穿後，秦長工怎樣和劉家兩兄弟打架，失手把他們砍傷的事，都對他仔細的說了。

「我把這串事的來龍去脈都告訴你，是盼大哥跟我拿個主意，看我應該怎樣辦才好？」小玉說：「小秦要是能早點兒出來，我們都會謝你的。」

「這叫什麼話，我這做大哥的，難道是外人嗎？」華棚頭說：「小秦我還沒見過，聽妳一講，他也是個小同鄉，就不看妳的關係，我也會幫他一點忙的。」

「依你看，縣裏會把小秦判多重呢？」她試探著問說：「對衙門裏的事，我是一點都不懂的。」

「其實，照如今的情形來看，縣知事判案，根本沒有準的，輕的也能判重，重的也能判輕，有時候，錢花足了，原告一樣會被打成被告，無罪的照樣能判有罪，尤其是這種小案子，伸縮可大得很呢！」華棚頭說。

「要照大哥你這樣說，那長工小秦就很糟了！」小玉苦著臉說：「他沒有錢為他自己打點，而劉老頭是當地的土財主，有偌大的家業坐在屁股底下，他氣憤小秦傷了他兒子，大把花錢走衙門，小秦的罪名，不就會輕的也判重了嗎？」

「笑話，」華棚頭拍拍胸脯說：「我這做大哥的是幹什麼吃的？劉老頭那個土財主有錢，可咱們門裏有人啊！如今在交城，縣太爺不是為大的，咱們管帶才是當家做主的人物，妳甭看我這棚頭不怎麼地，嘿嘿，大模大樣進縣衙，他縣知事照樣要買買賬的。」

「真要是這樣，我就不會著急啦。」小玉說。

「妳不著急，我還著急呢，」華棚頭說：「我急的倒不是小秦早一天晚一天放出來的事，卻是妳住在客棧裏，花費這麼大，逼得妳每天拋頭露面的唱小曲兒度日，這可不是長久的辦法呀！」

「不這樣，又怎麼辦呢？」小玉說：「孩子請人幫著帶，日子總要過下去的。」

「妳既是我的族妹了，妳的事，我不可能在一邊袖手不管。」華棚頭說：「等我去問問看，北街靠城門附近，有沒有人家有空屋出賃的，要是找到合適的房子，我寫張契約把它賃下來，妳和孩子就可以搬過去，省掉這一筆客棧錢，至於伙食，我可以把伙食撥出來，夠兩個人吃的，等小秦出來再講，妳可以專心帶孩子，也不必再出來唱小曲兒了！」

「好嘛，」小玉說：「大哥你怎麼安排都好，看樣子，我只有暫時依靠你啦。」

「妳不依我，我會罵人的。」華棚頭說：「算妳靈巧，這才是我的乖妹子呢。」

華棚頭這樣超常的熱切，小玉也隱隱的感覺到了，兩個人一個滿口大哥，一個滿口妹子的，講得像真的一樣，其實也沒攤過族譜，也許八竿子都打不著。華棚頭卅五六歲年紀，人是老粗一個，身材魁梧結實，黃臉膛，青鬍髭，兩隻眼睛大而凹，看上去有些陰沉，他心裏究竟在打什麼主意，根本不知道，但她想利用他的關係，儘量使在押的秦長工早點釋放出來，這當口，她不能不遷就對方一點，這是事實。

賃房子和撥伙食的事，華棚頭辦起來可快得很，不到三天的功夫，全辦妥了，當天就叫來兩個兵幫忙，讓小玉遷離客棧，搬到新賃的屋子裏去。

新賃的房子就在靠近城門口的街角上，左拐小巷的角兒上，那是一幢日字形的六合院，門前搭有拴牲口的棚子，聽說早年這家是開糧行的，後來舉家遷到省城去了，只留下一位遠親看守房子，那遠親把房子租掉一部分，二道院的各屋仍都空著。華棚頭租了兩間廊房，院子大，很清靜，房舍外觀上古老又略顯破舊，簷瓦和脊翅都零落了，但屋子裏面，卻用雪白的紙張裱糊得很光鮮，看上去有些傖俗的氣息。

華棚頭辦事，顧慮得很周到，他不但賃下房子，找了些應用的家具，連床帳被褥、鍋碗瓢盆都購買齊備了，甚至嬰兒的搖籃，也買了一隻張掛起來。小玉搬到這樣的地方，除了連聲感謝這位大哥之外，哪還有旁的話好講呢？

搬來的第二天，華棚頭買了不少的酒菜，要小玉下廚，請來他的一些在軍隊裏的紅眉綠眼的朋友，算是祝賀小玉遷進新居。一頓酒，把那些漢子喝得東倒西歪，大家都跟著華棚頭，親親熱熱的叫小玉妹子，伸手搭在小玉的肩膀上套近乎。在萬福里長大的小玉對男人這一套早就看慣了，並不把它當一回事，她被劉老頭開了懷，又經過秦長工施手段聳弄，對男人算是食了髓，知了味，她跟秦長工正是戀姦情熱火頭上，突然遇上這陣風波，把兩人打開，她只是迷戀秦長工帶給她的那份情慾，並沒有和他終身廝守的決定性的打算，因此，這回遇著華棚頭，她早已有了隨遇而安的念頭，和這些兵爺們混混也好，先把日子顧穩了再講。

不過，華棚頭看起來比較穩厚，他對那些他的朋友們說：

「嗳，夥計們，甭藉酒裝瘋來那一套，她是我的妹子，你們動手動腳，也要有點分寸，人家小玉已經是有主兒的人啦，姓秦的漢子流年不利，因傷人的案子，被押在縣衙的監裏，乘人之危的事，幹不得，我這做大哥的，不能不護著她一點兒。」

送走了這批朋友，華棚頭留下來，在燈底下和小玉談起秦長工的案子。

「我有個上司胡會海，和監獄裏的獄官很要好，我已經託他去關說，希望找個機會，讓妳跟秦長工見見面。至於他的案子，我也託人向縣衙打聽過，聽說劉家追得很緊迫，不過，我相信只要劉家那兩個受傷的不死，就沒有什麼大不了，最多坐幾個月大牢，也就了事了！」

「謝謝大哥費心，這一切都仰仗你啦！」

「不要緊，我會盡力去辦的。」華棚頭說：「朝後我每天都回來用飯，我是個飄流打浪的光棍，沒想到遇上妳這個妹子，妳的家也就是我的家。」

華棚頭披起衣服，戴上帽子走了。小玉一個人在燈底下想了很久，她能在交城這個地方遇上華棚頭，不能不說是造化，是否是族中兄妹暫且不提，至少和秦長工一樣是小同鄉，更加上是同姓，一支筆寫不出兩個華字，就說是五百年前是一家，也順理成章，有他這樣熱心幫忙，小秦被提早釋放的機會也就大得多。等到小秦出獄，那時再好好的謝謝這位大哥吧！她愈想愈對這位新認的大哥有了好感，她決定要在和小秦見面時，把這些情形都告訴他。

華棚頭雖不是交城當地的人，來這裏駐防的時間也並不久，但他真是神通廣大，在地面上的關係好，人頭也熟悉，不出幾天，他就把小秦這件案子的來龍去脈摸得一清二楚，連劉德榮兄弟在此間療傷的情形都打聽過了。

「這兩個受的傷都是輕傷，老大德榮經過醫治，已經回屯休養去了；老二喜榮傷在嘴角，不能吃飯，只能喝湯，」他回來吃飯時對小玉說：「妳儘管放心吧，妹子，小秦即使坐監，最多也不會超過六個月。如果劉家不花錢加壓力，也許只要坐上兩三個月就出來了。不過，有些事我不能不告訴妳，……秦長工在被送到縣裏之前，被劉家屯的人毒打成傷，在獄裏不斷吐血，人也瘦了很多，我安排好妳去看視他之前，妳心裏要先有個底。」

「那怎麼辦呢？真急死人了！」小玉說：「這是要花錢請醫生去治的，任他在監裏拖延，不是要他的命嗎？」

「這當然也得花錢打點啊！」華棚頭說：「我已經替妳想法子打通了關節，准醫生去替他瞧看了，一切費用，都由我負責墊付，妳可別再操心啦。」

「大哥，你這樣，讓我又多欠了你一份情。」小玉說：「我不知什麼時候可以見到他呢？」

「很快了，不出三幾天，我就會告訴妳的。」

她等了三天，華棚頭果然帶她去了大牢，讓她隔著粗木欄杆，和秦長工見了面。她見到秦長工蓬頭垢面，臉色蒼黃的狼狽相，心裏一酸就哭泣起來。這個人總和她有過一段情，眼見他身上的衣裳被皮鞭抽爛，橫一道豎一道的都是乾後變黑的血印，她真把劉家屯給恨上了。

「怎麼，妳還在交城？……我以為劉老頭子會把妳母子倆坑害掉呢。」秦長工極為意外的說。

「沒有，他只是給了我一點錢，把我母子倆攆出屯子。我知道你被押在這兒待審，怎會丟下你不管？要回去，也得等你出獄，一起動身。」

「是誰幫妳打點了，才能到這裏來的？」秦長工說：「在案子沒審結之前，親屬人等，照例是不准見面的。」

「是我族裏的一位大哥，他是守城門的棚頭，要不是他幫忙，我哪能找得到門路啊！」小玉說：「我的這位大哥，雖說只是棚頭，但看樣子很有辦法，為你的案子，他多方打聽，也替你說項，盡了不少力。首先，他去看過德榮喜榮的傷勢，說德榮已經回屯休養去了，喜榮也不會死，你不會被判重刑的。其次，他說你挨了屯裏人的打，受傷吐血，他說通監裏管事的，接醫生來看你，不知醫生來過沒有？」

「來過啦！」秦長工眉頭開朗起來說：「我還奇怪著，心想這獄裏竟有這等好事，主動替我延醫療傷，原來都是妳那位族兄在暗中幫的忙，看來他真的是我們的活菩薩啦!孩子還好嗎？」

「還好，你不必掛心，日後要是方便，我會抱著他來看你的。」

「對啦，」秦長工忽然想到什麼，神情又黯淡下來：「妳母子住在城裏，假如要等到我出獄，這可不是三天五日的事，妳身上就是帶的有錢，畢竟有限，長時的生活用度，又怎麼辦呢？」

小玉也沒有什麼好隱瞞的，就把華棚頭的種種安排，大致上告訴了他。秦長工聽了，嘆口氣說：

「不得了，小玉，我們三人，欠妳這位族兄的情，可真是太重太重了，揹都揹不起呀！」

「那有什麼辦法呢？」小玉說：「你在監裏，我帶著孩子在外頭，總要活下去的，不仰仗我的棚頭大哥，我今天怎能站到這兒，和你對面講話？這只是開頭，日後要依靠他幫忙的地方還多著呐！」

秦長工還待說什麼，獄卒跑來催促，說是時間到了。小玉最後說：「你不用急，我會在外面設法疏通打點，讓你儘快的出獄，有了消息，就會託人帶信給你。」

「妳和孩子，也要多保重。」秦長工說。

小玉出了監獄門，華棚頭在外面等著她。

「妳跟他會過面了？」他說。

「會過了。」小玉說：「他真的被劉家屯的人打得遍體鱗傷，要不是大哥你幫他延醫，他真會病死在獄裏，——劉家屯那些幫閒，也太狠毒了！」

「也不能全怪那些人，」華棚頭說：「照當地的民風，劉老頭沒把妳和小秦一道捆起來投進烈火堆，業已算是好的了，何況小秦發狠，打傷他的兩個少東呢。按理說，一窩腳爪朝裏彎，我不該當妳的面數說這些的，不過，即令我能幫得了你們的忙，讓小秦提早出獄，但我還得奉勸你們，儘早離開交城這塊是非之地，劉老頭寬待了你們，他的族人卻不願意輕易放過你們的。」

「不要嚇我了，有你這樣的大哥護著我，難道他們也敢？」

「我倒不是怕那些明槍，」華棚頭攤開手，做出為難的神情：「我是怕那些防不勝防的暗箭。等到妳和小秦吃了虧，受了害，我就算有辦法，也難補得回來了。」

「你既有這層顧慮，等小秦一出獄，我們就準備離開交城，」小玉說：「留在這裏，害你一直為我們擔心，怎樣也說不過去的。」

兩人回到北關那邊的屋子裏，華棚頭唉嘆著說了：

「我說小玉妹子，我路上講的話，妳可以仔細考量考量。真的，打心裏我也捨不得讓妳走，我絕沒有趕妳和小秦早早離開交城縣的意思，……當然，如今真要談這個，那還早得很呢，我目前要做的，只是讓縣裏早早審結這個案子，不要再拖延下去，能做到什麼程度，我也不敢講。總之小秦坐牢坐上多久，這是妳最關心的，必須要先把小秦的刑期弄定歸了，妳才會知道妳到底要等多久。這是一柄九連環，環環扣著來的。」

在華棚頭的轉託和奔走下，縣裏真的提前審理這個案子了。審結的結果，小秦被判要坐半年的牢。劉家屯的人覺得判得太輕，也圍在縣衙四周找門路送錢，希望能夠設法改判，把秦長工判得重重的。這樣一條兩頭拉動的鋸子，拉來拉去，到最後，這個知事大人還是向駐軍低了頭，他甚至不願為了秦長工，得罪守城門的棚頭。

「小玉妹子，秦長工只坐半年的牢。」華棚頭說：「在我來說，半年的日子不算短，但這已經是最輕的判決了。不論長短，都有個日期定在那兒，妳該明白，辦這宗事並不容易，妳不會責難我沒盡全力罷？」

「那怎麼會呢？大哥，」小玉殷勤的說：「你這樣幫助我們，真是天高地厚，謝都謝不盡的。」

小玉初識華棚頭，雖在口頭上你兄我妹的，但她並沒真以為對方會幫助她什麼，即使他肯幫上一點忙，也不會沒有條件的，及至華棚頭替她賃了屋，又經過一串的奔波，替她辦成了小秦的事，她才覺得華棚頭真是個肯幫助人的人。他四處跑腿辦事，把事給辦成了，並沒有一分佔便宜的意思，看樣子，他是可信託的了。她對華棚頭產生了好感，不知不覺的，就拿他和秦長工比較起來。

秦長工雖也出門在外，但沒經歷過大世面，身上自然帶著一股土腥味，不像華棚頭這樣穩實，又小小的有些權勢，給人一種可以依賴的安心感。就算他小秦年紀輕上幾歲，想爬到華棚頭這樣的位置，還要費上一番大功夫，如果……如果華棚頭有一天真有這個意思，那她就不知該怎麼辦才好了！

秦長工判了六個月確定了，小玉又帶著那私孩子跑去看過他一次，口口聲聲說是等著他出獄，好一起動身回到徐州去。但她心裏總在自問：真的要回去嗎？那裏又有什麼值得自己依戀的呢？似乎除了秦長工這個人，再沒有旁的了。想到萬福里那種日子，她就有一種說不出的兢戰，萬一小秦不可靠，自己恐怕又得跳回那種火坑去了。

她把這意思，向華棚頭透露了一點。

華棚頭認真的摸著青黑一片的鬍髭，想了好一陣，這才用懇切的語調說：

「小玉妹子，這種感情上的事，妳要不問我，我是從不過問的。妳還沒滿廿，年紀太輕了，我要一味不講罷，那是我在藏奸。姓秦的為人究竟怎麼樣？我不但沒和他相處過，連面還沒有見過，我也不能講一句定歸的話，只能就事論事，講一點給妳參酌。」

「有什麼話，你儘說好了。」

「妳和他勾搭在先，生下這個孩子是事實，」華棚頭說：「直到小秦犯了案，妳離開劉家屯，妳和小秦之間，仍然毫無名份，不是嗎？」

「是啊，不過小秦他說過要娶我的。」

「嘴上光說不算數。」華棚頭說：「妳愛跟誰是一回事，妳想跟小秦過日子，得讓他在出獄後正式娶妳，讓這私孩子也有個正式的名分，私生子總是不好聽的。」

「大哥說得很有理，不過也有難處，」小玉說：「也就算出了獄，連噉飯的差事都沒有，哪有錢準備婚禮，又哪有錢養活我們母子兩個？」

「這倒不是什麼大問題。」華棚頭說：「準備婚事，對流落在外的人來說，越簡單越好，並不要大鑼大鼓，吹吹打打的顯那些熱鬧，也不要聘禮嫁妝那些繁文縟節，只要請上三五個好友，擺上一兩桌酒賀一賀，就可以了，這點花費，我這個做大哥的倒可以張羅得出來。我覺得，問題不是在這上面，最要緊的倒是小秦是不是真的可靠？」

「照大哥這樣說，你是願意讓我跟小秦過日子了？」

「我說過，這全是妳自己的事，我不便替妳作主張，」華棚頭說：「我想，最好等到小秦出來再計較罷。」

自從受到華棚頭的照顧，小玉在交城的日子過得很安穩，甚至比在劉家屯還舒服得多。華棚頭手下那一哨的兵爺，常到屋裏來打紙牌，打平夥吃牙祭，哄哄鬧鬧的，一屋子都是笑聲。

到了大伏天，氣候炎熱起來，華棚頭在屋裏只穿著汗衫短褲，以半個主人自居，小玉也習慣了，全不介意。逢到可以探監的日子，華棚頭總是提醒小玉，為秦長工煮些吃的東西帶去，而且一路陪伴她，幫她拎東西抱孩子，使小玉從心眼裏生出感激來。

「我說大哥，你是怎麼投到這裏來的？」小玉說：「在老家，你家裏還有些什麼人？」

「我家裏的父母都下了土了，一個弟弟走私鹽，長年不在家，我早先跟朋友合夥做販馬的生意，常殺出虎口去買馬回來，和西北軍混得很熟，有人一拉搭，我就換上了軍裝，說來也有好些年了罷。」華棚頭回憶著說。

「現在幹了棚頭，手邊積攢了幾文，怎麼還不娶妻呢？多個嫂子，我看你也養得起。」

「我倒不是怕家小拖累，只是一直沒遇上中意的。」華棚頭瞄著小玉，打起哈哈來。

「什麼樣的女人，才是你中意的呢？」

「我笨口拙舌，不會形容，嗯，假如妳不姓華，沒有那姓秦的長工留在妳心裏，妳這樣的女人，倒是很合我的胃口的。當然，這只是打個比方說的。」華棚頭伸手搭在小玉肩上，有意無意地揉捏著說：「就算我們都不計較同姓，我又怎能把小秦從妳心上擠掉？」

小玉聽他這麼說，臉上飛過一陣暈紅，低下頭只顧去奶孩子，華棚頭抽手回去，兩眼微瞇的落在小玉半邊裸露的胸脯和一隻鮮白的奶膀上。實在講，他在初遇著小玉，藉故和她搭訕的時候，就已經喜歡上這個年輕的小娘們了。當他弄清楚小玉的身世和遭遇之後，他便有了些顧忌。不錯，這些年他投西北晉軍，從列兵熬到棚頭，他也有些本領和能力，把上上下下團得很好，但他終究是個外路人，對這類的事要謹慎些，不能使人眼紅，更不能讓人講閒話，他打算暫時按兵不動，找到機會再講。

她真是個天生的尤物，在風月場裏經常打滾的華棚頭看得很清楚，她那一身雪白粉嫩的細皮白肉，實在挑逗人，不必用手去撫摸，一眼撩過去就感覺到了，可惜那個劉老頭，老掉牙，連這種嫩草都啃不動，把便宜讓那姓秦的長工白撿。每次面對著她，談些家常話，他都有一種難以按捺的衝動，但他既然正經在前，就得勉強按捺，要緩緩的深圖，這種老謀深算的陷阱佈起來，就不怕她能從自己的掌心裏飛走啦。

小玉是個精靈的女人，華棚頭的話，像用索子輕輕撩撥她心上的那根弦，她哪有不懂得的道理？只是她仍不能把小秦那雙燒著火的眼從心裏抹掉，懷裏的一個小孽種又是小秦種下的，使她不能不宿命一點，打算就跟著小秦過日子算了，免得再起波浪。但這種念頭，是在遇到華棚頭之前抱有的，如今，也有些搖漾不定了。

對於女人，華棚頭確有他的一套，他經常有意無意的撩撥她一兩句，又極力維持著他的正經，他並沒有一絲一毫強迫她在小秦和他之間選擇其一的意思，他越是這樣不即不離的吊著，小玉對他的好感越深。

在劉家屯，她和小秦的兩次幽會，使她嘗到了男人的滋味，也有了強烈的慾求。當她和華棚頭在一起時，她感覺到像近炭火一樣的熱力，幾乎和小秦沒什麼差別，這和她母親遺傳給她的血液，和萬福里那種後天環境給她的影響有關。

她雖不如一般形容的水性楊花，卻也從沒有過三貞九烈的觀念，劉老頭那個癩皮蛤蟆般的男人都能上她的身，何況強壯的華棚頭呢。不過，她怕在小秦出獄後弄成扯不清的局面，把她夾在中間左右為難，便和華棚頭一樣的按捺著，朝前走一步算一步。

孤男寡女處在一道兒，日子久了，眉梢眼角都在煽火，形體上不自覺的就更親密起來，有個族兄妹的幌子在外面掛著，兩人不拘形跡，心裏也不存避諱。有時候，城門口沒有什麼要緊的事，華棚頭回屋吃了午飯，就穿著汗衫和短褲，拖把躺椅，斜躺在兩間屋的門邊睡午覺。小玉呢？為了圖風涼，也不落下帳子，就陪著床裏的孩子午睡，熱天的衣裳單薄，凸凸凹凹的曲線全現在華棚頭的眼底下。有時她一面奶著孩子就睡著，大襟半敞著，奶也沒收放，看在半醒半睡的華棚頭的眼裏，實在撩火。有時華棚頭睏著了，她先醒來，門口的小風吹著，使華棚頭褲襠下的物事夢舉起來，使她瞄一眼就覺心跳，自覺她已經變成一捆乾柴，甭說烈火，只要沾著一點火星兒，就會騰騰的燃燒起來了。

也說不出是什麼原因，她變得很慵懶，到大牢去探望小秦的次數逐漸減少了，倒是華棚頭提醒和催促她，她才勉強去一趟。

「這孩子的姓名要改了，」華棚頭指著孩子說：「妳該去問問秦長工，看他希望孩子叫個什麼？」

「你不是要我考慮嗎？」小玉說：「孩子跟著我，要是我不跟小秦的話，這孩子究竟應該姓什麼，還沒準兒呢；除非認為他姓秦姓定了，我再去和小秦講。」

「不錯不錯，張王李趙，日後說不定是哪個姓會落在他頭上呢。」

「也許他就姓了華，是不是？」說這話時，她兩眼水盈盈的，朝華棚頭望著。

「嘿嘿，」華棚頭笑說：「也有可能。」不過他又接了一句說：「從母姓也順理成章的。」

華棚頭這種進不進退不退的態度，很使小玉納罕。照對方的性格，不會是這樣的一鍋溫吞水，那他究竟要的是什麼呢？

天氣從夏轉秋，華棚頭一直按兵不動，反而從外面帶回一些關於劉家屯的消息。據說：劉家屯的劉姓族人，一致認為縣裏把秦長工判得太輕，心裏很不服氣，德榮傷也好了，駕車到城裏坐茶館，當著許多人的面，發誓要等秦長工出獄後再找他算帳。

「妳最好小心點，能避就避著他們一點，」華棚頭交代說：「我雖然替妳撐腰，但總不能從早到黑跟著妳。當然啦，劉家屯的那些人要是耳朵長點兒，他們該打聽到有我出面照顧妳的事情，他們不敢明的動妳，暗的可就很難說了。但德榮說是要對付小秦，恐怕很有可能。」

「小秦一個人，勢孤力單。」小玉說：「你要不出面幫他，他準吃大虧。」

「當然我不會袖手旁觀的，別忘記，妳的事就是我的事啊！」華棚頭說：「我看他一出獄，你們就結婚算了，結了婚再走人，我這做大哥的，出面替你們兩個主持婚禮，諒他劉家屯的人也不敢動你們。」

華棚頭說得挺認真，使小玉想到一鍋溫吞水又變冷了。不過，隨他的便罷，由他主動的選擇進退，自己倒也減去一個難題。

「大哥，我可都是處處聽你的啊！」她說，後一句話她沒說出口，那很明顯的是：你可不要後悔啊。但這句話簡直都不用說了，因為華棚頭的臉上，根本看不出有一絲後悔的意思。

「聽我的，沒錯。」華棚頭說：「我總是為著妳好，不會把虧給妳吃的。」

雖說有華棚頭大拍胸脯的保證，小玉心裏仍有些忐忑不安，劉老頭早些時打發她走，曾經要她離開交城縣的，她為了等候小秦出獄，一直拖著沒走，照說已經犯了忌，小秦又在華棚頭託人關說的情形下，判了輕刑，劉家屯的一些人一定會悶著一肚子鬱氣，找到她和小秦發洩的。除了華棚頭替她打聽消息，她也不願意整天坐在屋子裏，等著別人來收拾；她也要到街上去走動走動，多聽一些消息，看德榮他們究竟會怎麼樣？

那天早上，她提著菜籃子，到街口的攤子上去買肉，恰巧碰到德榮趕著牛車進城，德榮坐在車轅上，一眼就瞧見了她。

「聽說妳有了護符，大模大樣的留在交城不走了？」德榮啐了她一口，罵她一聲：「不要臉的臭婊子！」並且把趕牛的皮鞭揚起來，在半空中炸了一響鞭花，就長揚而去了。德榮這番舉動，使街上買菜的婦道人家都轉臉看她，那些眼光像箭樣的射過來，充滿輕蔑和奚落，彷彿她真的變成了娼婦。她無法忍受，匆匆的逃了回來，幾乎把買菜的籃子都遺落在肉案上。

「有一天，只要找出機會，我非要出這口氣不可！」她想。

六 魚與熊掌

想找機會出口氣，對劉家屯的人施以報復，華棚頭的力量顯然比秦長工大得多，她要真是跟了小秦，怕只有逃走的份兒，任他們奚落，連還口的餘地都沒有。小玉想到這一點，就不得不帶著幾分撒嬌的意味，回來向華棚頭哭訴了。

「我說，小玉妹子，這點事，妳千萬不用把它放在心上。」華棚頭問明了情形，攬住她的腰說：「劉德榮這個人，委實太可惡，我是知道的，但他並沒犯什麼大法，我也不能叫幾個弟兄，當街把他揍扁，至少我這做棚頭的，還沒有這麼大的權限……」

「照你這麼說，劉家屯的人欺負我，算是欺負定了？」小玉纏著他不依說：「我還以為你這做大哥的能替我出這口氣的呢！」

「妳先不用哭好不好，」華棚頭抓抓頭皮說：「辦法總是人想出來的，妳得讓我慢慢的動腦筋，只要有適當的機會，我一定替妳出這口氣就是了。」

華棚頭好說歹說，才算把小玉說得點頭。他說他願意在小秦出獄後，出面來替他和小玉主持婚禮，不妨多請幾桌客，讓大夥都知道劉老頭逐出門的妾，另嫁給被他解雇的秦長工。

「妳不要以為德榮罵妳，就是妳沒了臉面，」華棚頭說：「其實，真正沒臉面的是劉老頭。你們成了婚，不會再待在交城，但劉家屯是搬不走的，到那時候，別人在背後怎麼批評，你們聽不見，劉家屯的人可聽得見，如果說德榮的後母是跟他們家長工走了的，我不信他又會添什麼光彩。」

秦長工是在那年初冬被釋放出獄的，華棚頭果然說話算話，墊出一筆錢來，以同鄉同姓的名目，出面籌備秦長工和華小玉的婚禮。婚禮不算鋪張，但也請了五桌酒，把獄官獄卒、縣衙的文案、駐防軍的一些官長也請到了，連交城縣的地方仕紳，也請了一桌。

華棚頭在開筵時特別表明，他這次出面，完全是看在和小玉同鄉的情誼上，他極願意促成這門婚姻，讓男貪女愛的這一對，能早點抱著他們自己的孩子回到家鄉去，重新建立門戶。

他這麼說，使有些在暗中懷疑他想佔小玉便宜的人都竦然動容，認為他確是個見性情的君子，他的那些長官們，也都齊聲稱讚他做了一宗功德事，縣衙的那位文案更豎起大拇指說：

「人都說總爺們是老粗，像華棚頭這種熱心腸的爽快漢子，不計較旁人是什麼看法，把小玉收容下來，更出面主持她的婚禮，顯出他清風明月的胸襟，……有學問的人，怕也未必做得出來！」

甚至連做了新娘的小玉，也認為她的這位華大哥真的有成人之美，因為這半年來，她和他在一鍋吃飯，一屋裏相處，他有太多機會入室登床，他真要做了，她也不會拒絕他的，有時在他的話裏，隱約有過這麼一點意思，但也都是蜻蜓點水，一點而過，留下一些微瀾而已，到秦長工出獄，他竟然這樣做到底了，這不能不說他並無佔便宜的心，要不然，他怎肯把自己推回秦長工的懷裏去呢？

秦長工呢，對這位華大哥更是感激涕零了，兩人素昧平生，他竟然幫了自己天大的忙，從案情的發落，到監裏替自己延醫療傷，他說這些都是為小玉做的，可是，得到好處的全是自己啊！

這小倆口的洞房，就設在華棚頭替小玉租賃的屋子裏，等酒筵散了，華棚頭帶著幾個弟兄，護送一對新人入洞房，哄鬧一陣走了，秦長工才在紅燭光下對小玉說：

「我們的祖先，不知在前世積了什麼德，老天才讓妳到交城來遇上這位棚頭大哥。如果沒有他幫忙，我恐怕不只判半年，妳也無法在這裏留這麼久，到今天，我們兩個是否還能在一起，那就很難講了！」

「禮是行過了。」小玉說：「但我們心裏要有個數，很快就得捲行李，準備動身上路了。大哥他說：我們在交城公開成婚，是觸劉老頭的霉頭，劉家屯的人絕不肯善罷甘休的，儘管大哥是吃糧的，能在明處護著我們，但在暗處，是防不勝防的！」

「要是按我的脾氣，我就偏不走，看他劉家屯的人是狼是虎，能撲出來把人給吞掉！」秦長工一陣激憤過去，又接著說：「但我認真想想，棚頭大哥為我們做的，已經太多了，我又怎能使性子，把難處再朝他的肩膀上卸呢?!我們一走，天大的風波也都跟著平息了。」

「說到走，我真還有些捨不得他呢，」小玉說：「你該記得，你坐牢，我去看你，每回都由他幫我提東西，抱孩子。一個棚頭，平時都是由兵伺候著的，他為了我們，連打雜的事都幹了，不用說同姓，單說是同鄉，他也沒道理一定要這樣幫助我們啊！」

「都當是天意吧，」秦長工解嘲說：「好在山不轉水轉，當兵吃糧的人，腿長，今天別過了，也許不久之後，他們說不定也會移防到北徐州去，人總有見面的日子的，那時我要是混得好一點，再報答他也不晚。妳看，我們只顧著講話，紅燭都燒去一半啦，別忘記，今天是我們的大日子，我們還是話頭收拾起來睡吧。」

華棚頭和秦長工這兩個男人，對小玉來說，成了魚與熊掌，既然兩者不可兼得，能先啃一個也是好的。起更時分，窗外落起雨來，冷雨敲打著紙窗，夾著簷滴的聲音，越顯出紅燭光下洞房裏的暖意。先前兩人偷情幽會，一個提著心，一個吊著膽，雖也風狂雨急有過些草草的情趣，但總不像今夜長枕大被這麼有情趣。

在他們新婚不久的時刻，傳說劉家屯的人聽到了消息，德榮帶了十多個族人，放了三輛牛車到縣城來，口口聲聲要找秦長工算賬。華棚頭得到消息後，很快吆喝了兩個槍兵，到德榮所住的客棧去指名找劉德榮談話。

「我姓華，是防軍駐守城門的棚頭，」華棚頭當著德榮的面，公開警告他說：「華小玉跟我是同鄉，也是同族，你們劉家屯既然把她攆走，她就可以替她自己做主。她和姓秦的成婚，一樣有三媒六證，地方人士、駐軍的官長、縣衙的文案，都來喝了喜酒，你們在駐軍管轄的地面上，絕對不准惹是生非，要是那兩夫妻少了一根汗毛，我要唯你是問。」

德榮再是年輕氣盛，總是鄉角落裏的一個百姓，一看見扛槍吃糧的出面說話，氣就息了，腿也軟了，原先的打算也就收拾起來了。

「對不住，棚頭大爺，」德榮說：「咱們事先不知道小玉跟你沾親帶故，你既出面開脫，咱們不再追究也就是了！」

「哼，但願你說的是真話，要是口是心非，弄出一點岔子來，有你瞧的！」華棚頭丟下話，就帶著槍兵離開了客棧。

也就在那天的夜晚，長工小秦離奇的失蹤了。小玉等到半夜還沒見到小秦，慌忙跑到城門的哨棚去找華棚頭，告訴他這件事。

「失蹤了？不會吧！」華棚頭說：「小秦是個大男人，又不是三歲孩子，他會跑到哪裏去呢？對啦，他臨走沒對妳留句話嗎？」

小玉搖搖頭：「他是到街上去走走的。在此地，他沒有什麼熟悉的人，不會呼朋引類去喝酒賭錢，弄到半夜還不回家的。」

「男人的事，很難說。」華棚頭說：「妳也不必著急，先回去歇著好了，等會兒，我帶弟兄巡夜，順便去找一找，要是到天亮再找不到人，那得另作計較啦。」

華棚頭當夜確實在賭場、茶樓、客棧和娼寮各處去尋找過小秦這個人，但各處都回說：沒見著這個人，要是見著了，一定會到棚頭那兒去稟告的。

到了天亮，華棚頭跑到小玉屋裏，大喊怪事，奇怪著長工小秦這個人會到哪兒去了。在商議時，他忽然想到劉德榮揚言報復的事，也許小秦出去，遇上德榮那幫人，有了意外的麻煩了。

「這也不會啊！」華棚頭苦苦的想著：「我一直認為劉家屯的人，絕不會有這麼大的膽子。好好的一個人，他們真的敢把他怎麼樣呢？不過，他們敢不敢是另一回事，而長工小秦失蹤卻是事實。」

「究竟應該怎麼辦呢？」

「這樣好了，」華棚頭說：「我這就向連長說一聲，然後多差些弟兄，四處去尋找。我說，這麼大的一個人，不會就這樣沒有著落的。」

全班輪著出動，找了兩天，連一個影子也沒見著。有人說彷佛是出城去了，但並不敢確定。

「這個說法，我們不能說它沒有道理，交城不是大縣份，城裏就是這麼巴掌大的地方，我們差點沒把老鼠窩翻過來，沒有就是沒有。現在，我們少不得要到城郊附近再去找找了。」

這樣過了好幾天，城郊有人跑來報案，說是農田裏發現了一具屍體。報案的人是向縣衙去陳明的，文案也聽說小玉的丈夫秦長工失蹤，華棚頭到處尋找的消息，縣裏差出仵作去驗屍時，也關照小玉去看一看。小玉一聽這消息，嚇得兩腿發軟，還是由華棚頭陪著，才趕到現場去辨認。一臨現場，小玉立刻就認出長工小秦來，他被人用短攮子戳死的，渾身上下一共有六處傷口，都是在足以致命的部位上，由於天氣餘熱沒消，他們找到小秦時，他的屍體已經腫脹發臭了。

「小秦身上既沒有錢，在縣城裏也沒有仇人，」華棚頭說：「什麼人會下這種毒手的呢？除了劉家屯，再不會有別的人了！……我要立即去一趟縣衙，建議他們先把劉老頭父子都傳來審訊，這場人命官司他們是賴不掉的了！」

驗屍驗完了，屍格上填得很詳細，然後發交家屬去收驗，這些辦後事的錢，也都是由華棚頭到處張羅來的。他去過縣衙回來，對小玉說：

「秦兄弟的遭遇，太意外，也太悲慘了。他和妳夫妻一場，具狀申告還得由妳出面才行。妳年紀輕輕的，從沒經過官，狀紙我會請人寫妥，妳再親自畫押，我好替你呈上去。」

「狀紙該怎麼寫呢？」小玉說。

「當然要寫劉家屯欺逼你們的情形。由於小秦曾經和德榮兄弟互毆，失手打傷過對方，對方懷恨在心，屢次來城裏公開揚言要施行報復，如今果然鬧出人命，請求縣衙將劉家父子扣押審訊，替民夫雪冤……」華棚頭說：「如果這次不攀倒他們，顯點顏色給他們看，劉家的人氣焰更甚，說不定會找到妳母子倆頭上來的。」

小玉一聽，心裏又氣憤又惶恐，急忙說：

「大哥，我對打官司告狀的事，全都不懂得，你覺得應該怎麼辦就怎麼辦罷，劉家在表面上攆我出屯子，暗地裏趕盡殺絕的下這種毒手，實在太過分了！」

「是啊！殺人償命，欠債還錢，我相信他們跑不了的。」華棚頭說。

在交城縣的街口，有個姓沈的土訟師，專門替人包寫狀紙的，華棚頭陪著小玉去那，託沈訟師寫狀紙控告劉家屯的劉老頭涉嫌謀殺，他兒子德榮就是兇手，請求縣衙拘人到案嚴懲。沈訟師一看是總爺陪著來的，滿臉堆笑，很快就把狀紙寫妥了，但一等華棚頭帶著小玉離去後，他立即跑到外面，找專人騎牲口下鄉，替劉家屯的劉老頭送信去了。

長工小秦在刑滿出獄後不久就教人殺害的消息，傳進劉老頭的耳朵裏，簡直使他像遭五雷轟頂，他找德榮來詢問說：「這究竟是怎麼搞的？我可沒叫你去殺人啦！」

「爹，您要先弄清楚，我根本沒找人殺小秦，儘管他找到一個姓華的棚頭做靠山，留在交城縣不走，公開娶了小玉那個賤貨，使我們丟臉面，我恨他竟敢這麼做是事實，但我絕沒殺他。」德榮力辯說：「我們除了保屯子，打土匪，哪天殺過人來著？小秦真的被人殺了嗎？」

「確有其事，」劉老頭說：「剛剛沈訟師著人從城裏送信來，說是小秦被人謀殺，身上中了六刀，屍首被人發現在城郊野地裏，也經過報官查驗。現在，小玉以死者家屬的身分，出面具狀控告，說爹是嫌犯，你是兇手。這可怎麼得了？……人命官司打不得的呀！」

「她要這麼告，有什麼辦法呢？」德榮賭氣起來：「咱們並沒殺人是事實，她講咱們殺人，她是誣告，我不信她能找到什麼憑據！縣裏總得講道理，不能憑空判人的罪，我一點都不怕的。」

「話是不錯，但事實並不那麼簡單，」劉老頭臉色蒼白的說：「姓華的女人敢告狀，她是倚靠華棚頭，駐軍的總爺們在縣城裏很有勢力，只要他在衙門裏上下打點打點，想冤咱們也並不難，我看，你不妨帶些錢，先到外地去避風頭，這場官司，由爹出面和他們去纏，即使賣地折產呢，也要想辦法把案給結掉！唉，說起來全怪我，不該貪色，把小玉這個掃把星弄進門，惹出這場滔天的禍事來。事到如今，也只有拚著我這老骨頭去豁了！」

「爹，要到官，我去好了！」德榮說：「即使他華棚頭神通廣大，要冤，也只能冤到我的頭上，你並沒教唆主使誰去殺人，他們定不了你的罪的。」

「不！」劉老頭說：「你這想法，太如意，也太天真了。你留在屯裏，官裏來人，咱們父子會被一起拘押，那時只留喜榮一個人在外面，他還是個孩子，辦不了任何事，更糟。要進去，我一個人先進去，看情形再講；必要時，你在外頭還可以設法打點打點。我說的沒錯，你快走吧，再晚，恐怕想走都走不脫了。」

縣衙裏平時辦刑案，很少有這麼快的，德榮頭天離開屯子，二天傍午時，刑房就帶著槍兵下來捕人了。不論劉老頭再怎麼樣滿口稱冤，那些槍兵衙役還是把劉老頭帶走，讓他有話到衙門裏面再講了。

長工小秦被殺，劉老頭被捕的事，一剎間就傳遍全屯。在鄉下人的觀念裏，對人命官司一向看成塌了天的大事，誰遇上算誰倒楣，不死也得脫層皮。

長工老洪和跟隨德榮進過城的佃戶，都出來說話，力稱德榮是冤枉的，劉大爺更不是主謀殺人的兇犯，不該會被羈押定罪的。

「諸位不妨仔細想一想，」老洪分析說：「大少東進城，確實在客棧和茶館裏都說過要報復的氣話，但他並沒真的動手，這是咱們都可以出面作證的。」

「老洪，咱們不是不相信你們，」老於經驗的宋大爺嘆口氣說：「你們沒想想，要是德榮真被攀上了，你們這幾個跟隨在他身邊的人，誰還夠資格去作證？——連你們也都會成為嫌犯啦，人命官司是很怕人的啊！」

他這一棍，把那些人都打悶了，縮著頭不敢再講話啦，一個個變得愁眉苦臉，請宋大爺替他們拿主意。他們說：人絕不是大少東夥著人殺的，這是事實，但劉家屯的人和長工小秦起過衝突，上回捆他送官定罪也是事實，縣裏會反問：你們說人不是你們殺的，究竟是誰殺的呢?!這可是使人難以辯解的。小秦是外路人，他又不是富商鉅賈，身懷多金，叫人謀財害命；他在交城和旁人無怨無仇，也沒有旁的瓜葛，依理推斷，劉家屯的人，尤其是劉大爺和德榮委實涉嫌最重，恐怕想推也不是輕易能推得掉的。

「事情究竟會怎樣發展，實在難講，」宋大爺說：「無論如何，劉大爺一家都已經被捲進去了，這案子有得拖呢，即使拖到最後，能洗清冤枉，恐怕也得賠上很多錢財和半條性命，……這真是霉運啦！」

除了宋大爺是抱著這樣的看法，屯裏也有些慣說現成話的，把劉老頭這次吃上人命官司，看成是一種因果，講他老牛貪吃嫩草，花錢買妾傷了陰德，才會惹出這場是非，小秦的命案就算牽他不上，破財折產，一場牢獄之災總是難免的了。劉老頭吃官司，最樂乎的是劉二混子，他平時近不得劉老頭的宅子，這一來，他可以大模大樣的晃進宅裏來，以護守叔家宅子為名，指東使西，混吃混喝，只要用言語圍攏喜榮，就不在乎旁人怎麼講了。

「大爺被帶進城去，那邊總得有人打點照應，」吃飽之後，他對孟媽和喜榮說：「如今德榮外出避風頭去了，宅裏沒有辦事的人，這種事，少不得又要我去奔波，但進城辦事，空口說白話是不成的，或多或少，總得帶筆錢，大爺平素節儉，省下的，也該拿出來花了。」

孟媽在宅裏多年，對屯裏的人熟悉得很，劉二混子是什麼樣的材料，她哪有不明白的，你劉二混子乘人之危，跑來渾水裏摸魚，混點吃的喝的，自己這做老媽子的不便講話，你再不成材，總也和東家同一個族，一筆寫不出兩個劉字，但要說把老東家畢生積蓄，成罈成罐的捧給你，讓你進城去辦事，那好，你腰裏揣著現大洋，哪還會把被羈押的族叔放在心裏，說不定都把錢送到賭檯和娼館去了。當然，心裏話未便吐露出來，她只是說：

「這種事是大事，老東家臨走，對大少東有過交代，他在外面會辦的，喜榮還沒到管事的年歲，我們做下人的，也不敢擅作主張，族裏要來幫忙管事，也得由長輩們出面共議，先墊出錢來辦事，日後只要老東家出來，他自會謝恩了賬的。」

「照你這樣講，我是想幫忙也幫不上忙嘍?!」

「錢又不在我手上，」孟媽說：「你有話，不妨到劉家宗祠裏去，當著族中長輩去講，我說過，我們做下人的，只能幫東家守住這個宅子。」

正因為在宅裏主事的德榮逃出去避風頭了，被押進縣衙的劉老頭沒人照應，算是吃足了苦頭，縣衙的上下，包括文案、刑房、衙役、獄吏……全都知道劉老頭是個肉頭財主，華棚頭把這樣的人牽進命案裏來，人人都樂得見牙不見眼，心裏早抱著撈他一票的念頭，官司的本身可以暫時放在一邊，能敲就敲，能榨就榨，先把它拖著玩，時間越是拖得久，錢財就會滾滾而來。因此，劉老頭進了縣衙，並沒審問他半個字，就先押進監裏去了。

劉老頭為人膽小忠厚，並不如傳說那麼理直氣壯，他一見官就渾身發抖，有理也成了沒理，只覺心裏發慌、兩腿發抖，除了哀懇求饒之外，旁的話都講不出來了。

一個獄吏表示很關心的樣子，到他的囚房來和他談話，對他憑空的吃上人命官司，認為是天上掉下來的橫禍，勸他想開點、看開點，不妨多花費點，找個訟師替他把案子理一理。

「銀錢是身外之物，你不必為疼錢，苦了你自己，」獄吏帶著暗示的意味說：「你得明白，牽進人命官司裏來，可千萬不能有錯失，錯一點都是性命交關的。」

「這個我明白，」劉老頭惶恐萬分說：「我是冤枉的，我甚至攆小玉母子出門，也送她廿塊大洋路費錢。小秦做出那種對不起我的事，生下個雜種，丟盡我的臉面，又打傷了我的兩個兒子，我要是狠得下心，就會捆他送官了事的，您知道。」

「嗨，」獄吏說：「你現在講這些還有什麼用呢？還是找訟師要緊啊！」

劉老頭被說動了，決議找訟師研商案情，替他來打這場官司；他要找的當然是沈姓的訟師。

沈訟師替小玉寫訴狀，但他心裏早就算定了這個肉頭財主，要從他身上敲詐出來。沈訟師到監裏去會見劉老頭，把獄吏不便直接開口的話全都說了出來，他說：

「劉大爺，這一回，你的麻煩可大了；像這種人命官司，甭說定罪，單是拖就能把人給拖死，你這一大把年紀在身上，進來容易出去難，你得要先看清這一點，……我想，不花大錢是不行的了！」

「這個，我知道，」劉老頭痛苦的說：「我是個務農的人，從沒進過衙門，對衙門裏的事，一竅不通，就算花錢，也得請沈爺你拿主意啊！」

「得人錢財，與人消災，」沈訟師說：「這是應當的，等我去和衙門裏有關人等接頭再講，不過，你也先得有個準備，免得臨時去張羅，遠水救不了近火。」

「我那兒子德榮，出去避風頭去了，家裏又沒有當家主事的人，」劉老頭說：「我真不知該怎麼辦才好。」

「唉，」沈訟師嘆口氣說：「不是我說你，你真是迷糊，你知不知道，你那兒子德榮，在這宗命案裏，是涉嫌行兇的人，你把他放走了，豈不是更增加了你們父子倆的罪嫌嗎？」

「我……我可沒想到……」劉老頭臉色發青，連舌頭都嚇短了一截。

「我看這樣好了，我寫個字條出來，你畫個押，」沈訟師說：「有些事，你託我代你去辦，我們都是當地人，我絕不會乘機佔你錢財上的便宜，再說，如果必要賣田地產，還得你這個當事人再畫押才成的。」

「事到如今，我心亂如麻，全沒主意了，」劉老頭說：「你說怎麼辦就怎麼辦罷。」

儘管劉老頭是個省儉的人，平素在家宅裏日子過得清淡，但一關進黑黑的牢房，便覺在家的日子像是天堂了，沈訟師走後，他的老淚便禁不住滴落在鬍梢上，這真是一場噩夢，從天上掉下來的災禍。可不是？縣衙的大牢裏，溢著一股使人作嘔的霉濕氣味，每塊剝蝕了的牆磚都顯出一種不吉的清冷，看在人眼裏，覺得滿心煩憂。這怪誰呢？一切的災殃全是自己惹來的，當初就不該貪色，把年輕冶豔的小玉買進門，弄出這一串難以開交的事件來，那個小秦究竟是怎麼死的，怕只有天知道了！

沈訟師腿快，第三天就把年輕的喜榮接來探望他，隔著粗木的柵欄，沈訟師說：

「你的案子，聽說就要開審啦，要打點，就得趕在開審之前，俗說：

花錢要花在刀口上，馬後砲放得再響，也無濟於事啊！」

「我床肚底下有個暗窖，」劉老頭對喜榮說：「窖裏有兩隻鼓肚瓷罈子，裏頭裝有現大洋，你和沈大爺一起去，先把它起出來聽用好了，我想，有這筆錢作為打點的費用，儘夠了。沈爺，你看如何？」

「好好好，」沈訟師說：「打發衙門上下這窩鬼，有這個數目，也該八九不離十啦；請劉大爺放心，我花用若干，日後都列賬出來，給你一個明白的交代。你對你的小少爺，還有什麼事要叮囑的嗎？」

「也沒有什麼旁的了，」劉老頭轉頭對喜榮說：「這樣罷，你回去交待孟媽，要她煮些有油的吃食，讓老洪放車送的來，這牢裏的伙食，我吞嚥不下，心都像被掏空了一樣的難受。」

「其實這倒用不著這麼麻煩，」沈訟師在一邊說：「有錢就好辦事，城裏多的是菜館，你愛吃點什麼，我吩咐他們做的來，也就是了！」

這一大筆錢花下去，確使劉老頭在監牢裏的日子過得寬鬆些，但他染有鴉片癮，雖算不上是挺重，發作起來實在受不了，哼得連隔壁囚房都聽見。那怎辦呢？這總是大牢，沒有破例替犯人擺設煙具的道理，弄到最後，還是沈訟師的神通廣大，他想出個變通的法子，替劉老頭燒了一些乾煙泡（俗稱草尿蛋兒），讓他在癮發時丟一個在嘴裏嚼一嚼，過過乾癮。

「錢都送出去了？」劉老頭關心的問說。

「下面的都打點過了。」沈訟師說：「只有知縣那裏，價碼還沒開出來，你要明白，這可是沒價錢還的，他要多少，就是多少，而且據文案說：他只能買你不死，不敢說就能無罪開釋，——除非另外找出真兇來，你才能有脫罪的機會。」

「花了這許多錢，還要坐牢嗎？」

「是啊，我不是事先告訴過你了嗎？對方有個華棚頭，追案追得很緊，縣裏也不敢得罪這些防軍的總爺們，如果知事把你無罪開釋了，對方會追著縣裏討真兇。誰又是真兇呢？總之，這些說來還早，一切等開審後再說吧！」

究竟何時開審呢？沈訟師並沒打聽出確實的日子，只是說：快了！快了！讓劉老頭在牢裏伸長頸子等著。

也許是劉老頭該走霉運吧，那年秋天，悍匪虎頭蜂王光頭得到陝北的大頭目的撐腰，居然橫劃晉中數縣，連防軍也不放在眼裏，交城這個多山的縣份，變成他們盤馬屯聚的地方，四鄉的屯村岌岌可危，連縣城也是草木皆兵。有人說虎頭蜂這回很可能拔掉縣城，大肆搶掠一番，有人認為縣城裏總還駐有一營防軍，股匪想硬攻沒有那麼容易，他們極可能派人進來臥底，更有人說：大頭目極具野心，他早已在晉軍裏面佈置了暗線，埋下了暗樁，和他聲氣相通，要不然，他們絕不會這麼大膽，越州過縣，橫行無忌。

無論怎麼說，這種緊急的情事，使縣衙裏忙起清保甲、練鄉勇的事來，暫時把開審案件的事擱在一邊了。這樣，心急煩憂的劉老頭，只能蹲在黑牢裏捱日子啦！

在華小玉一邊，把長工小秦的屍首領回收斂，埋葬入土後，她領著孩子奔回千里外家鄉的心思就淡了！原先她還希望倚靠小秦，現在小秦一死，她奔回北徐州已是舉目無親，回去幹什麼呢？

既不打算回去，留在這兒只有依靠華棚頭了，兩人儘管是大哥妹子的叫喚著，事實上是認識不久，八竿子打不著。若說暫時接受他的幫助，還情有可說，長年這樣靠著他，於情於理都靠不住的。小秦倒下頭，她又不再是劉老頭的小妾了，就算跟了姓華的，也不怕誰會說閒話，她盤算過，只是等著華棚頭開口而已。

但華棚頭並沒開口，他關心的是早點了結小秦這宗命案，等著把它定案。他對虎頭蜂犯境的事，也顯出很關心的樣子。

「講句老實話，小玉妹子，」他說：「我投到晉軍裏來，也只是圖個飯碗，和這些老西混在一道，吃飯安逸一些，若說靠它成家立業，根本談不上。要我衝鋒陷陣打股匪，把這條命給賣上。那是老公雞下蛋——根本沒有這回事！我的命就值這幾文？」

「那你還有什麼樣的打算呢？」

「等小秦的案子一了結，我就打算帶妳母子倆開差走路，另到旁的地方混去，能端到一大筆錢，不愁沒有好日子過，妳說是不是？」

「你打算真的帶我走？」小玉說：「就只稱兄道妹的這點關係？」

華棚頭的眼裏顯出色光來，攬住她的腰肢說：「當然不！不過，這不是很容易嗎？我們目前的關係像層薄紙一戳就破的。」

小玉太白嫩風騷了，華棚頭更是把烈火，兩人這麼一暗示，一調情，那張被形容為薄紙的關係，竟在大白天裏，兩人就掩上房門把它戳破了。在小玉的感覺裏，劉老頭是一條疲憊不堪的泥牛，慢吞吞的喘咳齊來；長工小秦是條土牛，硬耕硬犁，猛銳有餘，情趣不足；而華棚頭卻是一條慾海裏的蛟龍，在雲裏翻騰，雨裏舞弄。和他這麼一比，長工小秦帶給她的，早就拋到腦後去了。

股匪要來攻撲縣城的消息越來越急，縣城居民一片驚惶混亂，防軍也加強戒備，日夕防範著，但華棚頭卻顯得十分安閒鎮靜，抽空到小玉屋裏來，溫撫它一陣子再披衣上城去。

「股匪真的會來攻城嗎？」小玉擔心說。

「不要緊的。」華棚頭笑笑說：「交城又不是一塊肥肉，再說，虎頭蜂王光頭知道有一營防軍駐在這兒，他也得掂掂份量，和防軍撕破臉，對他並沒有什麼好處。」

「照這樣，防軍和股匪還有點交情啦？」

「交情談不上，默契倒真有一點，」華棚頭說：「雙方推推大磨，捉捉迷藏，求個彼此過得去，也是常事。股匪一心朝錢財上面想，若是玩丟了命，還有什麼好貪圖的？在晉軍裏吃糧的老總，一樣不願玩真的啊！」

華棚頭預料的沒錯，虎頭蜂所屬的匪眾，對縣城只是擺出作勢攻撲的樣子，並沒真的湧上來，他們把防軍圍在城裏不能動彈，然後大肆搶掠四鄉的村屯。東南坡的劉家屯儘管由宋大爺領著屯丁奮勇抵抗，還是被股匪衝了進去，雙方在家戶中以矛銃拚殺，股匪惱恨這屯子裏的激烈抵抗，便開始縱火，然後鳴角退走。

傳到城裏的消息，對於正在監裏待審的劉老頭極為不利，因為他宅子的南屋和後倉被大火焚燬了，金錢和糧食都損失很重。沈訟師把這事告訴他時，劉老頭曾暈倒過，還是獄卒潑了他一大盆冷水才把他潑醒過來。

虎頭蜂那股匪眾，在四鄉飽掠之後，領韁往南，竄向文水縣境去了。交城縣解除了緊張的局面，華棚頭便立刻到縣衙去活動，趕緊開審小秦的那宗命案，以求早點結案。頭一回開審，對劉老頭極為不利，因為小秦和劉家有過過節，上回也是經劉老頭提出控告入獄服刑的。小秦是外地人，在交城無親無友，和當地人毫無瓜葛，也沒有結下仇怨，唯一可能動手殺他的，只有劉家屯的人，其中尤以劉德榮的嫌疑最大，而案發後，德榮卻聞訊逃遁了，如果他不是心虛情怯，為什麼不敢到案呢？

沈訟師雖極力替劉老頭辯解，指出小秦被殺，並沒有任何直接證據，能證明人是德榮殺的，或出自劉老頭教唆的。但縣裏仍認為劉家父子難脫嫌疑，必須提出有利反證，不然就難以脫罪，而且張出告示，四處緝拿德榮到案……劉老頭花出去的錢，只能使他在被押期間的生活上和飲食上略微方便一點而已。

這樣拖了兩個月，沈訟師又向劉老頭逼錢打點，劉老頭說是現錢已經沒有了，除了出賣田產。但在股匪騷亂過後不久，鄉下的田地一時沒人肯買，湊不出錢來，獄吏的臉色立即變了下來，劉老頭受不了獄裏的陰濕寒冷，說病就病倒了。沒臨到再次提審，他就瞪了眼，伸了腿，死在獄裏啦！

衙門為了省事，草草的把小秦的命案作了一個了結，指劉老頭就是主謀，他的長子德榮是行兇的人，等到緝捕歸案再講。這消息一傳出去，躲在外縣的德榮永遠也不敢回家，聽說跑到晉北，改名換姓投軍去了。

案子一經確定，華棚頭就不再避諱什麼，和小玉公開的姘居在一起，把那個姓過劉，又姓過秦的雜種孩子，改姓華，使這個拖油瓶成為華棚頭的兒子了。

有一宗秘密，老謀深算的華棚頭始終隻字未吐，那就是長工小秦根本就是他親手做掉的，事後再把這命案推到劉老頭父子的頭上。他讓長工小秦和小玉成婚的時刻，就已經有了周密的打算，唯有這樣，小玉才能以秦長工孀婦的身分遞上告訴狀子，把劉家父子攀倒，他也才能以族兄的名義，幫小玉出面去辦事，把劉家當事的攀倒，使老的病死在牢裏，長子德榮遠走他方不能回來，小玉留在交城一帶，也就沒人再找她的麻煩啦！

其實，小玉這種楊花性子的女人，她要的只是年輕力壯的漢子，要的是熱騰騰的飯碗和暖乎乎的被窩，華棚頭在這兩方面能給予她的都比小秦更強，她還在乎小秦幹什麼？

防軍這個營，在交城駐紮到第二年的開春，忽然奉到上面調防的命令，要他們隨著大部隊，移防到河套東面的大寧縣去，擔任晉省西部的河防。這是一次不尋常的大調動，老總們在暗底下推測，大概是隔著黃河的陝北地區，匪勢太猖獗，殺人王老高、一撮毛劉二、大頭目結成一氣，和虎頭蜂勾結，不停竄擾，晉省當局，才把重兵佈置在河西各縣，想阻斷陝晉兩省股匪間的聯絡罷。

小玉既然跟上了華棚頭，部隊調動時，她也就跟著走了。華棚頭這個營，到了大寧，被分派在延長對面的鐵羅關和馬門關那一線上，鎖住渡口，設立關卡。在那種面對著山崖的渡口地區，邊荒的小鎮集上，日子當然沒有在交城那麼舒適，但總爺們設立了關卡，油水多，錢財足，煙酒賭娼的畸形繁榮，也就跟著來啦。

小玉由大妹子的身分，變成華棚頭的太太，管它是明媒正娶還是胡亂軋姘，在那些總爺們的眼裏，他兩個同在一個被窩裏面睡覺是事實，叫她一聲棚頭太太並不為過，當兵吃糧，哪還講究那麼多的禮數?!

跟這些總爺廝混熟悉了，小玉更放得開啦，她也學會了玩紙牌、搓麻將、擲骰子、推牌九，搽胭脂撲粉，用鳳仙花染紅指甲，叼著洋煙捲，疊著二郎腿，和華棚頭的那些上級和同事賣弄她的風騷。有時她也設賭請局，滿口葷黃的和那些人調笑，在眷屬裏面，自然成為很搶眼的人物。華棚頭為了支應她的排場和開銷，不得不在關卡上猛撈，對來往的客商敲竹槓，打秋風，使馬門關變成人們望而生畏的地方。

「華棚頭，你家裏這口子，生就的幫夫運啊！」同事這樣對他說：「咱們這裏，那哨官統帶們，誰不認識她，你日後想晉升，恐怕還得靠她幫忙說話呢！」

華棚頭表面上只是笑笑，心卻也有些懸懸的不落實。小玉長得太美太豔，也越來越風騷了，全營的這些總爺在邊荒地帶久駐，眼裏根本見不著幾個標緻的女人，有了一個華小玉，誰心裏都有些曖昧的意思，想沾那麼一沾，又都礙著華棚頭，不好明沾，暫時看上去，雖然一時還沒有什麼，但日子久了，誰敢保險她不會變成紅顏禍水呢？

尤其當他想到自己是怎樣對付小秦，把小玉弄過來的，他更是怵然心驚了！

七　百家姓究竟要姓哪一姓

華棚頭職位雖低，卻也是動過大五葷的人物，對於在風月場裏打滾的女人，品嚐過不少，但在他佔有小玉之後，便把她當成珍饈異味，捨不得放手了。他很明白，這種長得十分出落又冶蕩風騷的女人，秦長工那個該死的漢子養不了她，自己這個棚頭一樣養不了她，如果硬霸住她不放手，早晚會惹出禍事，丟掉吃糧的差事事小，說不定照樣把腦袋玩掉。

那天傍晚，他設計把小秦哄出城，是告訴他，德榮買人要殺他，自己讓他先到城外去避一避，約他起更時在某地見面。小秦那個傻鳥，還真以為自己會帶盤川送他上路的呢；他萬萬沒想到，自己笑著臉下刀，把他送到枉死城去了。有仇嗎？沒仇；有怨嗎？更沒怨；說穿了就是爭這個女人。自己能用這種歹毒的手段葬送掉小秦，焉知旁人不會用同樣的手段葬送掉自己。

難就難在心裏儘管有些發毛，表面上仍要強作鎮定，不能在小玉的面前顯露出來，一個女人要是不把男人當成漢子看，那日子就過得更窩囊了！尤其是自己暗中下手除掉小秦的事，絕不能讓她知道，甭看她有說有笑，像是早把小秦那檔子事忘到九霄雲外去了，女人是陰柔性子，不動聲色，其實是變幻莫測，誰能料定她心裏是怎樣想？

在這營防軍裏頭，只有管帶是帶了家眷的，其餘的哨官棚頭所帶的女人，都不是老家窩的正頭妻，有的是姨太太，有的是臨時湊合的姘婦，有的是風塵裏打滾的嬌蟲嗲貨，她們也結成姊妹淘，吱吱喳喳地在一堆喧鬧。在這夥女人當中，小玉無疑是最出色的一個，連管帶見到她都會瞇起兩眼，顯出色瞇瞇的樣子，那些哨官們就更不消說了，沒事就半真半假的拿話挑逗她，有意無意地在手腳上佔點兒小便宜。嗨！不擔心行嗎？

但小玉一點都不擔心，她生性喜歡這個調調兒，喜歡和華棚頭的那些上司們打情罵俏，甚至揉揉捏捏的動手動腳；喜歡湊搭子玩葉子戲，夜晚逛茶館去聽聽當地的戲曲和風急天高的秦腔。小時候，她在萬福里的土娼寮裏長大，一度厭懼過那些粗野的男人，現在又在她身邊圍攏了，人並不是同一群人，但味道卻是同樣的味道，這使她領悟到，無論她走到哪裏，都離不開男人的爭逐。她沒念過書，不會打雅致的比方，花開了，無論香臭，都會招蜂引蝶的，她走到哪兒全是一樣。

她是開在茅坑邊的一串紅，愈在臭烘烘的地方開得愈艷，她不是牡丹和芍藥，能供騷人墨客去吟詠，她和這群總爺們溷混在一起，正對胃口，廉價的風情，傖俗的騷媚，隨意拋撒拋撒，那一夥子人就被她的色相迷醉了。

「它娘的，華棚頭真是走狗運，天底下的便宜，都讓他給撿去了！像小玉這種年輕標緻的婆娘，可不容易找得到呢。」

「歪心眼兒少動，你沒見連管帶也兩眼瞇瞇的想沾她嗎？」

在隊伍裏面，這些被情慾熬出來的言語在傳遞著。小玉聽了很受用，因為管它是什麼官，什麼長，對她都露出貪婪的神色，像一窩爭骨頭的餓狗，但華棚頭所受的精神壓力卻越來越加沉重了。

他和小玉姘居，並沒有正式的名分，他不敢保險這女人不會跳槽，即使她不跳槽，被上司們搶走的機會也很大，真要演成爭風吃醋的場面，自己不但保不住這個棚頭的職位，恐怕還會脫褲子，捱扁條，或是把命丟了。

「我說小玉，妳得替我想想，當初在交城，我總是誠心幫過妳的忙，拉過妳一把的，妳在這兒要學著收斂點，不要忘記我只是個棚頭。我們在一起過日子，雖然沒有正式名份，總有些露水恩情在，我是在世面上混的人，多少替我留點面子……」

「怎麼啦，我是哪點惹了你了，讓你這樣刺毛？」小玉說：「我並沒招誰引誰，都是你一夥子魚鱉蝦蟹，亂嚼舌根，有本領，你就找他們去，總不能讓我吞下縮骨丹，把我繫在你褲腰上過日子啊！」

在交城，小玉帶著孩子，初初被劉老頭逐出劉家屯時，和華棚頭相遇，好像是一隻受驚的鳥雀，真是溫柔乖順，楚楚可憐，但她一旦放開來，便機伶狡黠，舌尖像剪刀似的不肯讓人了。

經她這樣氣勢凌人的一發難，華棚頭反而期期艾艾的接不下話頭啦！本來嘛，小玉她略略有些放蕩形骸，但比起旁人帶的女人，她並不顯得太過份，自己勸告她，也只是自己擔心她會怎樣怎樣而已，她偷人或是養漢，自己並沒拿捏住一絲把柄，握住確實的憑據，她翻起白眼，這麼理直氣壯的一發作，反倒使他表面尷尬內心竊喜，——這至少表明她到目前為止，還沒有捨掉他另擇高枝的意思，她真要有這個存心，也許就不敢嘴硬啦。

守渡口的華棚頭很忙碌，不能像在交城時那樣沒事就溜回來和她團在一起，他既不能真把這個女人拴在褲腰上，也就只得由著她了。華棚頭這麼一忍讓，小玉的頭可更昂啦，她知道華棚頭若只憑他那幾文薪餉，甭說養活姘婦，連一隻貓都餵不飽，他是全靠找外快和撈油水才養活得了自己母子倆的。

既是流水錢財，不花白不花，那就花罷，花不了的，也不妨積蓄在一邊當作私房，因為跟這種人過日子，要作長久打算，指望白頭偕老那是不可能的。吃糧的總爺要掄槍打火，子彈呼呼的從頭上過，華棚頭可以頂上槍子兒來個大撒手，她和孩子還要活呢！這可不是她寡情，一個飄萍浪蕩沒有根的女人，遇上的兩個男人全是饞狼餓虎，若說有感情，也就是那種事的感情，哪個是可依靠的知心人？

正因為她有這種念頭，便更加放浪形骸了，恣意的過日子，帶給她衝擊和麻醉性的快樂。

華棚頭不是瞎子和聾子，對於小玉的情形，即使沒聽著多少閒言，憑猜也猜得出幾分來，尤其是她和管帶之間，即使有了首尾，他這幹棚頭的也管不著，俗說：官大一級壓死人。他不願意為一個撿來的女人砸爛自己的飯碗，只要小玉不和他撕破臉，讓他分上一杯羹，也就夠了。

兩個人各抱這種打算，苦的是那個孽種孩子，小玉花三角大洋一個月，替他請了個當地的小女傭，又買了奶瓶奶嘴和南方運來的時髦玩意兒——肥兒代乳粉，小三兒醒來，張嘴一號哭，小女傭就把奶嘴塞進他嘴裏去，讓他吸吮。

小玉上了兩個搖花會，這些從南方傳來的玩意兒，在這些總爺們所帶來的女人群裏盛行著，不！也可以說是在變相的窯館裏盛行著。這原是由一些江南來的女人開始的，倒不在於銀錢數字的多寡，而是這些被當成洩慾物的女人們藉機聚會，肆無忌憚，談論那些野獸般的男人，使她們也產生一種宣洩性的快感，雖有些近乎無聊的自虐，但多少能換回一份恨意的滿足。這種奇怪的不平衡的情緒，只有那一夥姊妹淘才真正懂得。

儘管小玉身邊，有了這個乳名小三兒的野種，她卻感覺多他不多，少他也不少。以她的年紀，不管和生張或是和熟魏，只要對方是個男人在一起碰一碰，就能得多生他一個，這好像用火刀擊打火石就會迸出火花來一樣。然後，那男人遇上意外死了，像死鬼小秦，或是掉過臉走了，卻把這燙手山芋似的一團活肉遞在自己手裏，一把尿、一把屎的淘弄人的青春，餓一點，濕一點，就嘴張瓢大的啼號，活像前生前世造了冤，做了孽，欠下他的孽債一般。

這種甚至不知父親是誰的孽種，日後是龍是蛇，是好是歹，誰敢說得定？她可沒有這個耐性，去靠他養活自己的後半輩子，這對她實在是太遙遠了。

「哭，就知道哭！你這個討債鬼，死了爺啦，號喪啦！」她常用極為刻毒的字眼罵著：「你這個小雜種，靠你娘為男人叉開兩腿賺來填你的肚腸，你倒是懂得吃軟飯，一落地就吃了啊?!」

她確實是恨著這個做鬼就懂得投機的傢伙，他想投胎，托生人世，什麼地方不好去？偏偏要跑進她肚裏來，死纏活賴的吸吮她。用小秦帶給她的一剎歡娛，和長期淘弄這孩子相比，使她覺得太划不來了，不但這小討債鬼欠她的，連暴屍在交城的小秦也欠了她一筆。但恨又怎麼樣呢？這孩子總是自己的骨肉，又不能掐死他捏死他，七分恨意裏又帶著一些愛憐，變成奈何不得的牙癢，只好讓他就這麼活著，成為一個累贅啦。

小玉不把這孩子當成一回事，做了現成爸爸的華棚頭，對這個小雜種的嫌厭是可想而知的。不過，他戀著白嫩的小玉，就必須養活這孩子，當小玉在他長官同事群裏賣騷的時刻，他倒覺得這孩子多少能幫他拴繫她一點，並沒白白的餵養他了。

他明白，像小玉這樣在歡場裏長大的女人，談不上專情，能征服她的是錢財飯碗、男人的權勢和男性的生理本能，在這幾方面，自己都僅僅是起碼夠格而已。目前小玉還年輕稚嫩，日子過得越久，她的生活越放得開，那時顯出她淫冶的本性，把自己一腳踢開的情勢，很可能發生，有這個孩子拴繫，情形可能好一點。

人說：虎毒不吃子，公虎如此，母虎也差不到哪兒去的。

若說是華棚頭為自身的利害，暫時容忍了這個孽種，倒有些道理在。若說戀其母及其子，對這孩子有什麼真情義，那就根本談不上了！從和小玉姘在一起後，他就沒再抱過這孩子，甚至連碰觸到他都引起一股厭惡來。他動手做掉這小雜種的生父，卻又要養活他，民間盛行的冤冤相報的觀念，同樣深埋在他的意識裏。有一天，這個孽種長大了，會不會使自己的這條命坑送在他的手裏呢?!這種源自傳統的恐懼，會從遙遠的黑暗裏，蛇一般的游竄過來，竄進他的心裏，使他感覺脊背上走著一股寒意。

「見它的鬼了！」他呸了自己一口：「當真怕起這把抓大的孩子了？老子伸出兩個指頭就能捏死他，何用擔心那麼遠?!」

這樣啐了自己之後，果然把疑神疑鬼的恐懼沖淡了很多，不過，有時候他確實惱火這個不知死活的小傢伙，當他好不容易找到點兒空閒，回到屋裏，和他媽兩個媾歡的時刻，這傢伙竟然大聲哭鬧起來，使人掃興莫此為甚。有一回，氣得他光腿跳下床，摑了他一個耳光，罵說：

「Ⅹ你娘，不是白Ⅹ的，不然，哪有肥兒代乳粉給你吃，再哭鬧，老子用Ⅹ塞住你那張嘴！」

小雜種真他娘犯賤，哄他不哭他偏要哭，一巴掌摑過去，大聲一叱喝，他竟然瞪著兩眼不哭了。他當著小玉的面嘲笑那孽種：小小年紀也知飯碗是好的。

他明知那個抓屎吃的孩子什麼都不懂得，但當著小玉去嘲謔那孩子出氣，會使他心裏舒坦一點，因此，他每看到那孩子，就用極粗鄙的言語，連嘲帶罵一番，話裏隱隱透露出對小玉的警告，意思是：妳不要以為我只是個小小的棚頭，我華某人只是隱忍沒發作，有一天，妳玩過了火，讓我摘下臉沒處放了，我自會顯出顏色，讓妳瞧瞧我的手段。小玉對他的言外之意，幾乎毫無反應，是她真的不懂呢？還是故意裝佯呢？他可就不知道了。

事實上，這些也只是虛晃一招；隊伍守河防實在是很吃重的差事，當一個棚頭，他實在分不出什麼時間，把心用在小玉身上。河對岸是一片灰青色的山崖，流佈著凸凹的稜線和水齒，黃河真像是一匹巨大的野狼，整日整夜的發出低沉的咆哮，崖頂上壓著雲塊，連猛急的風都吹它不動，大片天空，只有蒼鷹在遊弋著。

守河防的弟兄，住在土石堆砌而成的哨棚子裏，又低矮又簡陋，他們固然有槍桿子在手上，晉軍在西北也保持著相當獨特的格局，但當時每個省份各自為政，是友是敵，是親是疏，完全看利害關係而定。

再說官兵與股匪之間，與黑道之間，都有著錯綜複雜的關係存在，這裏是陝晉兩省的分界，隔河就是陝西省境了，兩省股匪派人聯絡，要經過這裏，黑道上的人物運紅丸販黑土，也要經過這裏。

當然，他們也可以走陸路，或是穿經風陵渡那些較大的關卡，不過，面子要大，麻煩也比較大，這些人和事，對應起來也很有學問，過鬆，交不了差，又沒有撈頭；過緊，又和對方結怨，造成日後自身的危機。華棚頭早就想過，他並沒打算長期吃糧，自然不願得罪在世面上混的人物。

一個陰雨天的黃昏，從渡口來了個穿黑襖的漢子，跑到哨棚裏來找他，一見面就熱切地拍打著他的肩膀說：

「嘿，老華，山不轉路轉，沒想到咱們又在這兒見了面啦。聽說你在交城很得意，弄了個標緻的小娘們，走桃花運，當心破財啊！」

華棚頭望著對方微微一皺眉，又立即笑了起來。

「你倒是長有千里耳，沒有什麼事能瞞得你的。」他說：「人一沾上女人，就苦透了，這開門七件事，一件也少不了她的，何況她還拖來一隻沒底的油瓶，你是只見其樂，不見其苦啊！」

「為了有個熱被窩，苦也是你的，樂也是你的，」來人說：「只恐怕你被拴住後腿，挪不動了。」

「會嗎?你甭看扁了我姓華的，」華棚頭仰天大笑說：「我還不至於因為一個女人，就把該幹的事忘掉罷！」

來人是華棚頭當年在晉北販馬時的夥伴劉行，他原就在一撮毛劉二的手底下幹頭目，卻以馬販的身分和晉軍交往。他曾把華棚頭拉入夥，慫恿他到晉軍裏當差吃糧，到後來，他經常和華棚頭聯繫，刺探消息，並且利用機會，從華棚頭的轄地上販煙走土，給予他豐厚的掩護費用。華棚頭之所以能夠養活小玉，和這筆錢有極大的關係，因此，他對待劉行，像迎接財神爺一樣。

夜晚來時，他燙了汾酒，買了菜餚，和劉行兩個，單獨的喝酒聊天，話談得很寬、很遠。

對於南方正在鬧革命的事，劉行認為那還很遙遠，一時兩時鬧不到北地來，大可不必去想它。對於晉軍，劉行分析說：

「閻老西要面子，咱們給他面子，不論哪一股，絕不騷擾到太原城，讓他編保甲，築碉堡那一套，看起來很像那麼一回事，但閻老西他能管得著那麼多和那麼遠嗎？咱們有的是時間和他耗著玩。」

華棚頭旋轉著酒杯，沒講話。晉軍論軍紀，論訓練，大體上都還是不錯的，正因如此，使他這幹棚頭的並沒有大的指望和撈頭。若說圖個出身，平步青雲，機會更渺茫了，如果投奔一撮毛，至少在眼前可以吃香的、喝辣的，水子（即錢財）溜出來，大夥有份。碰著運氣好，撈幾票大的，他便可帶著小玉回到徐州去，這可是他唯一的機會，放掉就太可惜啦。

「這回找我，有什麼事，你講好啦！」他說。

「事當然是有啦，」劉行說：「說穿了，還是老行當，販煙走土，希望你放一馬，咱們窩在陝北那種荒角落裏，不走這條路，只有餓死。這裏有五百大洋的銀票，你先收下，除了上下打點的費用，多下的全歸你。這可是當家的他的意思。」

「既是當家的意思，我就不能不收下了。」華棚頭取過銀票，小心的搯搯揣進懷裏說：「其實，要打點的只是哨官，管帶是老西的人，咱們只有瞞著他。」

劉行是個足具經驗的老混家，更是陝北股匪大頭領之一，一撮毛劉二面前的紅人，華棚頭在他面前，有著眾多的把柄，只有俯首聽命的份兒。

「這批貨，咱們在陝北都是集中起來走明的，用武裝護送，官裏明知道，也不敢怎麼樣。」劉行說：「閻老西在山西厲行禁菸政策，只是空懸一紙禁令，對那些老槍，根本禁不了的，一離開太原城，還不是咱們的天下，只不過是化整為零，化明為暗罷了！」

「這不用說，我是明白的。」華棚頭笑笑說：「防軍的官兒裏頭，有幾口癮的，也大有人在，各地的膏子鋪，並沒絕跡，只是沒把招牌大明大白的掛出來罷了！」

「你明白這個就好。」劉行說：「咱們混世闖道蹚渾水的人，一向是唯恐天下不亂，水越渾，咱們越好混。穿經黃河套，大寧這條線不能斷貨，當家的一再交代過，如今，咱們是在一條船上，有好處，咱們大夥兒有份啦。」

雨在黑裏落著，黃河在耳畔嗚咽，有幾分酒意的華棚頭被眼前的重利鼓舞起來了，劉行把西北角這塊荒天野地，看成亂世梟雄們崛起的地方，早年的妖魔鬼怪，都是從這一角出來闖蕩起家，揚名立萬的。

在一撮毛、殺人王和大頭目的眼裏，獨眼龍李自成、八大王張獻忠那些混世魔王，才都是他們的祖師爺。劉行這種小角色，更懷著闖出頭來的渴望，他對明末崛起於西北角的流寇首領們，幾乎有著盲激的崇拜，對他們的出生和傳說，一一如數家珍，而且認真的從那些傳奇中，表示出他一心相信著古老的宿命。

這種魔異的想法和認定，也使得華棚頭深受蠱惑，他的雙手染過血腥，心腸也冷如鐵石，早已和「正」的一面無緣了，不由不受「邪」的一面的吸引。

要他安份守己地幹這個小小的棚頭，就算日後走時運，有升遷，也是沙灰地上的蚱蜢——蹦不高，只有投奔一撮毛劉二他們，豁命攪渾一塘水，日後也許能做山大王，大碗吃酒肉，大塊秤金銀，狠狠的風光一番，即使日後玩丟了腦袋，也夠了本了。

「我說老華，人它娘千萬不能看扁自己，」酒酣耳熱的劉行：「想當年，李闖原是死囚混起來的，他走霉運的時刻，跟隨他的只有十八騎，他一時氣憤，想拔刀抹脖子，左右把他勸下來，後來還不是發跡了。不論結局如何，至少金鑾殿他坐過，只要水渾，咱們有得混的。」

「唉，」華棚頭想起什麼來，嘆說：「甭看那些魔王，也都生就魔王的命，李闖的祖墓裏，掘出生角的蛇來，咱們的祖墓裏，怕只能掘出蚯蚓罷？」

「笑話，蚯蚓也是土龍啊！」劉行：「聞土龍出生的程咬金，一樣做到九千歲呢！」

能得到一撮毛的賞識和重用並不簡單，劉行那張嘴，真能把死人都給說活，尤其在缺少知識的下層社會裏，他就是一條在鬆土裏鑽洞的蚯蚓，靈活得很。不過，對華棚頭來說，跟他掩護大批黑貨過境，實在是一宗極大的冒險，他不能不擔心這一點。

「關於這個，你儘管放心，」劉行咧開肥厚的嘴唇：「我幹這個行當許多年了，經驗老到，上回走陸路，把貨送到綏遠東洋人開設的洋行去，數量大得嚇人，一路上也沒出過漏子，咱們的貨絕不浮在面上，……貨上有貨，你只要略打個馬虎眼，就過去了！財神爺進門，沒有伸手朝外推的。」

「我敢嗎？」華棚頭說：「我就是敢得罪你，當家的我也得罪不起呀。」

這倒是句實在話，閻老西治軍不能說不嚴，但陝北那些股匪頭目們，硬是有無孔不入的本領，他們懂得利用人性的弱點，利誘威脅齊來，只要先嚐到一點甜的，朝後沒完沒了啦。華棚頭也明白，和他們在暗中勾搭的多得很，使外表很嚴整的晉軍，變成一支生了白蟻的木頭，裏面已經是千瘡百孔啦。風險儘管有風險，但錢可是實在的，俗說：人為財死，鳥為食亡。管他那麼多，既幹就幹到底算了。

劉行和他談妥運貨的日子和方式，他們是以販紅棗為名，用牲口載運，麻袋的外層全是紅棗，貨藏在中間，下籤子驗貨時，手底下有點分寸，淺一點就過去了，這些經驗華棚頭自是有的。

第二天送走了劉行，那五百大洋的銀票，使華棚頭一心的七情六慾都變成蠕動的蟲子，從鼻子眼睛朝外爬。它奶奶，這一票撈得可快當，貨還沒來呢，錢已進了腰包啦！他回去找小玉，要她準備好酒好菜，先痛痛快快的吃喝它一頓，然後，要那幫傭的女人把小三兒那小雜種抱開，好專心一志的拿小玉來消磨消磨。

想是想得很妥當，但當小玉弄了酒菜來時，他太過貪杯，竟然喝過了頭，來個玉山頹倒，和衣躺在那兒去了，等到一覺睡醒，伸手摸不著小玉，屋裏掌上了燈，幫傭的女人正在逗哄著孩子。

「我說姚媽，」他叫喚傭人說：「小玉去哪兒了？」

「太太去打紙牌去了。」姚媽說：「她臨走關照我，你有事就直接回哨上去，不用等她。」

酒後初醒，華棚頭異常的惱火，養活這個小女人和養活鳥蟲一樣，早些時她是怯怯的剛離巢，如今翅膀算是長硬了，再也約束不了她啦！他原想發作幾句，又噤住了，蹬了鞋朝外走，一直回到哨上去，火氣還在心裏燒著。

到了夜深時，伸手一摸懷裏，訝然發現他那張銀票已經不翼而飛啦。

他倒不擔心小玉取去銀票不給他，而是擔心她的嘴不穩，把這事張揚出去。一個棚頭懷有這種巨額的銀票，消息傳到營隊裏去，那些傢伙比猴兒還精，不用開口就知是怎麼回事了，瞞上欺下的事兒一經揭露出來，自己這條命算是放了風箏，線頭全握在別人手裏啦。

不成！他非連夜回屋去，找到小玉，把這事料理清楚不可，即使翻臉，也得把銀票取回來，同時警告她不能亂講。

他走回屋去，門虛掩著，他推門進去，發現幫傭的女人已經帶著小三兒睡著了，而小玉還沒有回來。

他坐在床上等她，一直等到四更天，小玉回來了，嘴裏還哼著小曲兒，她推門進屋，見到他守著燈，滿臉倦怒的靠在床上等她，她並沒顯出驚訝的樣子，反而朝他噗哧一笑說：

「哎喲，我的棚頭老爺，這回酒該醒了罷？」

「妳實在野得不像話了！」華棚頭的怒火，雖被她的笑容澆熄了不少，但還怒聲叱喝說：「趁我多喝幾杯躺在床上，妳竟又和那些雌貨鬥葉子去了，白天黑夜顛倒著來，成什麼體統?!」

「咦？你這是鬧著玩？還是真的？」

「誰和妳鬧著玩來？」華棚頭沒好氣的。

「虧得你還有臉說。」小玉瞟了他一個白眼，怨艾起來：「你哨上白天黑夜的忙，好不容易才回屋裏來，進門就要吃要喝，我捧來給你，酒是讓你老爺助興的，你卻喝得連床框兒全摸不著了，我把你扶上床，任酒氣把我熏得暈暈的，我搖你搖不醒，我不出去逗樂子幹什麼？……說句不好聽的，我是守人，不是看屍，你喝醉成那樣，只比死人多口氣罷了！」

有些話，小玉並不說出口來，但從她怨懣的口氣裏聽得出來，分明是嫌他糟蹋了一個晚上。這一來，使他更覺理虧氣短了。

「真對不住，小玉，我心裏有事，不覺就喝多了！」他說：「有一件要緊的事，我不能不問妳一聲，那張銀票，可是妳拿去了？」

「是啊！」小玉倒是爽快，點頭說：「我正想趕回來問你，那究竟是怎麼一回事呢？把這許多錢揣在身上，人醉得像是死豬，遇上貪心的，謀財害命整掉你，恐怕你連開口問的機會都沒有了！我只好替你暫時收著。我不是閻婆惜，你也不是宋三郎。」

她看多了秦腔戲曲，懂得烏龍院的情節。

「妳沒跟旁人亂講？」

「我跟誰講？」小玉狡黠的反問說：「讓旁人擺平了你，我又跟誰去過日子?!」

一聽這話，華棚頭就渾身發軟，骨頭發酥，一腔怒火早就熄掉了！

「噯，我問你，你這筆錢是打哪兒弄來的？」小玉得理不讓人，緊跟著歪起頭來問說。

「錢都收進妳的口袋了，還問它來路幹嘛？」華棚頭說：「有些事，不該妳管的，妳最好別管，不過我還是要告訴妳，那是我的一個老朋友送的，他混發達了，想到當年我曾幫過他大忙，特地跑來找我，送上這筆款子！」

「嘿！新鮮！」小玉笑得兩眼瞇成一條縫：「這樣的人，應該編進聖賢列傳裏去啦！你甭在這兒哄我，一邊去哄娃娃去吧！喏，拿回去，這種來路不明的錢，我才不要呢，免得日後坐實了我收賄的罪名，辯還辯不了呢！」說著，她真從貼身荷包把銀票掏出來，扔到華棚頭的膝蓋上來了。

「嗨，不用歪纏了，好不好？改天我多買些東西送給妳，再貼妳兩個搖會的錢。」

「好啦，我不逼問你就是了。」小玉身子一軟，偎了過來：「有些體己話，也只有沒人在的時候，悄悄對你說，不管你做什麼，都得小心點兒，在這裏，只有你這棚頭是外路人，你就是暗裏藏得有金山銀山，也不能亮出來，要是一個棚頭，過得比哨官管帶還闊，你能站得住嗎？」

「我也跟妳講實在的，」華棚頭攬著她說：「打從遇上了妳，我早已有心要找機會離開隊伍，開差不幹了。我會另外找頭路，多賺點兒，回徐州買房置產過日子。人在外面混，枝兒攀得越高越不穩啦！」

「想不到，真是想不到，」小玉笑說：「咱們家掄慣了槍的棚頭老爺也怕事啦。」

「怎麼?妳不想回徐州，築個安穩的窩？」

「要我燒茶煮飯去蹲窩啊？」小玉嬌聲帶怨的：「我才不依呢。外頭花花世界大得很，我還沒滿廿歲，不趁機會飛一陣子、鵮一陣子，就讓我斂了翅膀，你們做男人的，嘴上甜，心卻狠得可以。」

「嗨，妳這個施刁耍蠻的雌兒，妳當初教劉老頭攆離劉家屯，不是口口聲聲要跟小秦回去的嗎？」

「小秦怎能跟你比啊！他是條土牛，只有回家跟去牽牛拉耙，拾牛糞，拿腳後跟當板凳，啃他冷硬的窩窩頭。你的本事大，頭路廣，到哪兒全吃香的，喝辣的，我要跟著你在外頭風光風光啊！」

「妳不想回去，也好！」華棚頭說：「我會想法子帶妳去風光的。」

有了那張銀票，兩個都像吞下歡喜糰兒似的，比平時更顯出恩愛了，一個嘴上抹糖，一個舌尖加蜜，說著說著的，糖和蜜就攪和到一起去了。華棚頭自覺昨夜因酒誤事，心裏有些不過意，決心打起精神把它補上，誰知酒後體虛，抖抖索索的控不穩韁繩，差點兒陣前落馬。後來睡了個回籠覺，到天色大亮醒轉來，才找回一點精神。

「個頭兒太高，有點接不上氣兒了，」他半解嘲似的，對著那雙業已睜開的水眼說。

「年紀到啦，逞不得強，」小玉說著，笑點著他的鼻尖：「你以為你是蒙古的馬猴兒？至少還差兩個頭皮呢！虧你早先還是販過馬的……」

華棚頭有些沒趣的披衣起來，挺了挺胸，用拳頭搥搥，兩臂伸展幾下，使骨節發出格格的響聲。

「妳這個小妖精，」他說：「人有失察，馬有失蹄，我再怎麼也強似劉老頭那一把鼻涕！」

「出去的時候，把門替我帶嚴了，甭讓門縫灌風進來。」

華棚頭回哨上去了，小玉的嘴角掠過一絲冷冷的笑容：這個男人，真以為他是一條過江龍？他把哨上的事瞞得鐵緊，把我當成不解事的奶孩子看，由此可見，他瞞著我的事情還多著呢。

她不由得想起長工小秦在交城被人殺害的那宗案子，她心裏一直疑竇叢生，只是沒透露出來罷了。劉老頭和他那夥族人，如果真要報復小秦，大可在當時一人一棍把他砸死，不會把他捆送進官，經過審問判刑，再等小秦服刑期滿出獄後，出黑刀殺害他，華棚頭才是唯一的疑兇，他是以退為進的佈下陷阱，讓自己陷進去，心甘情願地跟他過日子。

小秦死了，華棚頭出面慫恿她遞狀子，把劉老頭牽進案裏來，拖死在黑獄裏，從表面上，冤有頭債有主，這案子已經了結了，但她相信，小秦躺在地下，兩眼還睜得大大的。

她並沒有替小秦伸冤的意思，只覺得華棚頭太陰沉可怕，跟這種人過日子一點也不安穩，她最怕的就是這種不動聲色的男人，他對妳好的時刻，處處依妳順妳，要個天，許半邊，一旦他變了心腸，吃妳肉喝妳血，還會啃掉妳的骨頭。

和他這樣的人比較，她倒緬懷起粗俗的小秦來了。如今她打定主意，同樣的不露口風，不動聲色，用她能用的本錢，和這個男人賭下去，她相信只要有足夠的耐性，一定能抓住他許多把柄，那時候，看他怎麼來，她就怎麼去，他要敢用拖刀記，她就賞他回馬槍。

目前，她還和這個男人在一起過日子，同睡一個被窩，日後的事就暫時壓著不說了，她覺得以華棚頭的長相和地位，在北地遍打燈籠，也找不著強過自己的女人，也就是說：自己的賭本遠比他豐厚。

豺狼總是賭不贏銃口的。

不過，拖在她身邊的這個小孽種，真是個累贅，她不論到東到西，都得把他給拖著，拖油瓶也只拖一家，做後父的男人多半心腸硬，下手重一點，就會把油瓶砸爛了，這怨得誰呢？只怨他爹小秦祖上沒積德，在別人田地上亂撒種，糧沒吃著，就弄得滿身血窟窿，躺在那兒晒×去了，卻把油瓶繫兒交在自己手上，小孽種究竟有一半是她的骨肉，不拖也得拖啦！

「小三兒，小三兒，」她懷著重重的心事逗弄那孩子，無意中就心裏的意思宣洩出一星半點來：「你日後跟著媽，拖來拖去的，百家姓你究竟要姓哪一姓啊！……一圈兒都是爹，只有一個娘啊！」

這是真實的，她想到她的娘，半輩子用手臂當成男人的枕頭，生張熟魏，來者不拒，及至生下她來，就不知姓的是百家姓上哪個姓，結果撿現成的姓了華。這孩子比起自己還算好些，知道他是姓秦的種，落在劉家田地裏發芽，又拖至華棚頭名下，暫時姓了華。

目前她跟華棚頭過日子，根本也沒做長遠打算，見風使舵，走到哪裏算到哪裏，有高枝兒不攀？她才不做那種傻事。從一而終不是她這種人，兩年多來，她已經換了三個男人了，換多換少，她早已不在乎啦。

但躺在竹籃裏的小三兒不明白她的心意，當她說道：「百家姓你究竟要姓哪一姓啊？……一圈兒都是爹，只有一個娘啊！」的時候，小傢伙還以為唱眠歌兒呢，竟咧著小嘴笑開了，彷彿做雜種是一宗了不得的光采呢！

八　華多富字貫風

在山西，向有勤政愛民之譽的閻督軍，對陝北那窩土匪恨之入骨，認為他們遍植罌粟，熬製黑貨，車推馬馱的向東北和內地拓銷，毒害國民，為禍之烈，更超過他們攔路截財和打家劫舍。

他也明白土匪運銷鴉片，有兩條主要的路線，一條是由陝北穿過長城榆林附近的關隘，由漠南伊克昭盟荒涼的漠地，運至包頭和歸綏，由日本浪人接手轉運；另一條就是揀河套一線，河防空隙，把黑貨運入山西省境，再由當地的股匪和黑道接應，轉至洛陽和開封。黑貨一進河南，趁著隴海和京漢鐵路之便，迅速擴散到十多個省區，陝土和雲土（鴉片產地加貨物簡名），便成為全國最主要的毒品了。

他在山西厲行禁煙，並不僅是空口喊喊，為防塞陝口黑貨的流入，他在偏關、殺虎口、得勝口各處要隘，增添關卡，嚴密盤查，更在河套一線的北段和中段，移駐重兵把守，用心不能說不苦。但道高一尺，魔高一丈，數千里的河防怎能嚴密到滴水不漏？

那些獲得暴利的土匪頭目們，早就在晉軍裏面打進暗樁，佈妥暗線，處處有接應，更不吝大把的花錢，讓大鬼小鬼一起去推磨，連閻羅王的差都不當了，閻老西的禁令又算什麼?!

鴉片湧進山西，那些股匪們來它個惡人先告狀，誣指閻老西所謂的禁煙，是要障眼法給外人看，他的那套自治政策，全是為了要替山西獨立佈路，存心要搞分割，把中國當成西瓜來切……等等，並且加給他山西老妖的諢號，極盡侮辱詆毀之能事。把他們本身喪盡天良、毒害民眾的罪過，肩膀一歪就卸得乾乾淨淨，好像即使天塌下來也跟他們毫不相干。

在一窩爭著推磨的鬼物裏面，華棚頭這一號貨色，連排名論姓的資格全夠不上，人說：鬼這邪物，越小越精，五百大洋銀票，就讓大量的黑貨渡過黃河了。

銀票是他利用小玉，去大寧兌的現，上下打點，花掉了一百卅，小玉藉口替他存著，揣起三百做私房，落到他手裏的七十塊，又被小玉以補貼家用為名，取去了五十塊，只有廿進了他的口袋。

「這個娘們，真是端得兇，搦得緊啊！」華棚頭在背地裏罵著。

但他正像俗話形容的：背地發狠，見×打盹，一和小玉對了面，就一句話也說不出了。小玉會氣勢洶洶地指著他，講出一套使他無法反駁的道理來：你是怎麼啦，老婆揣錢是為誰揣的？老娘連人都賣給你啦！做漢子的還嫌我不成？……你要錢花？用不了那麼多，錢是野心漢的翅膀，老娘不替你剪掉大毛，你不知又飛到哪個胭粉窯去了，就那廿塊，任你去喝酒賭錢，也夠你大方三個月的，人說：渾家掌財，漢子裝蒜，財神爺在門前打轉。敢情你還怕我偷上財神爺，讓你綠雲罩頂不成?!……

早先他看不出來，小玉的這套詞兒，隨口而出的滑溜得很，像背書似的一口氣背出來，中間不打嗝兒，這婆娘一旦放開來了，連秀才都講她不贏，何況是一個扛槍桿的老粗。

不過，只要她跟定自己，不像閻婆惜那樣，把這筆錢拿去倒貼張三爺，她就兇巴巴的指著鼻尖說話，卻也算不了什麼大罪過，錢還是自己的，只是由她保管著而已，跟她嘔這種小氣，那就太無聊啦。

最使華棚頭隱忍的原因，還不只是這些，他最擔心的是小玉的嘴不穩，即使無意中透露出一點點，就夠他瞧的，兩個人若為這事去磨牙鬥嘴，那豈不是自掀底牌嗎？

小玉這婆娘有了錢，真的對他不錯，每次他從哨上回屋，她都端了熱騰騰的酒菜來侍候他，還特意跑去中藥鋪，買了老參煮湯給他滋補，這玩意兒，華棚頭這半輩子從來沒嘗過，覺得苦苦又甜甜的，不過是一盅水而已，誰知到了夜晚，老參的勁道上來了，這才體會出小玉為他進補的用意。

「妳這是替黃忠送大刀來了！」他說。

「我倒是希望再替你生一胎，從裏到外都姓華。」小玉說：「從吃參得的，精強骨壯，日後管包你把他當成一宗寶貝。」

「對啊！」華棚頭哂笑說：「全不像小三兒那個孽種，是從吃地瓜得的，日後一定是外表胖嘟嘟，裏頭鬆乎乎，說話辦事，一副地瓜腦袋，光是臉皮子厚實，裏頭找不出幾根筋來。」

「噓，你輕聲點兒，他聽著會哭。」

「他會哭？」華棚頭笑笑：「他臉皮厚得很吶！」

兩人頓住話頭聽聽，小傢伙果然沒哭出聲。不過，小玉倒想起什麼來說：

「我有句話，不能不講在前頭，現下這孩子已經跟你姓了華，也就是你的兒子了，不管他是拖來的，抱來的，野天荒湖裏撿來的，你最好是認帳，旁人喧講，你還要堵攔。如今你左一個雜種，右一個孽障的罵他，他還小，不懂事，等他日後長大，你還是這樣掀根刨底，他嘴上不說，心裏自會恨你。再說，你掀這些，也就是掀我的底，我跟劉老頭做小，我偷人養漢，和秦長工生了這個私孩子，你棚頭老爺不嫌棄，撿了我這個破爛，趿上我這雙破鞋，你敲鑼打鼓去宣揚去，你又有什麼光采?!」

「妳瞧瞧，說著說著，又編排起我來了！」華棚頭苦笑著說：「其實，咱們在交城的事，隊上哪個不知道?我就用漿糊把嘴給封住，什麼話不講，旁人的嘴巴一樣堵不住的，這孩子長到懂事，他還是照樣知道！」

「這是個疙瘩，早晚要解掉它才好。」小玉說：「不知道你心裏有什麼打算？還是就這麼拖下去？」

「我一時還沒想出妥當的法子來。」華棚頭說：「我倒有意讓妳帶孩子，略略住遠一點，不要和那部隊混在一起。哨官們拖帶來的那些雌貨，全都是嘴大舌頭長的，錢少了，笑妳窮，錢多了，妬妳富，做棚頭的老婆很難做，遇見上司的女人，儘管她是婊子出生，妳也得低她一等。這種委屈，長期要妳受，妳受得來嗎？」

「不錯，這倒是個很好的辦法。」小玉說：「但說要離開隊伍，住到縣城去，還不能冒冒失失的拔腿就走，總得要找出個名目，免得惹人猜疑。再說，我上的兩個花會還沒有完呢，這事不妨擱一段日子再講，咱們心裏事先有底就好合計啦！」

華棚頭想把小玉送遠一些，他愈來愈擔心他的那些上司們爭著分這一杯羹，他這官卑職小的棚頭抗不住，勢必大睜兩眼戴綠帽子。這意思當然不能對小玉明講，就算委婉的透露出一點，她也會借題發揮，真真假假的鬧上一陣，指自己信不過她。除了這一層，那就是掩護劉行走土的這條線搭上了，每隔一段日子，就會有一批貨過境，自己又有一票好撈。幹這種事，不能透露一點口風，尤其忌諱讓家小知道，這些婆娘，個個都是烏鴉嘴，一傳就傳遍了，他把她打發開去，等這一季的煙土過了境再講，好在大寧縣城離渡口不遠，每隔一個月，回去看她一次也夠了，好在有錢好辦事，她顧慮的都好安排。

小玉在這方面可機伶得很，她總在小地方嬌蠻撒潑的逼迫男人，但在大地方裝瘋作傻，像那張銀票究竟是怎麼來的，華棚頭既不肯講，她也就不問了，論猜，她也猜得到。華棚頭要把她送到縣城去住，是不想讓她知道他的秘密，同時也想把她藏在一邊獨自享用，她感覺得出，只是不加點破罷了。

她也想過，華棚頭鋌而走險幹這種行當，撈錢很容易，一旦犯了案，不單是他自己倒楣，恐怕還會株連到旁人身上，她要是走遠點，脫身的機會要比跟在他身邊大得多；她不想為他做三貞九烈的女人，能湊合，就在一起湊合，不能湊合就分手，她年輕貌美，不怕沒有男人。

無論如何，錢她是要的。

華棚頭回到哨上去沒幾天，劉行已經把貨轉了手，拐回來了。

「怎麼樣，還順當罷？」他問說。

「順當的很，」劉行說：「這邊全由虎頭蜂派人負責，防軍連邊也沾不上，要緊的就是過你這一關啦。咱們不能硬闖，讓閻老西捏住把柄，會同陝西當局，來個聯手合擊，那就不好玩了。……咱們那當家的很不好侍候，眼一翻，我這腦袋就要搬家。」

「這玩意，偶爾玩玩可以，要是常玩，總會露出馬腳來的。」華棚頭說：「我強煞了也只是個棚頭，有好些事情扛不住。」

「人它娘就是不能沾女人，尤其是年輕漂亮的女人，十有八九都是禍水。」劉行說：「你在交城弄到的那個娘們，使你貪戀，你就膽怯不敢幹了？不亡命，你撈不到大票的錢，你懂罷。要黑，你就得黑到底，想要中途把頭縮回殼裏去，那是不可能的，當家的放不過你。」

「我絕不是怕事，實在是有困難。」華棚頭說：「我那張銀票露了白，教我那雌貨拿去了，我好不容易從她手上，把它又討回來，我怕她隨口說話，揭穿這檔子事，正打算要把她送到縣城去哩！」

「依我看，大可不必，」劉行說：「你把那女人像珍珠寶貝的捧著、哄著，絕不是辦法，你為什麼不看開點，把她當成你的賭本，讓她把管帶、哨官團住，咱們行事就方便了，你總不願意這一輩子只當個棚頭罷。她的裙帶一揚，你就抓緊機會朝上爬，這要比你吃獨食盆兒要好得多呢！」

「老實說，我目前還捨不得，那雌貨一攀上高枝，就沒有我的份兒了。」

「對付這種女人，要軟硬兼施，她才會服貼的，你光來軟的那怎成？你不妨單獨的把事情的始末根由告訴她，再警告她若敢透露出一個字的風聲，你不動手，也會有人要她的命。把她拖進來，要下水一起下水，要丟命一起丟命，讓她心生恐懼，處處聽你的。能放能收才是本事啊！你越是患得患失，她的頭昂得越高，讓她用三根頭髮，拴住你這條金剛大漢，你姓華的還想再朝上混嗎？」

劉行這麼一燒火，把華棚頭挑動了，他一巴掌拍在腿上說：

「對啊！我原先怎沒想到這一層呢？」

「現在想到也不晚啊！」劉行笑起來：「你日後升了官，發了財，兩條腿的雌貨多得很，用不著把破爛當成花瓶供奉。」

從劉行那張笑臉上，華棚頭看清了一點事實，那就是陝北那些窮凶惡極的股匪，真有瞞天過海的手段，凡是和他們搭上線的，想擺脫都擺脫不掉，自己睜開眼找不到他們的影子，但自己任何舉動都在他們掌握之中，連小玉的底細，他們都摸得一清二楚。自己守關卡，掩護黑貨，幹這種玩命的事，女人確實是一個牽絆，無怪劉行不斷煽火，要把小玉也當成一顆棋子捏在手上了。

假如小玉不通氣，即使自己不翻臉，劉行這一夥人也不會放過她。想到這裏，連他的脊骨也不禁有些發毛了。——他們能這樣對待小玉，有一天，照樣也能對待自己，想撈這種錢，總得先把命壓到別人手裏去。他得把這層意思，回屋說給小玉聽，希望她能開竅，才好另想擺脫的辦法。

他奇怪的是自己怎麼會有這種念頭？混世多年，他華某人也毫不含糊，吃糧上陣，槍口是黑的，心是冷的，多少灘人血全泡它不軟，上回在交城，黑夜裏對小秦下手，第一刀下去小秦湧血沫的嘴邊還含著模糊不清的「大……哥……」兩個字。照理說，論凶論狠，自己該算有一份，但不知怎麼地，當劉行在暗示他在必要時對小玉下手的時候，他就猶疑起來，這種細皮白肉拿來當成羊羔子宰，未免太糟蹋了，劉行卻無動於衷，可見一撮毛劉二那夥子人，要比自己還狠得多，狠的遇上更狠的，他不能不格外留心防著點兒。

送走劉行後，當天夜晚他就回屋去，和小玉從談閒話時，把話頭引轉到正題上面去。

「我說小玉，我這個人不會講話，打從在交城認識妳到如今，妳手摸胸口想想，我待妳如何？」

「不錯啊！」小玉說：「你好端端提這個幹什麼？要我刻個長生祿位牌子，把你燒香供著？——你不是神，光靠香火餵不飽的……」她說著，發出淫冶的笑聲來，渾身的肢節揉動成一種暗示，來增強她的語意。

但華棚頭把兩手交叉，放在後腦上，仰起眼望著帳頂的紗格子，幽幽的嘆口氣說：「今晚上我沒有心情和妳逗樂子，我究竟待妳如何？妳說啊！」

「我不是說過了嗎？你怎麼了？有心事？」

「是啊！我孤家寡人一個，闖了這些年，年紀也算有年紀了，能遇上妳，湊合成這麼一個窩，也可不容易啊，除了想和妳一窩一塊的長久過日子，我還有什麼好指望的？」華棚頭帶著感慨說：「我巴家總沒巴錯罷？」

「你講了半天，我根本聽不懂，誰說你錯啦？」小玉困惑起來，「你平素講話，從來不繞彎兒的，今晚是讓怪風掃著了？怎麼這樣邪門兒？」

「我並沒拐彎抹角，」華棚頭說：「這事我老早就該告訴妳的，上回那張銀票，妳知道是誰的錢？是河對岸股匪大頭目之一，一撮毛劉二的錢。」

「不得了！」小玉笑說：「你這棚頭守關卡，果真是吃過河去了，連股匪大當家的都捧著錢來孝敬你，怪不得近些時你那麼神氣，你是不是和他拜了把子啦？」

「妳也太不懂事了，一撮毛那種人，連協統之類的人物都不放在眼裏，我這個棚頭只配跟他提壺罷了！」華棚頭說：「他是用那張銀票，買通我，放他一批黑貨過河。這種事，妳婦道人家，原不該知道的。」

「你要不講，我怎麼會知道？」小玉說：「我知道了又怎樣呢？」

「妳千萬不能走漏一絲風聲，」華棚頭壓低聲音說：「只要透露出一點兒，咱們兩個都沒命了！」

「真有那麼厲害嗎？」小玉一聽這話，也緊張起來：「是誰來要咱們的命呢？是隊上的官兒查辦人？還是股匪來殺人滅口？」

「兩邊都會動手的。」華棚頭說：「防軍辦人我倒不怕，只要事先帶著妳開差走路，躲過他們的追查，也就成了，大不了離開山西，到旁處另起爐灶。我最擔心的就是一撮毛那一夥子，他們聯絡當地的股匪，在暗中吊著你，很少有人能脫出他們的掌心的。」

「他們既然這麼厲害，你事先也該明白，為什麼還貪得這筆錢呢？」

「不瞞妳說，我老早就是他們釘進防軍的暗樁了！」華棚頭說：「當初牽我入夥的也正是如今給我銀票的劉行。人說：有一必有二，我是一腳踩進泥坑，想拔也拔不脫了呀！」

「業已髒了手腳，還拔什麼呢，」小玉講的倒出乎意料的輕鬆洒脫：「那樣你就跟著攪和下去就是了，我不會夾纏不清的出面阻攔你，更不會講出去，你們男人幹什麼我都管不著，我這可不是行陰耍詐，我管不著是真的，我只管洗衣燒飯，這該夠乖順了罷？」

「難道妳就不管我了？」

「怎麼管？我又沒勸你去收人家的銀票。」小玉說：「你不妨心平氣和一點，為我想一想，你在關卡的事，我根本不懂，你也從沒跟我合計過，……今夜你要不對我把話說清楚，我也許真的會在無意中把這事透露出去，那時候，你不是冤冤枉枉的害死了我？你要我顧念到你，也得先信任我才行，事到臨頭，放這響馬後砲，我不怨怪你，已經夠好的了！」

小玉這一番言語，像一盆冷水似的兜頭一潑，把華棚頭給潑愣了。甭看她年紀輕，到底是走過江湖、跑過碼頭的人物，看事情有她老練的地方，好像對股匪可能加給她的、奪命的威脅，根本沒放在心上。劉行告訴過他的那套軟硬兼施的法子，在她面前已經全用不上了；若說股匪夠厲害的，看來她也旗鼓相當。

「你今晚上，總算跟我講了實心話，」小玉仍然體貼著他說：「我講幾句實心話給你聽：在亂世上，像我這樣身世，又薄有三分姿色的女人，是一塊扔進狗窩的骨頭，誰搶去誰啃，剝光了上床才是我的本份，什麼情，什麼意，真真假假對我有什麼分別？不定哪個時刻，一粒槍子兒撂倒你，你躺下去晒×了，我呢？我替你守貞？戴孝？我喝西北風過日子？——壓根兒沒有這回事，你該比誰都明白的，弄得不好，我豈止拖這一隻油瓶，恐怕還要加上一大串兒，對我們女人來講，男的挺×害人，勝過趙子龍的長槍吶！我活著已經進了修羅地獄，還有什麼好怕的？咱們在一起胡亂姘著，我只能像王小二開店，照人頭對湯，你怎麼去，我怎麼來，這已經對得起你了！」

小玉這樣敞開坎兒一講，華棚頭更有些接不上碴兒了。他悶聲不響的坐了好一陣才說：

「小玉，要告訴妳的，我全都講了，我不願意得罪一撮毛那夥人，也擔心日後事情抖露出來，官裏要辦人，對方要滅口。在這件事情上，不管妳有沒有介入，妳我可是在一條船上，妳業已被牽進去，能不幫我拿主意嗎？」

「事情你已經做了，你就得準備聚點兒錢，隨時打算走路。」小玉說：「但你對一撮毛那夥人，不妨裝點兒傻，儘量按他們的意思去辦事，千萬甭把心吐給他們。能不能脫出他們的掌心？你自己酌量著；要是不能，那就得聽他們的，直到你能想出脫身的法子再講。至於我，你用不著多掛慮，我只要不壞事，他們不會對我怎樣的。」

「妳講的都很實在，」華棚頭說：「妳不壞他們的事，他們不會動妳，這一點妳算是拿捏得很準，朝後咱們兩個一條心辦事，事情就好辦了。」

小玉很認真也很溫順的點了頭，把壓在華棚頭心上的一塊大石移開了。但她的腦筋轉得極快，立刻就意識到潛伏在四周的看不見的危機，股匪窮凶惡極，拿他們一毛錢都得把命押在他們手裏。他華棚頭在防軍裏再會混人頭，充其量也只是個棚頭而已，肥了自己，薄了上級，這種事耍不久的。她目前只能不動聲色，先把這種局面穩住，再見風轉舵的去肆應，必要的時刻，想法子保全自己，不管他華棚頭的死活，——這種床上的情意，到處都找得著。她見過亂世，有一點，她比誰都清楚，一個女人只要不忘記她是女人，萬馬營裏她照樣能闖，一個棚頭又算得了什麼？

當下兩人商定了，小玉願意保守秘密，並且掩護華棚頭繼續護送陜土，拿得該撈的一份，但這些錢得交給她收藏起來，不能露白，惹起疑竇。她認為錢就是人的翅膀，只要有錢攢在手上，萬一出了漏子，跑也比旁人跑得快一點。

華棚頭呢，也轉了念頭，不再催促小玉找藉口遷到大寧去了，他倒希望小玉能利用她的交際手腕，在管帶和哨官們之間多多周旋，使他們在掩護另一批黑貨過境時得到更多的方便。

人說：一個被窩不睡兩樣的人，這對華棚頭和小玉真是最確當的形容，利與慾把他們捆在一起，共同的危險又使他們互相依存。另一批黑貨過境的時刻，那個姓武的管帶正在宴客，請小玉當場唱曲兒，為了她，還特意找來一個琴師。小玉對這個原就是最拿手的，她捏著粉紅的手帕，婀娜生姿的舒開喉嚨，邊唱邊拋媚眼，顯露出萬種風情，兩支曲兒一唱，那些漢子們連眼珠都凸出來了。

「它奶奶，這真是一匹活馬！」武管帶帶著醉意說：「大奶子，水蛇腰，唱曲兒像是吐葡萄，粒粒圓，粒粒甜，華棚頭真會挑啊！」

「管帶要真對華小玉有意思，不妨和華棚頭打打商量，」一個姓丁的哨官說：「她又不是他的老婆，不信你把姓華的報升一級，也許他就把她當禮物，送給你啦。」

「送給我？嘿嘿，恐怕我吃她不消啊！」武管帶大笑起來：「我是學過麻衣柳莊相法的，這女人玩玩可以，可不能留在身邊，你們沒見她那雙勾魂攝魄的桃花眼，暈紅流轉的臉蛋兒，兩邊顴骨高聳，皮薄，上頭泛出油光，真正剋夫的相，我這管帶承受不了她，要說是揩揩油，沾沾邊，倒還不大要緊。」

「既然是沾，那得由管帶你先沾，咱們跟著撿拾撿拾，這叫作上陣共生死，玩樂穿小鞋，這意思，我去華棚頭那兒透露透露，看那傢伙開不開竅？」

官兒們藉酒裝瘋，半真半假的猛吃豆腐窮開心，小玉正坐在堂客席上，句句都聽進耳了，那些堂客裏頭又有幾個是正經貨色？一聽這話，個個擠眉弄眼的，有的還推了小玉一把說：

「妳可聽著了，那邊席上正要狼吞虎嚥掉妳，看妳怎樣逃得出他們的十面埋伏？」

「你們逃過嗎？」小玉笑說：「我還沒聽說開了的花會怕蜜蜂的。」

堂客的桌面上也尖聲的哄鬧起來了。粗漢配上浪婦，言語越是低俗，他們越覺得有趣，汾水釀成的老酒在外地名貴，在附近就不挺值價了，咧開的嘴灌酒最容易，一連串的哄鬧和乾杯，沒離席已經有人滑進桌肚下面去了。

這邊正在猛鬧酒，那邊渡口早已放過了大批用紅棗蓋著的黑貨，小玉放開來這一耍，使華棚頭不得不對她另眼相看了。

「真有妳的，小玉。」他說：「等管帶他們醒了酒，貨都離此地百里開外啦，不在咱們防地上，就算貨被截著，也找不到咱們頭上來。」

「你先甭高興，」小玉說：「常走夜路，總會遇到鬼的，你再多撈一筆，危險就增加一分。那個武管帶，兩眼斜斜的吊著我，一副存心不良的樣子，真要教他佔了便宜去，你又不知會怎樣對待我了？……脂粉陣，可是你要我設的。」

「我不是告訴妳，要妳盡量拖延嗎？」

「是啊，拖延總也有個日子，怎能一味拖延下去？」小玉說：「他要是玩真的，你敢抗他？你要是想升官，也得由管帶保舉你啊！你要是不願吃這種虧，只有一條路可走，那就是帶我開差。」

華棚頭臉上出現難色，搖搖頭說：

「那只是妳的如意算盤，這是行不通的。我早已跟妳講過，我是一撮毛劉頭兒安在防軍裏的一顆棋子，他把你捏定了，放在哪兒就哪兒，他走貨，靠我接應，我要是開了差，他會恨上我，只要他一跺腳，我的命就沒了。」

「走，你又不能走，扛，你又不能扛，」小玉嘟起嘴說：「那，我也沒有辦法，好在我們兩個也沒正式的名分，你既不是我的老公，我也不是你的老婆，要是我迫不得已，和你的上司們有什麼不乾不淨，不伶不俐的，你得隱忍著點兒，我這可是把話說在前頭。」

「我的兒，妳這麼一說，好像武管帶他們才是正局，我倒變成抽頭的了！」華棚頭帶著點酸溜溜的味道：「但妳要是變了心，我也不會饒過妳的。」

「我哪兒敢吶！」小玉笑說：「銀票拿來罷，我既也收了錢，也就變成一撮毛的人了，逢場作戲不光是你們男人能，耍光棍，我一樣會耍。」

小玉這娘們真有她的一套，竟然能在重重的危機裏穩得住，在馬門關這個小集鎮，換租了幢較為寬敞的房舍，裱糊一新，召了琴師樂師來，設立了一個研究戲曲的業餘班子，參加的也都是那些總爺們帶來的雌貨。每到夜晚，管帶和哨官們便蹓躂進來，說是聽唱，其實都是醉翁之意，乘機逗樂子，消解駐戍的寂寞。這在小玉的感覺上，她是把萬福里那種日子，在邊荒復活起來了。

武管帶沾了甜頭，依小玉的話，把華棚頭報升了一級。姓華的明知他的官兒是怎麼得來的，但他並沒插手攪局，甚至私底下也沒對小玉追問過。

她拖帶的孩子華小三兒，卻被一群野漢子當成繡球拋來拋去，甚至用他作引子，調戲起他媽來。小三兒這小小子會咿唔學語了，最先講的話也是那些野漢子教會的，那就是叫「爸爸」。一大堆人臉圍繞著他，卻瞇眼露牙衝著他笑，這個叫乖寶貝，那個叫肉兒子，問他誰是爸爸？小三兒倒是憨得很，見誰都叫聲爸爸，替他媽來它個春色平分，皆大歡喜，有人一高興，就轉頭朝著小玉說：

「妳聽見沒，妳兒子替妳做主分配的，也少不了我這一份兒。」

「妳這兒子真有一套，日後是個講分配的，才把抓大，已經懂得把他媽分給咱們大夥兒了！」

「少在這邊貧嘴，嚼舌根，」小玉流水般的揮著花手帕，笑罵著，一派打情罵俏的意味，好像捉迷藏似的在人群裏追舞著。她越是這樣，越是搧風點火，搧動了那些漢子們的情慾，有一種言語說不出的趣味。這情形早弄慣了，即使當著華棚頭的面，他們也不避諱，華棚頭胸有城府，居然能隱忍下來，也照樣和別的雌貨開心逗樂算是回報。

在馬門關守河防這段日子裏，小玉算是站住了，她的名頭遠比華棚頭響亮，華棚頭升了哨官，經常要住在哨上，而小玉並不夜夜空床，這使得華哨官哪天回來都得事先告訴她，免得當場遇上了尷尬。

有一回，華哨官臨時回來，頂頭撞上了武管帶，武管帶慌忙的穿靴繫帶，一把抱過小三兒，指著他對華哨官說：「你回來得正好，抱他去買茶食去罷，這小子一直賴著我要吃糖呢！」

華哨官抱過那孩子，去買了茶食，不敢立即回去，在街口轉了三個大圈，估量著燒完一炷香，輪過一班崗，這才踱回屋去。他上床時苦笑著對小玉說：

「小玉，我想我還不及這個小雜種呢，他它娘吃了一肚子茶食果品，我呢？如今在妳這兒，我只能扒點兒剩飯啦！」

「甭這麼嘔酸好吧？」小玉說：「饞貓偷啃過的魚，你能說它不是魚？人說：吃貓食，過九十，我的哨官老爺，你甭再挑嘴了，將就點兒吧！你一心想吃獨食盆兒，那就帶我走啊！」

「別講啦，」華哨官縮縮頭，聳聳肩，兩手無力的朝兩邊一攤說：「算我姓烏好不好，我只有縮著頭，才能萬年永壽啊！」

「你也別忘記，今天這種局面，全是你造成的，你不能怪我亂惹，」

小玉心總有些虛，又施出媚功來，偎在華哨官胸口說：「無論如何，我這顆心還不是繫在你身上麼，咱們兩個，魚還是魚，水還是水，沒分開啊！」

「說得好，」華哨官說：「早些時，水還清一點，我當自己是條鯉魚，如今妳知道我成了什麼——道道地地變成泥鰍啦！」

「泥鰍又怎樣呢？你不是說過：水越渾你越好混的麼？」

「是啊，」華哨官懶懶的吹熄了燈：「泥鰍就泥鰍罷，我說過我要怎樣的麼？」

「對啦，有宗事兒，我想跟你講，白天武管帶跟我提起，他說這孩子乳名叫小三兒很不妥當，咱們兩個，身邊只得這一個孩子，怎會叫起小三兒來呢？遇上腦筋會轉的，立刻會問：那麼小大兒、小二子呢？……這小三兒的名字，是劉家屯的老頭兒取的啊！」

「這不簡單?!」華哨官說：「就像我這棚頭升哨官一樣，咱兩個替他連升三級，叫他小大兒不就得了。」

「這總還是乳名，」小玉說：「日後送他進塾，總還要有個正名兒才好。你想想看，該替他取個什麼樣的名字才好？」

「我認不得幾個大字，不會動這個腦筋，」華哨官說：「咱們隊裏唱花名，不外是得標、得功、得勝、得財之類的，走一個，補一個，還不是叫那些名兒，誰也沒得著什麼，這小雜種原先不是叫正榮的嗎？」

「我不想再用劉老頭那老死鬼取的名兒了！」

「真夠麻煩的，雞貓狗鼠的，隨便替他按一個在頭上算了！」

「老華，你罵人舌尖分叉，怎麼還帶拐彎兒的？」小玉不依說：「什麼雞貓狗鼠，圓毛扁毛都上了譜，你罵他是狗娘養的？」

「我只是打個比方，妳認什麼真？」華哨官說：「算我嘴抹石灰——白說了，趕明兒，妳央那位武管帶，要他找識字多些的文書，替他重新取一個罷！」

實在講，華哨官對替孩子取名的事，一點兒也不熱中，小雜種沒人要了，才姓上他媽那個華，日後他真的想光宗耀祖，該去捺個姓秦的祖先出來，多少還能朝他自己臉上貼貼金，其實他該叫劉秦華，或是秦劉華，或者華劉秦都還是名副其實一些，——三個字代表他三個爹，他媽都認過賬的。不過，盤旋在心裏的意思，他不好當著小玉去講，她雖然早已是渾水一灘，不大在乎什麼，但當著她的面去揭她的瘡疤，又會惹氣生，不如忍一句，由她怎樣取名就好啦。

對小玉來說，孩子總是自己的骨血，當了哨官的假老子既提不起勁兒來，也就不必再煩他了；棚頭也好，哨官也好，倒吊他三天，也休想見他吐出一滴墨水來。二天她央武館帶，轉託營裏的文書，替小三兒取個名字。

替孩子命名是宗大事，她用紅紙封封了一塊現洋當謝禮，害得那個姓郝的文書搖頭晃腦查字典，品味了好半天，最後提起毛筆把命名和號都寫在一張紅紙箋上，那是：

「華多富字貫風」

郝文書怕小玉不清楚，還特別解說了一番，指多富是廣進錢財的意思，並非意思是他的父親多，貫風就是貫徹門風的意思，這樣一解釋，連武管帶在一邊都笑出聲來了。

「好，這名字取得真好！」他說：「記得有些孩子，出生就拜上十來個乾爹，取助福延壽的意思，這樣看來，他多幾個爹倒是宗好事，連我也算上啦！這小子見人喊爸爸，說他多父也名副其實呀！」

「又在瞎嚼蛆了。」小玉白了他一眼說。

「有什麼不妥呢，這一來，他錢多爹多，前前後後左左右右都照顧到了，連妳春風化雨、普降甘霖的德行，也都描出來啦，又可意會，又很實落，希望他日後就貫徹這種門風，——妳幫忙，他認賬就成了！」

為這名字的妙解，小玉又和武管帶打情罵俏，動手腳廝鬧了一番。武管帶把這事當成活笑話，講給那幾個哨官聽，哨官又講給下面聽，那些總爺們笑得像喝了一鍋熱湯，從此，全營的漢子遇上那肥嘟嘟的孩子，就叫著：

「噯，多父兒喲，貫風兒喲，叫爹吧，叫爹就抱你去買糖吃呀！」

「小貫風，小可憐，跟你媽一床睡，被窩夜夜都灌風，害得你傷風感冒流鼻水，這就是爹多的難處啊！」

有人抱著多富，講了個古老的笑話，說是從前有個人貼春聯，人家要替他寫「天增歲月人增壽，春滿乾坤福滿門」，這個人大搖其頭說：「上下聯各有一個字要改。」寫對子的問他怎麼改法？他說：「人增壽與我有何相干？把『人』字改成『娘』字，替我『娘』增壽才好。上聯改了，下聯要對稱，娘最好對爺……。」寫對子的只好這麼改了，變成「天增歲月娘增壽，春滿乾坤爺滿門」。

「這副對聯送給多富最合適了！」有人大笑說：「他不是咱們大夥的兒子嗎？」

這些野漢子們都是一匹匹慾獸，即使有一些還沒挨著小玉的床沿，也藉著逗弄孩子，暗透出戀母之意。他們把小玉那張床當成擂台看，即使被她踢下來，能領教也是好的。在荒涼的黃河岸邊，春情春意都含在她飄蕩的眼波裏，這個尤物娘們和肥小子，成了他們乾渴的精神上重要的調劑。

小玉唱的曲兒，幾乎被全營哼唱著，色迷迷的心，透過曖昧的鼻音哼出來，越哼越是撩人，彷彿這是一場會傳染的時疫——春瘟。

九　九尾仙狐

如果不受調遣開拔出去打土匪，防軍的日子真夠悠閒的，一個協（即一旅）守一段迤邐數縣的河防，單位拉得散，連平素的三操兩點都免掉了，尤其是哨棚和關卡上執勤的單位，每日只有點香輪崗、緝私查哨，餘下的時間，曬太陽、捉蝨子，躺在河岸邊，望著對面的山影發呆，或者歪吊起嘴角，哼唱些淫冶的小曲兒，自箇兒開心破悶。通常，總爺們駐紮的地方，就有流鶯麕聚著，有些總爺被她們掏空了口袋，就怨罵著：

「真是它娘的一窩吸血鬼，吸你的精血不算，還要掏走老子的錢，算老子前世欠她們的。」

罵歸罵，一旦發了餉，有了錢，還照樣去端那些黑窯碗，把站崗站來的辛苦錢，跪著花出去。他們不比管帶哨官和資深的棚頭，各有固定的戶頭，他們只能吃浮食，有時候飽，有時候飢，即使哄笑著自嘲，也帶著一股自憐的味道。閻督軍練兵一向很勤，晉軍多為彪形大漢，他們精練拳腳，大刀片兒更舞得霍霍生風，但練成的兵最忌閒散，甩著膀子一消閒，就會想起很多事情來，這樣也就影響了士氣。

不過，這回協統突然接到晉省當局的命令，要他們立刻將河防任務移交給從太原調過去的一個新編的混成旅，全軍加添裝備和補給，率先渡過黃河，展開於延長延川之線，和北部入陝的友軍密取聯絡，向西掃蕩盤踞當地的股匪一撮毛和殺人王，並且摧毀罌粟田，肅清毒源，任務達成後，立即退回河東待命。

「督軍大概被股匪不斷運進黑貨弄火了，才會把隊伍拉出省界去掃蕩。」從協裏開完會回來的武管帶說：「他不但要犁庭掃穴痛擊那些股匪，還和西北各省的軍隊連絡上，一致配合，在伊克昭盟漠地，伏襲私運煙土的大隊，使他們黑貨交易做不成。這些，協統沒有講，但我想我能料得著，可惜的是人槍出動得太少了一點，只是略顯點顏色而已。」

說它是玩真的也好，玩假的也好，隊伍要拉過河套進入陝北總是事實。那種黑山荒土，望在人眼裏，涼進人心裏去，不用說掄槍打火了，就算行軍挨餓，也夠人受的。大夥兒都明白，股匪嘯聚在陝北，像一窩潛伏在窯洞裏的野狼，他們槍枝雜、火力差，只是一群烏合之眾，真正拉到平陽廣地上對陣，絕非防軍的對手，但這些會打洞的土狼，在他們自己的巢窟裏，地形熟悉，晉軍便很難捕捉到他們。晉軍入陝的目的，是要摧毀他們的巢窟，拔除毒源，這是要他們老命的幹法，他們自會拚命。在這樣的情況下，晉軍能有多大的斬獲，那就不敢說了。

要開拔的消息傳到下面來，管裏上下忙成一團，官兒們忙著如何去安頓他們所帶的女人，總爺們忙著如何吃喝玩樂，把能花的錢都給花掉。

「開起火來，還它娘省錢幹什麼?!」有些人很看得開：「老子死了在乎睡什麼棺材嗎？」

「上陣時，賭錢吃喝都不要緊，」也有的說：「單只不能去沾女人，槍子兒真怪，好像長了眼睛似的，你頭天搞了名堂，二天它準找上你，即使不丟命，也得掛彩。」

華哨官回到屋裏，把這消息告訴小玉，他說：

「我已經把開拔的消息傳給劉行了，咱們過河之前，一撮毛那邊便已有了準備，……我並不希望晉軍打贏，把咱們的財路剷斷。」

「你走了，我該怎麼安頓呢？」小玉說：「要我跟那些女人一道，先到大寧去，由留守的照顧？」

「不！」華哨官說：「實在講，這回我入陝，正是離開晉軍最好的時機。妳不妨從大寧北上，經隰縣到離石，然後過河到吳堡，吳堡的騾馬市有個姓羅的，妳去找他，他會幫妳安頓，到時候我自會設法接妳。」

「就憑空口一句話？」

「妳可以講妳是劉老頭兒要妳去找他的。」華哨官說：「我把妳另作安頓的用意，是讓防軍找不到妳，免得因為我的事情把妳牽連上。」

「你不怕我趁你不在，收拾細軟跑掉？」

華哨官笑一笑說：「腿是長在妳身上，妳要跑，我也拴不住妳。不過，我相信妳不會跑的，不是嗎？咱們是一狼一狽，夥在一起才有得撈。」

隊伍拉過了黃河，頓然覺得和大片的荒山野嶺比映起來，一個協的兵力幾乎是微不足道了，他們這個營朝前挺，在到達延長之前，連股匪的影兒全沒見著一個。

「這真是怪事？」武管帶說：「平素聽說股匪的聲勢如何如何的浩大，原來都是假的，他們要真有點兒實力，為何不抖開來給咱們瞧瞧？」

「股匪的耳眼很靈通，」宋哨官說：「也許咱們還沒過河，他們就得著了消息，事先迴避掉了。」

「也不要把一撮毛和殺人王他們看得太簡單，」丁哨官說：「再朝西去，山勢險惡，地形複雜，當心他們事先設伏，打咱們一個措手不及。」

「你的膽子未免也太小了！」武管帶說：「憑他那夥子毛人，敢在太歲頭上動土嗎？早年我和一撮毛那股對過陣，咱們一舞大刀，他們就金命水命不要命的奔逃，論起熬硬火，股匪根本不是價錢。」

「管帶說的是。」華哨官阿諛的說：「我也是這麼想，一撮毛他們取巧投機鑽夾縫弄慣了，至少在目前，他們還不敢得罪晉省當局，只要咱們不認真斷他們的煙源，他們就不會迎擊，讓督軍要面子有面子。」

「咱們要是斷了他們的煙源呢？」武管帶說。

「那就很難講了！」華哨官說：「管帶在世面上見得多，看得廣，人說：光棍打九九，不打加一，凡事只要點到為止，略略放對方一馬，能交得了差就好，這樣做，既利己，又不損人。屬下這個意思，只是給管帶參酌。」

「嗯，」武管帶搖頭晃腦的想了一陣說：「不過，一撮毛和殺人王他們，狡猾奸詐，從來沒買過我的賬，今天我放他一馬，他又不會感謝我，倒不如擒賊擒王，搗掉他們的巢窟，把他們捆送到太原去請賞，督軍一樂，咱們大夥完全有好處，……這件事，我是決心這麼辦了！」

華哨官一聽武管帶這麼說，便低頭應是退了下來。

隊伍從延水上溯，進入層層疊疊的山區，到了甘谷鎮北邊，和股匪對上了。這股匪眾人數不多，只有百十來個人，並不是每個都有槍，雙方接火不到兩個時辰，對方就朝後潰退。武管帶貪功心切，下令追趕，他說：「好不容易才遇上這夥子土匪，咱們不捉，會教別的營捉去領賞金，大家行動放快點，傍晚之前就能把他們截住。」

誰知隊伍在山區行動，和在平陽廣地上大不相同，幾個山頭一轉，便和左右的鄰軍失去聯絡和呼應了，日頭一偏西，武管帶也發現了這一點，但他認為對方人數少，火力又很薄弱，單是自己的這一營就足可應付，因此，追擊行動並沒停頓下來。到了黃昏時分，他們在險地天門關之東七里附近的一處谷地，被蜂擁而來的大股土匪圍困了。土匪先就佔了山腹，居高臨下，乒乓五四的猛開火，而晉軍這一營，困在谷底展不開，很難找到隱蔽的地物，產生了很重的傷亡。

「咱們這是中伏啦！」宋哨官說：「天黑前，若不退出谷口，這一夜很難撐持。」

「不要緊。」華哨官說：「我請管帶准我深入衝出去，再用火力掩護各哨撤退。」

「事機緊迫，也只好這麼辦了。」

華哨官帶著一哨人朝東衝出去了，過了一個時辰，武管帶所等的火力掩護沒見影兒，山腰的股匪從高處下迫，這一來，武管帶只有帶著餘眾冒死突圍，等到一路奔出谷口，一個營只賸七十不到，宋哨官和丁哨官都掛了彩。

「奇怪，怎沒見姓華的？」武管帶說：「敢情是被股匪擄去啦？」

他們衝出谷口，股匪仍不斷地撲上來，幸好得著鄰軍的接應，才使武管帶和他的殘部脫險。第二天，他從一個單獨逃回來的士兵口裏，得悉經他提拔起來的華哨官，根本不是突圍，卻是帶著人投到股匪一撮毛那邊去了。

整個說起來，渡河入陝的兩支部隊，在南北兩線上的推展都不順利，他們搜到一些生煙土，也擄獲了兩百多股匪的嘍囉，收繳了一些破爛槍枝，但他們本身的損失，遠超過對方，前後五六天，晉省當局就下令他們退回河東去整補去了。

武管帶回到大寧，深恨華哨官在陣前叛離，想找到華小玉詰究明白，再一打聽，才知道華小玉早已單獨北上，逃之夭夭了。這樣一印證，更可看出這對夾姘的男女，根本是在隊伍出發前就已計議妥當，存心要投奔股匪的了。華哨官這一叛離，使武管帶損兵折將，上面一檢討，把大部分責任都推到他的頭上，鎮統一光火，下了條諭，把武管帶來了個軍法從事，而投入股匪的華哨官，卻在吳堡開設了店鋪，幹起掌櫃來了。

這爿店，表面上是做南北貨批發生意，實際上還幹的是老行當，用各種方法走私毒品。華小玉呢，當然也跟著搖身一變，幹起賊婆來了。有時為了掩護黑貨，她經常由陝入晉，用她天生的本錢，用她唱小曲走江湖的經驗，和晉軍裏的那些總爺們廝混。而華多富這個油瓶孩子，就被留在吳堡的店鋪裏，被那些走私販毒的嘍囉拋來拋去，當成個小肉球戲弄著長大起來。

華棚頭當初在晉軍裏，由裙帶的牽引幹上了哨官，因為恐懼掩護走私毒品案發，再入陝進剿股匪的時刻倒戈，害死了提拔他的武管帶。但他投奔一撮毛之後，並沒如他料想的那樣受到一撮毛的重用，他在吳堡的地位，也只是劉行屬下的一個打雜的小頭目而已，幹的是亡命的勾當，獲利卻要解繳上去，比較起來，遠不及當初在晉軍裏扛槍吃糧混日子舒服，甚至於連自己的姘婦小玉，也被劉行霸佔了一半。

他滿心窩囊，但連氣都不敢吭一聲。算來算去，只有那個拖油瓶的孩子沒人分他的，讓他過過現成老子的乾癮。

小玉這個女人，翅膀越長越硬，懂得抓權弄勢，也越來越不把他當一回事了，高興就摔來摜去，把他當成下面的人看待。看女人的臉色過日子，真不是滋味，為這事，他曾在酒後和她爭執過，小玉說：

「你想管我？你算是哪一門？你那塘污水，只能養些小魚小蝦，弄得好，你就馬虎點兒沾一份，弄不好，你就滾遠些，抱你的酒瓶淘日子去，愛姘不姘全在你啦！」

「我說小玉，妳不必尖聲尖氣的衝著我嚷嚷，」男人有些低聲下氣的說：「妳當初在交城，遇上難處，我是替妳盡過力的，小秦出獄，我成全過你們，我並沒存心佔妳的便宜，咱們在一個被窩過日子，也不少時刻了，我哪天強行管過妳？……唉，我當初真該帶妳回徐州的。」

「我天生就是這塊材料，到哪兒也是一樣，」小玉說：「每回你管我，都把這套言語搬出來，你自己也沒算算看，這些話你講過多少回了？你是要我感你的恩，念你的情，把你當成活牌位頂在頭上?!」

「天知道，我從沒這樣想過。」

「那你就不必再提這些了。」小玉不介意的笑著：「其實，你根本不必管那麼多，——你每回上床，我可沒伸腳踹過你，你要的，我照給，咱們是誰也不欠誰的，再講得明白點兒，你管過了界，得當心有人真的踹你。劉行在我床上，你管得了嗎？日後你那大當家的要是上了我的床，只怕你還得提著尿壺，一邊侍候著呢！……你在馬門關就拿我送人情了，還有什麼臉再當著我磨你的閒牙？你不講話，還會讓我顧念你一點，至少，我還讓多富叫你一聲爹，你並不貼本呀！」

爭也爭不過她，被人稱為老華的男人彷彿一下子老了十年，現在他不是棚頭，也不是哨官了，在大群股匪裏面，他跟著小玉吃碗半軟半硬的飯，有時他勉強充充漢子，有時他蹲在一邊，變成一個龜奴，小玉所說的話，句句都戳到他心坎上去了。

一陣難受起來，他會獨自跑到小酒鋪去喝整晚的悶酒，在煢獨的小油盞下面，苦苦的想著，在交城，他怎麼會迷戀上這個女人，費盡心機把她弄到手的呢？當然，小玉的姿色和風情都使他傾倒，色字這道關，他過不了；為了她，他親手做掉了秦長工，又讓劉老頭拖死獄中，當時他能下狠心，施煞手，今天對這個女人，可就沒有辦法可想了！小玉厲害正厲害在這點上，她牙尖嘴利，舌頭翻花，說起話來尖刻得緊，但壓尾總來上一招似無情卻有情，替他留點兒殘菜賸飯，真要狠心做掉她，自己便連一口也吃不著了。

這只是多層原因當中的一層，再有一層他不能不承認的，那是在股匪窩裏還輪不著他來賣狠，比他更狠更辣的傢伙多得是，尤其是笑著臉的劉行，小玉攀上了姓劉的，就等於貼上了一道護身符，他要真對小玉翻臉，姓劉的準會站在她那邊，到那時，他就註定活不成了。

「算了吧，由她去溷混去，破就讓她破，爛就讓她爛，我華某人護著鍋邊兒幹什麼？等著她那一口爛粥搪飢，到唇不到嘴的。」他醉意的自語著。

對這個雌貨，他總算看開了，她既然賣騷撒浪，他又何嘗不能去眠花宿柳來著，北地胭脂雖然粗糙些，可是十樣人一樣貨，管用就成了！因此，每當劉行來的時刻，他就找藉口避開，讓他們長枕大被的熱和去，他自己把「大丈夫能屈能伸」拿來胡亂解嘲，縮縮腦袋，認定吃軟飯也是一門學問。

按理說，劉行是一撮毛劉二面前的紅人，總管南北兩路煙土的販賣事務，姘上了小玉，該是一把抓，沒有人敢從狼嘴裏搶肉吃了吧？嘿，也不知是誰傳的消息，落到大當家的一撮毛耳朵裏去了，吃多了羊肉的一撮毛也是個老騷，竟然悄悄的帶著護駕來到吳堡，表面上說是過來盤點賬目，骨子裏存心要會會小玉這隻騷狐。

劉行這傢伙倒是乖覺得很，關照小玉在屋裏準備酒菜，在屋裏陪一撮毛去竹葉穿心桃花過渡，他披上皮襖在門外蹲著，和老華一樣。

「嗳，我說老華，這台戲用不著龍套，」劉行朝老華擠眼說：「咱兄弟倆今夜都成了撈毛的啦，乾脆找個地方喝幾盅去！」

「還是小雜種多富有福氣，這名字算是取對了！多富就是多父！不上三天五日，他又多了個爹啦！」老華酸溜溜的說：「幸好我當初沒正式娶她，大夥兒都蹚渾，穿小鞋的弟兄，要比拜把子更親熱啊！」

「這話，你對我說不要緊，」劉行警告他說，「在大家的面前，你可千萬不能提，他只要略一歪歪嘴，你吃飯的傢伙就沒有了，還有小鞋穿嗎？……她一登上了高枝，咱們就全沒份啦。」

「劉頭兒，你甭忘記，我總是個穿針引線的，」老華說：「要不是我把她從交城弄出來，大當家的還嘗不到呢！……今晚喝酒，該你請客吧。」

「好！」劉行說：「她是一支大額的籌碼，輸贏是另一回事，咱們總算賭過了！」

這對撈毛弟兄去喝半夜的酒，把小玉像品酒般的談說著，兩個人都已認定這雌貨已經不再屬於自己了，嘴上便也沒遮攔，繪聲繪色的交換著彼此所經驗的，一面哄笑著，剝著花生朝嘴裏送。

「真是個天生的尤物娘們！」劉行剝出一粒花生仁，以拇食兩指捻去油皮說：「這個也比不了。咱們大當家的一路上鞍馬勞頓，怕吃她不消。」

「我業已打定主意不再沾惹她了！」老華輕輕搥著腰說：「這段日子，我兩腿軟得像吃了糠似的，我能拿參湯當水喝？沒那個命啊！」

是自嘲呢，還是嘲人呢，一陣嘲謔過去，這兩個都有些苦味的索落，像荒野臨秋；四十以上的年紀，早年揮霍無度，確也沒有多少精力可供浪擲了。年長幾歲的劉行首先嘆出聲來，接著，老華也嘆了口氣。

「乾杯罷，兄弟。」劉行瞟了對方一眼說。

「乾！」老華說：「天快起更啦！」

兩人喝到起更之後，你攙我扶的回到店鋪裏去，委屈地睡在櫃檯肚底下，臨睡時，還能聽得見後屋裏的嬉謔聲，大當家的和小玉兩個正打得火熱呢。

二天早上，大當家的一撮毛傳喚劉行和老華進後屋去，樂呵呵的各賞了五十大洋，抖動著兩面腮幫說：

「貨色是一等的，我要她收拾了，跟我回垛子窯去，連那孩子一道兒，你們兩個，留點精力好辦事。老華，你算是貨主，好歹出個價錢，把她盤讓，我付錢。」

「回大當家的，她是我在交城撿來的，」老華儘管心裏嘀咕，嘴上卻不敢說出來：「您要是看得上眼，我雙手奉送，只要您滿意就好了。」

「呃，」一撮毛笑說：「你倒是通氣得很，這樣罷，你既不願收錢，我暫時借用好了，到時候再把她還回來，保管她皮肉無損，毫髮無傷就是了！」

就這麼三言兩語，彷佛說了一個狗尾巴長的笑話，小玉便又上了高枝，被暫時「借」到一撮毛劉二的名下，上山當她的臨時押寨夫人去了。

整個說起來，西元一九二二到二三年這段日子，正是北洋各系紛爭劇烈，天災人禍頻仍而至的時刻。盤踞各處山窩洞穴裏的土匪也都在渾水裏摸魚，為非作歹，變本加厲，尤其是窩在陝北的幾股匪眾，不斷地播散毒品，為害更烈。因為鴉片老海這類的玩意兒，人一旦染上了它，無不是傾家蕩產，等到窮得連脫褲子當當都沒有可當的時候，便也淪為盜竊，走上了邪路。

民間有識之士，鑑於毒品禍患無窮，編了戒煙歌、醒世謠，在民間流誦，許多地方更把鴉片害人的淒慘情狀，畫到年畫紙上，供人張貼；連民間捏糖人兒的，也捏出皮包骨的鴉片煙鬼，讓人看了怵然心驚，不敢跳進那座活火坑。

不過，一撮毛和殺人王那些股匪們，仍然照樣點種罌粟，照樣大量的運送黑貨出境。他們認為全國各地，吸鴉片早已成為普遍的習尚，只要有貨，就不愁高價脫手，這種暴利不撈，那才是見了鬼了呢。

不過，西北的回教軍和山西的閻督軍，不斷的剿辦緝拿，加上幾股土匪大頭目之間的明爭暗鬥。也使得匪勢的擴張受到很大的限制，一離開山西的老窩巢，土匪對黑貨的運送，也不敢過分明目張膽。

一撮毛把走私販毒看成鬥法，他深信道高一尺魔高一丈，不論外間緝拿得多嚴，關卡設得再多，他手下為貪暴利，鋌而走險的人物多得很，奸猾狡詐的劉行經驗十足，自會替他安排，他說：

「打家劫舍，固然是沒本的生意，但邊境某些村鎮，有些自衛槍枝，來個硬挺頑抗，槍子兒呼呼響，想得他們的錢材，一樣要硬著頭皮豁命，比較起來，還是販黑貨穩妥些。再說，近幾年裏，各地不是鬧荒就是鬧歉，一般人家，連自己的肚皮都混不飽了，搶也沒有什麼好搶的，運黑貨這行當，更不能罷手啦！」

運毒的總管劉行，也恐怕有人懷著果報的心理，認為賺這種禍國殃民的黑心錢，日後不會有好收場，因此，逢人便說：

「人就是這麼短短的幾十年，臨到挺屍晒╳，哪還管它什麼流芳百世遺臭萬年，有利可圖才是最實在的。世上既有人吸，咱們才有得賣，你們怕閻王爺會判你們的罪？嘿嘿，咱們一直賣下去，臨到那一天，說不定連十殿閻王也上了癮，離開咱們，他照樣要流口水打哈欠呢！」

不過，劉行說了這話還不到三個月，他就在晉北被世上的閻老西給攫著了，押到太原去嚴加審問，判了個砍頭示眾的罪，並且立刻行刑。這傢伙在眾目睽睽之下，被切了腦袋，真的到陰間去開拓黑貨市場了。

劉行這一走不要緊，他設在各地的暗盤紛紛被抖翻，貨品和人手損折嚴重，使縮在垛子窯裏坐收漁利的一撮毛大為驚恐，也要點起煙燈來，吸它幾口壓壓驚。

「劉行這個鬼傢伙，不是常在我面前自誇，說他是無影鬼，在太陽底下走路都看不見影子的嗎？怎麼會輕易落到閻老西手上去呢？他被割掉腦袋不要緊，可把我給害慘啦！我的那些貨，可都是錢啊！」

他一陣急起來，就上頭喘氣，下面打屁，渾身顯出虛軟起來，要侍候在一旁的小玉替他搥腿抹胸，端茶潤喉，打毛巾擦汗。

「大當家的，你千萬別急乎，」小玉用身子黏在一撮毛腿上搓揉著：「錢固然要緊，命更要緊吶，你手下的人多得是，何止是一個劉行來著？」

「這妳可就不知道了。」一撮毛手下的二駕董歪說：「劉行在這行當上滾了十來年，人頭熟，頭路寬，一本賬背得滾瓜爛熟，他鬥法落敗掉了腦袋，咱們的生意，就落在殺人王他們後面去啦。」

「董歪說的不錯，這檔子事，妳們婦道人家不懂得，連邊都沾不上的。」一撮毛說。

「你可甭忘了，我是從吳堡來的，也管過那爿黑店，進出山西多少回，張網佈線，我也是親自跑過的啊！」小玉媚笑說：「我這不是毛遂自薦替自己誇口，我這個九尾仙狐一下凡，嘿，劉行哪能算個兒呀！」

一聽這話，精神委頓的一撮毛便兩眼發亮起來，饒有興致的看著她，但遲疑了一陣，仍然灰黯的搖搖頭說：

「妳這個雌物娘們，真是生就一張甜嘴，說起話來，舌尖圓圓的像剝葡萄，但也只能破破我心裏的苦味罷了，運煙走土，像上刀山穿箭林，眼一眨就沒命的。妳若誇妳床上的功夫好，我倒信得過，談到走黑貨，我看妳還是免了罷！」

「唷，大當家的，你憑什麼看扁了女人呀？」小玉說：「只要你不打翻醋罈子，我能把十萬晉軍都擄進我裙子下面去，讓他們拿我的風騷當成老酒喝，我不信還有什麼事情辦不成的。」

「呵呵，」一撮毛縮著頭，笑得像隻蝦蟆：「妳真要有這麼大的本事，我這個山窩裏的土蛤蟆，只配跟妳提壺的了！……這樣罷，妳是我向老華借用的，現在我再把妳退回去，讓妳住在吳堡，從今兒起，妳接替劉行擔任運土的總管。不過，妳有一半是內當家的身分，我不願意妳再和老華姘下去了，要妒，我只妒著他一個。」

「那好辦，」小玉輕描淡寫的說：「我把他差遣過河，讓他到山西去打滾，過得了關是他的運氣，過不了關，就讓他跟著劉行一路去，我不在乎。」

一撮毛也認真想過，他左右那些頭目，都是紅眉綠眼的夯貨，叫他們打家劫舍正對胃口，若叫他們撥算盤，一粒算盤珠兒要比磨盤還大。小玉這個雌物很機伶，又是走江湖出身，到過許多碼頭，加上她那身騷媚做本錢，關卡上的總爺們見了她怕不骨軟筋酥？能把她放出去，補起劉行死後留下來的漏洞，穩住局面，倒也是可行之法，只不過他和她正打得火熱，一旦把她當成一粒棋子放到吳堡去，有些捨不得罷了。

「怎麼啦，大當家的，」小玉一眼就看透了一撮毛的心思：「這兒去吳堡，快馬一兩天的路，我把床褥熏得香香的等著你就是啦，你這把年歲在身上，總不能夜夜豪賭，省點兒本錢，細水長流不好嗎？」

「好，好！」一撮毛瞇著眼：「妳這趟出去擔風險，我得挑兩個精壯的護駕保著你，一個是小倪，一個是小邱，他們都是精於槍法的玩家，指哪兒打哪兒的活線手，有他們在妳左右，我就放心了。」

小玉這回再到吳堡，味道可就大不相同了，她是騎著馬，帶著護駕，以內當家的身分來的。一到店鋪裏，就召聚各路的頭目，清查屯貨，盤點賬目，把劉行死後所佈的線路重作檢討，此外，她把老姘夫老華叫喚來，差他過河入晉，要他在東路的重地離石城安樁。

「我說，小玉，妳現在是攀上高枝兒了，」老華酸溜溜的說：「可是，咱們總有老情份在，妳怎麼一來就踢開我？論年紀，大當家的比我更老……。」

「不要涎皮賴臉的說這些了，」小玉冷著臉說：「大當家的臥榻旁邊，容得你酣臥嗎？這其中的利害，你想一想就明白了，我差你離開，全是為你好。」

老華一聽，不由得脊骨發麻，在這狼窩虎穴裏，一撮毛當然不願和他共穿一雙小鞋，呶呶嘴，槍口就會朝著他後腦勺子，小玉既有這番心意，應該聽她的安排，走得遠一點，日後有了錢財，還怕找不到女人？何必在這兒挨蹭著，自找苦惱呢！

第二天，他就動身到離石城去了。

小玉接替了劉行，神氣活現的幹得很起勁，她手下的毒梟有好幾百人，大都帶有短槍和攮子，他們分股護運黑貨，晝伏夜行，同時化裝成各類的客商行旅，瞞過關卡和巡查的耳目，不斷的出入省境；小玉周旋在這些亡命之徒中間，她出手比劉行大方，加上她姿色撩人，在撒網佈線這方面，做得頗有些成效，因此，她的名聲在黑道上也逐漸的顯露出來了。

不管災荒有多頻仍，老百姓苦成什麼樣子，她和一撮毛同流合污，用罌粟的暴利養肥了她自己，她選了一匹肥壯的蘆花馬供她騎乘，又高價買了烤藍沒退的象牙柄手槍，虛張聲勢的佩戴著，她要把她當年的柔弱變成嬌蠻潑辣，完全把她當成賊婆。其實，她對老得無用的一撮毛胃口缺缺，只是在表面上應付著，背地裏，又已經分別和一撮毛差來的護駕槍手勾搭上了，她覺得小倪和小邱這兩個姓合起來叫倪邱（與泥鰍同音），實在很有意思，這一來，她就該是塊豆腐了。

真實說來，和小倪小邱兩個勾搭，她是別具用心的，她想從一撮毛手上抓得一份權，最好的方法就是把他的心腹變成自己的心腹，這兩個槍手，在她故意佈成的脂粉陷阱裏陷了下去，軟手把兒便捏在她的手心上了；要是他們不肯聽話，她就會在一撮毛枕邊進言，指說他們背著當家的欺負了她。她軟硬兼施的這一招果然很奏效，那兩個傢伙事後再計算利害得失，覺得只有死心塌地的跟著她走才是唯一的活路，便都成了她裙下之臣了。

在賊窩裏打混，她學得很快，並且能推陳出新的施展。她表面上柔和，很好說話，但她手段陰狠毒辣，做掉幾個不聽話的人，像伸手捻死幾隻螞蟻一樣的輕鬆，彷彿她對人世有一種說不出的怨恨，要用各種不同的手段施以報復。有一回，同蒲路的一個關卡揭發一宗慘無人道的販毒案件，對方是個婦人，懷裏抱著一個用披風裹著的孩子，在經過關卡時，對關卡上的人說：

「總爺們，這孩子生了重病，我抱他去找大夫瞧看，我家就住在這附近的范家屯子……。」

關卡上的兵已經揮手要放她過關了，忽然聽到棚頭叫停一停，那棚頭後面，跟來一對中年的夫妻，跑得喘吁吁的，他們說是他們的孩子失蹤好幾天了，到處找都不見影兒，原以為是被人拐騙了，但前天夜晚，夫妻倆同時做了一夢，夢見孩子滿身是血，嘴張瓢大的號哭，他們問他，他也不答，伸手指指一座關卡，又指指腳上穿的那雙黃色的虎頭鞋，於是，他們便一路找過來了。

那個抱著生病孩子的婦人急著想走，被棚頭攔住說：

「對不住，嫂子，有人丟了孩子找的來了，妳抱的這孩子真是妳的嗎？」

「當然是我的，」那婦人蒼白著臉，也不知是嚇的還是氣的：「我沒道理抱別人的孩子呀！」

「不要生氣，人家丟失了孩子，也滿可憐的，是不是，妳讓他們看上一眼就好了！」

「不是我不讓他們看，」那婦人把孩子摟得緊緊的說：「委實這孩子患痲疹，不能見風啊！」

這時候，丟失孩子的婦人忽然指著披風下面露出的一雙黃色虎頭鞋，哭叫出來說：

「毛孩他爹，你瞧，這雙鞋不是我手縫的嗎？」轉對抱孩子的婦人說：「好哇，原來你就是拐騙我家小虎的。你把他怎樣了？要是我們晚來一步，你可就上了火車逃走啦！把孩子還給我！還給我！」

「我的孩子，為什麼還給妳！」

兩個婦人便當著人動手撕扯爭奪起來。撕扯時，把披風扯開了，大夥再一看，那哪兒是生病的孩子，原來只是一具童屍。棚頭從那婦人手上奪過孩子，伸手一摸，這才發現，那孩子被拐去之後，開了腸，破了肚，把十多斤黑貨塞進去，再把肚皮縫起來。陝匪用這種殘酷的方法運送黑貨，企圖闖關，使在場的總爺們都毛骨悚然。那個運毒的婦人在拷問之下，供出這全是他們新換的總管出的主意，她並不知道那就是小玉。

這宗慘絕人寰的毒案破獲後，晉省當局只知道陝匪新換了一個女的總管販毒的事，一時並沒查明她姓什麼叫什麼，又是什麼樣的來歷？小玉呢，也知道這一點，因此，她總是用單線聯絡，掌握大盤，絕不暴露她自己的身分，因為身分一經暴露，也就無法出面走動了。

這個唆使她手下的傢伙殘害別人的孩子，把人當成夾帶毒品的人皮包袱的女人，對她自己那個雜種兒子，卻夠呵護的，她相信一個女人，如果和眾多男人雜交，日後可能不會再生育了，這個孩子，將是她唯一的子嗣。目前，她自己能夠闖蕩，看來並不要依靠兒子，但日後她總會有人老珠黃的那一天，不靠兒子，她又能靠誰呢？她相信她懂得男人，包括老華、一撮毛、小倪、小邱……他們全在內，沒有一個是能長久依靠的，她要把這個兒子呵護大了，當成一條後路。有人嘲笑這孩子多父不要緊，他的爹可以像走馬燈一樣的轉來轉去數不清，但兒子就只是這麼一個，她要用盡她的本事，把他給帶出來，讓他也能佔山為王，落草為寇，掀起一陣波浪，攪渾一塘清水，好乘機去撈魚摸蝦。

論起混世走道來，她覺得西北角是塊好地方，當初華棚頭也有同樣的看法。凡是混家，都有一種迷信的宿命觀，認為古遠時刻，女媧娘娘煉石補天，旁的地方全補好了，唯獨缺了西北這一角，所以有許多混世魔王，才會從天的缺角處鑽到人世來，興風作浪。多富這孩子，正是在這兒出生的，只要她存心用裙帶牽引著他，有朝一日他長大了，焉知他不會變成張獻忠和李闖王？

每當她抱起多富的時刻，她心裏便燃燒起這種近乎瘋狂的意念來，她自語般的對孩子說：

「在旁人眼裏，全當你是個小孽種啊！我可把你當成獨角龍，身上扣下一塊鱗片，也有磨盤大，搖搖尾巴，天上地下水都渾啊！」

她早已是蹚了渾水的女人了，壓根兒沒想過流芳千古，但她又不甘於沒沒無聞，她常以為既走邪路，就要走得遺臭萬年，這樣總還留個罵名，即使自己走不到那一步，也希望她的孽種兒子走到，替她出一口鬱氣。

在吳堡，一般人並不知道她就是股匪一撮毛下總管販毒的頭目，只曉得她是南北貨商行的女掌櫃，甚至在晉省當局極欲緝拿她的時刻，她還以收購土產為名，大模大樣的渡過黃河，從離石到大同去兜了一個圈子。

儘管她手段靈活，心思細密，但晉省當局也不簡單，與陝匪勾結的虎頭蜂那一股，最先被幾股晉軍圍剿，逃遁到陝北。緊接著，她佈在各地的網線，也有多處被破獲。閻督軍聯合綏、甘、陝數省的防軍，大規模的發動一次圍剿，這一回各股土匪之中，一撮毛的這一股的情況最慘，損失也最大。小玉一看情勢不妙，捲帶著一些隨身的細軟，撇開小倪和小邱，單獨帶著多富，跑到離石，又和前些時被她踢開的老華合在一道，改名換姓奔進離石南邊的山區避難去了。

十 叫爹給糖吃

從西元一九二四到一九二七年，應該是小玉母子倆日子過得很黯淡的時期，她受寵於一撮毛時短暫的權勢和風光全失去了，她明知投奔老華是——回鍋的油條，不脆，但她認為扮成夫妻倆帶著孩子，不會引人注目，可以逃過晉軍的緝捕。

老華收容了她，倒不是因為夾姘的露水情份，而是她所帶的細軟。他在陣前倒戈投入股匪，也正是官方緝捕的對象，蹲在離石不走，早晚會被捉去砍頭，小玉回到他身邊，兩人算是在同一條船上。他原想離開山西，到河南去混的，一路上風聲太緊，使他不敢走上鐵路線，只好退而求其次到荒鄉僻野去蹲蹲，一面設法打聽外界的動靜再講了。

「這兩年妳到處打野食，人都吃肥了。」他半嘲半諷的說：「我真沒想到，臨到急處，妳還會飛回來。不過，等這陣亂局過去了，大當家的重整旗鼓，他不會放過妳，更不會放過我的。……拐走了他寵著的女人，我還想活命嗎？」

「你少這樣大驚小怪好不好？」小玉也有一套她自己的說詞：「他被四面八方的防軍打得頭破血流，自顧都不暇啦，要不要逃命啦?!經過這一剿，他的手下七零八落，能不能再拉起來擰成股兒還是問題，你用不著想那麼遠，等到塵埃落定再講。」

「等這陣風聲過去了，咱們還是回徐州去吧，」老華說：「常在河邊轉，沒有不濕腳的，甭看劉行精得像猴兒一樣，照樣玩掉了吃飯的傢伙，咱們兩個都算是有案的，一旦落到網裏，跳都跳不出來了。」

「你早先不是很有膽氣，很敢闖的嗎？」小玉說：「老實講，我落到這種地步，也全是你帶給我的，綠頭巾，也是你自己找著戴的，怨不了我，講那些帶刺的話給我聽有什麼用？我既已經豁開了，就不打算走了。」

「妳這個婆娘，不用再來那一套潑風潑雨了！」老華突然激怒起來：「妳以為妳騎過馬、配過槍，真的就算賊婆啦？實在說，妳不過仗著一撮毛在後面撐腰罷了，離了他，妳還有什麼？要不是在逃難，我能把妳舌尖剪掉！」

老華的臉色沉下來，不太好看，小玉立刻警覺到了，她轉得真快當，婉然一笑說：

「唷，當真嫌我的舌頭尖？何必動剪刀，我伸給你咬就是了！」

她是說到辦到，這一咬，又使老華怒氣全消，再也發作不起來了。他們合議著，由小玉賣唱，老華操琴，轉至石樓、永和那一代的鄉間，再乘機打聽陝北那邊的動靜。

過不久，老華聽人傳講，說一撮毛那股匪眾已經潰散了，他本人領著殘眾一百多人，去投靠殺人王老高，誰知老高懷有吞併的野心，他表面上不動聲色，擺酒款待一撮毛，在宴席，殺人王一隻手舉酒和一撮毛碰杯，你兄我弟的套熱乎，另一隻手卻在桌面下舉起手槍，對準一撮毛的肚子，乒的一聲響，一撮毛喝進去的是酒，吐出來的是血。

老華把它當成故事，講給小玉聽，言談之間，還帶著一種快意。

「這可好了，」他說：「一撮毛一伸腿，戴在我頭上的緊腦箍脫掉了，你的黃羅傘也倒下了，咱們只要能逃過晉軍的緝捕，爾後的日子就很順遂啦。」

真的順遂嗎？對小玉來說，一點也不順遂，她身邊攢有一些錢，不敢露白，怕啟人疑竇。她一度前呼後擁的當過女掌櫃，如今又流浪江湖，重操唱小曲的老行業，起早帶晚的餐風飲露。一撮毛倒了，她要再攀上新的靠山，可沒有那麼容易，她必得再等待機會。

她身邊的這個男人——老華，對她早就是望之生膩的厭物，要不是這場風波突起，她絕不會再跟他一起過日子。老華的年紀雖不算太老，但他充其量也只是個棚頭材料，沙地的蚱蜢，跳不高的蟲子。他有很重的酒癮，每到一個地方就找機會朝酒舖裏鑽。他懷有很深的挫折感，認為運氣不好，前途多舛，開口就嘆氣，怨聲怨語說個沒完，夜來晚上，纏住她發洩，沒有半點風情，和小倪小邱相比，不只差一個頭皮。有一回，他喝醉了酒，竟然酒後吐真言，把他在交城親手殺害長工小秦的事透露了出來。

她並沒有替長工小秦報仇的意念，但她覺得這個姓華的更使她憎恨，她裝著沒介意他的言語，心裏卻暗暗記住了這回事。有一回，老華為細故打了她一巴掌，她便咬著牙在心裏發狠，只要她能再得勢，就要把這個厭物給除掉，像他當年除掉小秦一樣。

她真是道地的陰性子，當她懷恨要除掉老華的同時，她一樣和他上床，好像在一宗舊物件沒丟之前，照樣使用一般，讓對方一點都沒感覺到他身下的女人正在想除掉他，老華總以為自己已經篤定吃住她了。

人在旅途上講究不得，宿荒村、住野店，或是進客棧，小雜種多富總是拖在一間屋裏，小傢伙四歲了，是個夜貓子，白天發萎，夜晚精神足，使老華很厭惡，有時他動了火，真的伸腿把他踹到床下去過。

「嫌你娘被窩裏灌風，你就滾下去！」他罵說：「老子沒精神耗著等你！」

「你這個人，也真是，你愛怎麼，就怎麼，沒人要你等他睡啊！」小玉說。

「我討厭他那雙眼睛，像秦長工一個樣，」老華憤憤的說：「好像我欠他八百塊錢似的！今天老子就要讓他去號喪。」

老華厭棄這個孩子，把他當成歪瓜爛喇叭任意踩踏，小玉忍不了這口氣，便和他爭執頂撞說：

「你開口閉口講他種不好，這幾年，你播的種又如何？儘是些癟粒子，光見播，不見芽，你是有嘴講旁人，沒嘴說自己。」

「我懶得和妳吵了，」老華鬱鬱的說：「我不是存心氣妳，妳那塊田早教耕薄啦，還有臉怨我！」

小玉的臉才蒼白起來：

「怎麼啦？白耕白種的，還要扯風涼，有本事，你走你的好了，沒有你，我們母子倆照樣過日子。」

「算啦，」老華每到結尾就拿話轉圜說：「兩人同在一條破船上，吵什麼來？風聲颳進旁人耳朵，一告密，走不了我也逃不了妳，大夥都馬虎點，湊合著吧！」

這倒是實在話，小玉也不再過份認真了，儘管她常在河套東部的各縣打轉，地處偏荒，但外間的消息仍不斷的風傳過來。有人悄悄的傳說，在南方有什麼革命軍要一路打上來了，又有人說山西要鬧獨立了，她和老華都是土牛木馬，根本不懂得天下大事，只知道晉軍在大肆整編，把建制都改成軍師旅團營了，通電滿天飛，誰也弄不清明天是晴是雨，這時刻，窩在陝北的股匪又活躍起來了。

「看光景，水又變渾啦，咱們還有混頭啊！」

「你只在這兒賣嘴，」小玉說：「整天灌黃湯，混什麼混？要混也得去搭線啊！」

「找誰呢？去找那個殺人王嗎？他對一撮毛手下的人，是不是信得過？弄得不好，把命玩掉了，划不來啊！」老華意意思思的疑慮著。

「你不管它是哪一幫哪一股，只問他們是不是要運黑貨。」小玉說：「只要咱們能替他們在這行上撈錢，決計有得幹的。」

過不久，老華果然又搭上了新的線了；他在酒舖裏認識一個叫管八的，也是在晉軍裏當過伍長，開差下來在黑道上混的，兩人都嗜酒，你兄我弟的泡出交情來。管八有路子，但缺少熟練的人手，老華拍拍胸脯說他和小玉兩個能擔得下來。利字當頭，兩人談得分外投契，老華就把管八帶回來了。

管八是個混家，懂得很多外間的事，自以為他見多識廣，老太婆的簪子，路路皆通，在小玉面前，有意無意的誇張賣弄，說他一拜把子好幾十個，他曾和殺人王老高同桌吃過酒的。

「那種酒席，你走到哪兒全吃不到，」他捲著舌頭說：「咱們下酒的菜，有清炒人肝、涼拌人心……連五臟六腑，全端上桌來啦！」

「怪不得您這麼有學問，原來是吃過人肉的，」小玉故意奉承著，管八得意起來，笑的像喝了熱湯。當管八問起他們出身的時刻，小玉巧妙的隱瞞了，更來它個張冠李戴，說他們在交城受雇替人打工，從徐州逃荒避難來的。

「咱們這口兒，自恃骨膀硬，投到晉軍混過兩年，」她又說：「為吃那幾口糧，連屎腸兒賣，還照應不了家小，我就勸他開差下來了。幹走黑貨這一行，當然也要擔風險，但總是有撈有賺的，人為財死，鳥為食亡啊！」

「這你可就說對了，」管八說：「不為錢，誰在刀口上玩命呢？」

管八是否真的跟殺人王老高同席吃過人心人肝，那倒不必去查證，他和老高那股人有聯繫，能弄到一些黑貨是真的，這使得老華和小玉又重新拾起他們的老行當來。不過，這一回他們只是中盤的毒販而已。當時，閻老西忙著應付變化萬千的北方政局，禁煙令能及的範圍日漸縮小，管八別準苗頭，把黑貨運到晉南一帶去，在運城那一帶行銷，一樣的打得通關節，大把的撈錢。

在運城，老華灌了一肚子黃湯，歪斜衝倒的去逛當地的名勝舜王廟，回到客棧病倒了，直嚷著頭疼。

「這傢伙真是不知好歹！」管八對小玉說：「咱們幹這種鬼祟行當的人，見了舜王神，躲還躲不及呢，幹嘛還大模大樣逛進舜王殿去，他可是尊正神哪！」

「他要真的病倒下來該怎麼辦？」小玉說：「咱們總不能耗在這兒陪他。」

「先找大夫，抓兩劑藥給他吃了試試，」管八說：「萬一還不見起色，那咱們必得把他留在這兒，關照客棧裏的人照應他了，……正在需要人手的時候他病倒，真夠煩人啦！」

管八當著小玉的面，嘴上倒是人模人樣的，彷彿對老華頗為關切，但他的手腳卻有意無意的撩撥著這年輕的女人。小玉是什麼樣的貨，還有不明白的，兩個人當著老華的面，照樣眉來眼去，可憐老華的頭疼得像炸了箍，連眼皮都抬不起來，哪還顧得了這個。

當天夜晚，小玉也算叫了大夫，抓了藥熬給老華吃了，把多富那孩子放在老華的床上，她自己就進了隔壁管八的房間。她略略施些手段，使自誇吃過人肉的管八也受寵若驚，對她而言卻只是家常便飯。

「妳跟姓華的有多久了？」管八說。

「用得著你問嗎？」小玉用曖昧的鼻音說。

「為啥不能問？他又不是正頭貨，跟我一樣輪班兒的。」管八說：「他只是多富掛名的老子，這可是他喝了酒之後，親口對我招認的。」

「嘿，你倒是套供的能手，邪心眼兒。」小玉浪聲的說：「老華沒長眼，把你這條偷食的狼給引了進來，吃了虧也算他自找的。」

「妳小聲些兒，他正在隔壁那邊打哼哼呢！」

小玉不講話，只是吃吃的笑。

老華鬧的是頭疼，耳朵可沒有聾，女人不在自己的身邊，竟然鑽到管八的房間去了，隔著一道板牆，他不用看，也能從不斷傳來的聲音裏想到他們在做些什麼。她是路柳牆花的性子，他並非不知道，而她一點也不避諱，也太使他難堪了！也許自己當初做掉長工小秦作的孽，轉眼就報應到自己頭上來了，何況管八這個傢伙也是自己引來的，理既不直，氣又不壯，這檔子事，管不了啦，只好把腦袋縮進被裏，權當什麼都沒聽到罷。

饒是他這麼隱忍著，兩天之後，他的毛病仍沒有好，小玉卻帶著多富，跟管八一道兒走掉了，把他一個人留在客棧裏，只在他枕邊留下兩塊銀洋。他明白，他又被那女人給扔棄了，像上回她跟上了一撮毛，把自己踢到離石去一樣。你能指說她沒良心麼？她要茶房留話，說她和老管先去辦事去了，要他安心留在這兒養病，等到下一回他們回來時再碰頭。她這個雌貨，壓根兒就是爬藤草，見枝兒就攀；她究竟回不回來，天知道！

老華在運城一病病了十多天，把身邊的錢全都花光了，也沒見管八和小玉回來。客棧的掌櫃是個老好人，看他處境困窘，把他發到鹽池那邊打臨時工，才免得餓肚子。老華以為是管八把小玉拐跑了，不會再回來了，誰知過了一個月的樣子，有人到鹽池來找他，那傢伙就是管八。

「你把小玉拐到什麼地方去了？」老華一看見管八，大動肝火，劈頭就這樣問說。

「嗐，你老哥心眼兒別那麼狹窄好唦？」管八笑呵呵地拍打著對方的肩膀：「莫說小玉是跟你過日子的人，她就是塊寶，我也不會搶了你的，臨走不是留話，說我們辦正經事去了麼？」

「哼，你們在一道，還會有正經，別以為我是聾子。」老華想起隔著小客棧的板壁聽到的，一股氣朝上頂，嘟嘟的冒泡。

「另一批貨又送過來啦，」管八壓低聲音：「幹咱們這一行，不按時接貨，出了漏子，誰敢承擔？不能為著你生病，牽累一夥人跟你掉腦袋，我帶著小玉做幫手，先去接貨，又錯在哪兒啦？老實說，我要是想獨佔那個女人，還會一路追根，跑到這兒來找你嗎？」

「那她人呢？」

「她還留在臨汾。」管八說：「你得要弄明白，老華，幹這個行道，不可能如你的願，讓你和她一直團在一道兒的。鹽池這邊的短工，你不要打了，這兒是你的盤川，你到臨汾，按照紙片上記的地址去找她，她會給你安排到另一個地方去蹲點……上頭業已把佈線的事兒，交給她辦啦。」

「又要把我踢到哪兒去呢？」

「也許去河北罷，」管八陰陰的笑笑：「到煙禁鬆的地方，開爿膏子鋪，你可是現成的掌櫃啦，有了油水，雌物娘兒要千取萬，你想開點兒罷！」

老華接過管八給他的袋囊，不禁苦笑著，搖頭嘆氣說：「說來也真怪，是我本領不濟，還是命犯霉星，怎麼無論換到哪裏，這雌貨都爬得這麼快，一直騎在我的頭頂上呢？」

「你問我？我又問誰呀？」管八說：「我也只是個路過的財神罷了，我倒要問問你，這類事，你不它娘的裝糊塗，你又能管得了嗎？你閉上兩眼，抓住她的裙帶吃一份兒，只會長肉不會脫皮的。」

人說：光棍說話，點到為止，管八業已把話點明，使老華無法再問下去了。

「怎麼樣，你還留在這兒？」臨走時，老華這麼問著：「你是讓我一個人去找她？」

「是啊！」管八說：「要是有機會，你跟她還可以敘敘舊，要是她屋裏有人在，那你只好委屈點兒，十個光棍九個眼亮，你可是明白人吶！」

「我是明白人?!」老華恨聲說：「我是活忘八！」

「你甭朝自己臉上貼金了，」管八不客氣的說：「你還不夠做忘八的斤兩呢。」

「怎麼?她又攀上了大當家的嗎?」

「不是，」管八說：「總管這方面事務，在老高面前走紅的魏單，咱們全管他叫單大爺的，他和小玉一碰面，就迷上她啦!對這種萬人迷的貨色，你可千萬不能認真，縮縮腦袋在一邊乘風涼，有什麼不好呢?擠上去，搞不好就會惹上殺身之禍的。」

為了表示他對老華的關切，在送他上火車之前，管八特意找了個酒館，請老華喝上幾盅，擺出一副難兄難弟的味道。事實上，讓單大爺成雙，是管八一手拉的線，他拿小玉當禮物，使魏單把晉南幾縣黑貨運銷的事務都交給他統攬，另外還賞了他一筆錢。問題是老華不明白內情，還以為管八很夠朋友呢。

在一番奔波頓挫之後，小玉又起來了，年紀輕、姿色豔，是她最大的本錢，不管遇上多黑多狠的混家，這些男人都很難抗拒她，她閱人愈多，愈是放得開，手段也變得更為靈活。

她把這些漢子都看成一匹匹的野馬，要馴服牠們，必得要先懂得適時的收控韁繩，這些野漢子，沒有誰是有著真情意的，她在浪頭上還有得耍，一旦人老珠黃，便什麼都沒有了，這一點，她看得極清楚，因此，從來也沒對誰有過真心，和魏單夾姘，也全是利害關係罷了！

魏單是個虛鬆的胖子，臉色蒼白，看上去有些浮腫，尤其是眼泡腫大，使兩眼只有兩條細縫，他本人也是個吞雲吐霧的老煙槍，吸食鴉片的經驗異常老到，順起煙槍吸上一口，立刻就能指出煙土是來自哪一方？品質如何？此外，這個老傢伙交遊廣闊，和三教九流都搭得上，走黑貨，運和銷都有門路，這不能不說是他的長處，但若論對付小玉，他就太稀鬆啦！

姓魏的偏就這麼主賤，越是本領不濟，越是見色垂涎，當管八把小玉送上來的時刻，他打心眼裏樂得起泡，笑得兩腮發抖。

「妳不嫌我老？」他向小玉說。

「單大爺，您說笑話了。」小玉的嘴像抹了蜜，甜裏還帶著黏：「你不嫌棄我，就算我的造化啦！我拖著這個孩子，奔東奔西的討日子過，老華他又不爭氣，飢一頓飽一頓的，要不是遇上管八，他連嗽飯的門路都找不著，硬餓也把我兩母子給餓扁了，算起來，全承您單大爺的恩吶！」

「快甭這樣講，咱們這就算扯平了吧！」魏單本來就很細的眼，這一笑，整個笑沒了，小玉趁勢偎上來，她心裏早有數，——老傢伙，就算你是隻老得成了精的狐狸，一旦教我拎住了尾巴，扯平了？甭做夢，老娘不賺你一筆，那才怪呢！

她料想的不錯，由本領不濟產生的自卑和歉疚，使魏單把這條線路的事物交託給她，又允她把老華安置到較遠的地方去。他希望小玉能把這方面的感激，轉用到另一方面，對他更熱乎一點，老華就在這樣的情形下，被踢到河北去籌設膏子舖去了。

魏單把小玉安在臨汾，他自己並不經常留在那裏，一出門就是很久，倒是管八常來小玉這邊打轉，藉著逗孩子為名，和小玉親近。

多富長到七歲了，他是在總爺、私梟和匪盜群裏長大的，砍砍殺殺的事兒聽得太多，滿腦子都是山大王，在老華的面前，他不論幹什麼，不是遭到白眼就是挨著巴掌，叱喝著：滾到一邊去，小雜種。他不明白，他叫爹的這個男人怎會這麼凶？鐵青著臉，黑硬的鬍髭，從沒軟和過一點，比較起來，倒是經常繞著做媽的走動的那些漢子們，對他要和氣些，他們讓他摸觸青黑色的短槍和亮霍霍的攮子，把他扛在肩膀上戲耍，有時也會買些吃食給他。

做媽的對他有些怪，平常倒算和氣，一到夜晚就嚴峻起來，不許他哭鬧，不讓他進房，要他單獨睡在黑裏，有時他一覺睡醒了，隔著板壁，仍能聽到她的房裏有各種各樣的聲音，笑謔聲、悄語聲、帳鉤的叮噹聲、床板的磨擦聲、喘息聲，以及粗濁的鼾聲……等等。

初時他覺得有一種被遺棄在一角的冷落感，以及對於夜和黑的駭懼，逐漸地，他也就習慣了，那些熟面孔的漢子第二天從她房裏出來，連邁步都顯得虛軟，好像在湯鍋裏煮爛的紅薯，但做媽的仍然滿臉光鮮，彷彿根本沒有那回事。

經驗告訴他，他最好不要管她的事，免得她衣衫不整的跑到他床邊來戳他、擰他、咒罵他，其實，那些野漢子輪流上她的床，他習慣之後，並沒覺得有什麼不妥，除了那股被冷落的感覺之外。當那股感覺襲來時，他就用吸吮手指腳趾或咬指甲去化解它，得到另一種自慰性的滿足。當然，在沒有那些漢子來的日子，她還是給他一份補償，表示她並沒真的把他遺棄掉。

「多富啊，你叫咱們伯伯叔叔，都由你叫，你可要明白一點吶——凡是上過你媽床的，都是你爹！」管八就這麼對他說過。

有些時，好些野漢子圍著他，逗哄他，都用：叫爹啊！叫爹給糖吃！然後，每張臉都朝他湊攏，笑出黃牙來，聽他選中其中的一張，叫上一個爹，那個被選中的就真會買糖給他吃。這把戲耍久了，每張臉都成過他爹啦，大夥兒更哄笑成一團，要做媽的跑出來，倒拎著雞毛帚，笑著追人打了。

「你們這夥子雜碎，還沒挨著床邊呢，冒充個什麼勁兒，多富，甭聽他們哄騙。」她喘吁吁的這樣說。

多富點著頭，但並沒認真聽她的。他很難抗拒糖果之類吃食的誘惑，舌尖一捲就有糖吃，多叫幾聲對他並不算是難事，至少，在七歲之前，他是這麼想的。

住到臨汾之後，他的經驗增加了些，對這種叫爹的遊戲也是倦了，做媽的還是在開設南北貨店鋪，有些漢子仍經常走後門來往，又神祕又匆忙，而店鋪裏的賬房老石和幾個小夥計，從沒跟他開過類似的玩笑。夜晚閒時，做媽的會叫老石帶他出門去逛茶樓書場，或是看其他的街景熱鬧，和她分開之後，她在宅子裏幹些什麼，他也就不知道了。

他常呆呆的站在門口看街景，看附近的孩子們嬉鬧，但他極少和他們廝混在一道，那些孩子口沒遮攔，見到他，就擠眉弄眼的衝著他唱：

「華家有個華大嫂，

一個窩裏十個鳥，
扳著指頭算一算，
——爹多，娘少！」

「華家有個華貫風，
被窩起浪重傷風，
一腳踹下去，噗通！」

那些歌謠正唱到他的記憶裏去，使他朦朧的意識到做媽的世界被他們赤裸地抖開了，絕不是一宗好事，憤懣湧上來，他會捏起拳頭、做鬼臉，露出牙齒對他們咆哮，而換來的是一片更使他難堪和激怒的嘲笑聲。

他就是這麼逐漸懂的；和對方飛拳踩腳，反被對方打得滿身泥污和鼻青眼腫，他學到了憤恨，但他只有靠做媽的或是老石出面，才能逐走那些孩子。他喜歡去聽書，聽說書的形容那些能飛簷走壁的能人，口吐青光的劍客，夜晚做夢時，夢見自己就是那種人，青光一繞，一群嘲弄他的孩子就掉了腦袋。

連帶的，他恨上了多富這個名字。他這才開始明白，糖多和爹多是兩碼事，爹多被人嘲弄，實在不是滋味。

「媽！」他會扯開嗓子求救：「他們又在笑我爹多啦，快來嘛。」

這時候，做媽的小玉就會殺氣騰騰的倒執雞毛帚奔出來，像攆雞似的把那群孩子逐走。

「甭聽他們瞎嚼舌根子，」她哄著他：「你爹只有一個，其餘的都是乾爹。」

「真的是『乾』的嗎？」他歪起頭問。

做媽的兩頰潮紅起來，但仍勉強嗯應了一聲。多富儘管沒再追問，但他始終懷疑著，他自己無法解釋過去的那些夜晚，夢醒時接觸到的對於某些聲音的記憶，彷彿雨天走路，腳底一滑一踏的踩著爛泥，那……怎會是「乾」的呢？

「朝後你不要再站在門口賣呆啦，」她說：「你不招不惹，那些鬼不敢鬧上門來的。沒事你替我乖乖的留在櫃台裏面，讓老石教你認貨，劃流水碼子，再認得幾個字也是好的。就算你日後做了山大王，也得會寫名字啊！」

說也奇怪，逢到那位肥胖虛腫的單大爺騎著馬，帶著人回店來的時候，孩子們就都避到旁處去了。多富打心眼裏佩服這個單大爺，跟隨他的人有四、五個，一個個都很健壯，他們短衣下面都帶著短槍和纏紅布的攮子，他們騎來的馬匹也很神氣，刨著蹄，抖著鬃，唏聿聿的嘶叫著。他進屋後，門口還站有兩個護駕的，足夠把那些野孩子嚇跑。單大爺看來還滿喜歡他，摸著他的頭，問他幾歲了，對他說：

「快點兒長大，跟大爺我揹匣槍去，想混世出道，就要趁著亂世啊！」

多富真的很喜歡這位單大爺，羨慕他腰裏別著的那支德製馬牌手槍，和他騎來的大馬，馬匹的密毛像水洗過一樣的貼伏著，顯出彩色的油光。

「媽，單大爺是山大王嗎？」他好奇的問說。

「還不是，」小玉說：「他是山大王手底下的頭目，真的山大王，要比他更神氣啦！」

不過，這位單大爺並不常來，在店裏也只待上一兩天就走了。他在這兒的時刻，做媽的侍候著他，不讓他隨意進屋去，他躲在門縫邊偷望過，單大爺躺在煙榻上，脫了鞋，做媽的側身坐在榻邊，替他搥腿。一個頭目就這樣的威風，他想長大了也該這樣。

有了這個念頭，賬房老石教他認貨，劃流水碼子，敲打算盤……那套有關於生意方面的事，就顯得雞零狗碎，學起來也不帶勁了，倒是唱說書，騎竹馬，爬牆頭和一些打打殺殺的事兒，能吸引他的心神，他跟老石學了幾個月，連小九九的歌訣都背不周全。

「嗨，你它娘的姓什麼華？」老石感嘆說：「根本是華而不實，你那小腦袋瓜子，只能裝得進殺人放火，比起我這石頭來，還要頑硬得多，我算拿你沒辦法啦！要不是我端你娘這隻飯碗，我會捏著你的耳朵，把你扔進糞坑去，你空自長得白白胖胖，活脫是隻『人』蛆！」

罵是罵過了，也不能擱著不理會他，誰教他是女掌櫃拖帶的兒子呢。老石嘴裏沒講，心裏卻蘊著一層意思，那就是這個人蛆極可能是個妖孽，後來會趁亂攪局的。

「我是年紀大了，見不著了，」老石跟店夥在暗底下說過：「不信你們就瞧著，多富這個小雜種，外表像個小白癡，滿肚子都是鬼爪子兒，哼，日後也是一條毒蜈蚣，瞧著他怎麼噬人罷?!」

「石師傅也許有閱歷，我們倒看不出來。」

「其實，日後的事，誰也料不定的，」老石說：「天下若是不亂，像這種貨色，也許一出去就玩掉了他自己的腦袋，真要亂下來，魚鱉蝦蟹一起炸鱗抖腮，那可就不得了啦！」

「你從哪兒看出這小子日後會是個混家呢？」

「嗨，很簡單，咱們那個女掌櫃拿開這爿店做幌子，她哪兒是做南北貨生意的？她是靠叉開兩腿吃飯，專找紅眉綠眼的人物，這個是爹，那個也是爹，他自小就在這些人身邊長大，人說：跟什麼人，學什麼樣，他能好到哪兒去！……旁的孩子恥笑他，他紅著眼，捏著拳，一副拚命的樣子，但那個單大爺上了他媽的床，他又不講話了，足見他日後是個媚上壓下的小兔子精！」

老石以為說些奚落孩子的言語，只是半開玩笑，不會怎樣的，誰知隨風刮到小玉的耳朵裏去，沒幾天就打發他走路，把飯碗也給砸掉了。

小玉的心裏有個暗結，她的遭遇使她憤懣，她在這種環境裏奮力朝上爬，但她總在男人的身底下，她希望她這個兒子踡渾混世，揚名立萬闖出來，也好替她吐吐氣，她不願意忍受老石那種酸貨亂奚落她這個兒子。

攆走一個老石很容易，但老石留下來的一番言語，卻像荒山裏兀立著的石頭，挪都挪不動的。販煙土走黑貨的傢伙們，耳目都分外的靈通，到了西元一九二八年之後，他們越來越嗅出亂局的氣味來了。

說是南邊的革命軍一路朝北打過來啦，北方水澇的水澇，亢旱的亢旱，有些縣份斷了糧，逼得賣菜人啦！（菜人，可以殺了吃的人）山西在鬧獨立啦，扁腦殼的奉軍進關啦，東洋鬼子起鬨啦，北京城鬧政爭啦！挑黃河的工人佚在河心挑出一隻銅人，銅人生有三隻眼啦！

在這個傳說流行不久後，就有謠歌唱說：挑起銅人三隻眼，普天世下全造反……這些消息和傳言，彷彿滿天花雨，不斷落進人耳，浸染人心；還有打天鼓的，起紅霧的，下血雨的，無奇不有的流言，隨風飄蕩著。一般鄉角裏的人，見的不多，識的也不廣，無法分辨其中的是非，只是心裏惶惶不安，意識到天下就要大亂了，只好縮縮腦袋，暫顧眼前，多吃一碗安穩飯，把命運都交給老天。

在北方，革命軍上前線剿閻馮，要消弭分裂，重新掌握統一的局面，災荒沒人管，災區擴大著。

小玉仍然幹著她的老行當，並沒因為荒和亂，影響到她的生意。當初死鬼一撮毛所說的話，她記得牢牢的，不管外間多荒多亂，只要有人活著，就不愁鴉片沒有銷路。在她看，什麼革命軍最好不要打過來，讓荒亂持續下去，她就能把黑貨大批運銷到蘇魯皖鄂各省區去，大撈它一筆。

逐漸的，她發現魏單這個傢伙不斷抽緊繫在她頸上的繩子，他對查貨點賬，半點也不放鬆，說起來他倒振振有詞，說他是替大當家的守著水櫃（**股匪稱錢謂水子**），其實是看著她，不願讓她乘機揩油，她費盡心機，只不過是魏單用來牟利的工具而已。

「老不死的貨，倒是有心計得很！」有一回，她對管八吐出她的怨聲來：「你跟這種人混，再混十年，恐怕還是老樣子，你不妨朝前算算看，你還能有幾個十年？」

管八無可奈何的聳聳肩膀：

「要是咱們不吃這行飯，到處都好混，吃這行飯，貨源握在他手上，不得不遷就點兒，等到大浪一來，誰在浪頭上誰就神氣，朝後頭的變化還大得很吶！」

他這樣一說，使小玉想起來，魏單這個人夠陰沉的，他表面上瞇瞇帶笑，都從眼縫裏看人，但他的做法全經過精打細算。他自己跑陝北，掌握貨源，從不把殺人王那邊的關係攤出來，讓她和管八等人去直接接觸，這樣一來，他一巴掌覆下來，就能把他手下的人捂在掌心了。

但她也很清楚，在陝北的土匪不只是殺人王老高這一股，老高吞併了一撮毛，卻走脫了虎頭蜂；再朝西去，還有坐山虎，偏北又是大頭目的地面了，魏單是靠著老高混的，只要老高一倒，他就沒有什麼好混的了，目前，她必得和管八拉在一起，另行搭線，只要有了新的靠山，和魏單分庭抗禮也未嘗不可。

「坐山虎他們也走黑貨，」小玉說：「你管八爺沒跟他們拉搭過？」

「沒有。」管八說：「聽說坐山虎跟南邊鬧亂子的組織有關聯，老實說，我弄不懂他們那一套，佔山為王就佔山為王罷了，還它娘搞編制，定番號，蝗蟲似的飛竄，到哪兒吃定哪兒，管吃管拿，又是土匪又像兵！」

「這也不錯啊！」小玉掠著鬢髮，兩眼發亮說：「總比窩在魏單的巴掌底下好，你沒想想，你把我這相好的，兩手捧著白送給他，他又給了你什麼？」

「這事，妳跟我講不要緊，千萬不能透露出去，」管八低聲警告說：「只要有半點風聲傳到魏單的耳朵裏去，我們兩個全完了。在老高手底下做事，甭想活著跳槽，妳甭看姓魏的長年瞇著眼，落在他面前的人頭，總有好幾十顆了。」

「虧你還是個漢子，」小玉嘲笑說：「我都不怕，你怕什麼？現在，我是姓魏的人，他不在，你照樣捱上來分他一杯羹，你就不怕魏單翻臉？」

管八輕輕擰了她一下，笑說：「妳不講，他怎麼會知道……」

「我當然不會講，」小玉說：「我就恐怕多富不懂事，會被魏單套出什麼來。孩子的嘴，拿糖也封不住的。」

「嗨，不是我說妳，妳年輕輕的，拖著這個累贅幹什麼？當時妳實在應該把他交給老華，讓他帶到河北去的，」管八說：「沒人絆腿何等乾淨俐落，妳什麼時候想要孩子，我替妳留種好了！」

「少噁心，誰希罕你那臭魚爛蝦！……我對你實說了罷，多富並不是老華的種，要是跟著他，不是被他打死，就是被他踢死。」小玉說：「早年他幹棚頭，還像個男人樣，後來只知酗酒、嘆氣，我要不打發他到遠處去，我倆母子怎樣過日子？」

「妳的本錢足，做人也八面玲瓏，夠混的。」管八說：「像我管八也是個硬朗的，一見妳的面就軟了腳爪，足見妳的魔力，沒幾個能擋得住的。」

那天也合當有事，管八和小玉在屋裏談得入港，兩人都沒料到魏單會突然回來。一聽到門外的馬嘶，魏單已進了屋，腳步聲朝著房裏來了。管八急著穿鞋，去抓他脫下的衣裳，但沒有時間出去了。

「糟！」他著慌說：「今夜真遇上鬼了！」

「快！快鑽進床肚去。」

管八果然鑽進床肚，魏單在外面敲著房門。

「誰呀？這麼晚了還在打鬧人，」小玉裝著懶洋洋的初醒的聲音：

「有事明早再辦，去罷。」

「對不住，我是魏單。」

「哦，單大爺回來了，我還當是店夥呢！我這就掌燈替你開門。」

小玉磨磨蹭蹭的，穿了鞋，掌了燈，跑來拔門子開了房門，魏單進來，摟著她說：「我的兒，妳怎麼這麼慢，是在藏哪兒野漢子？」

「還好意思講呢，人家睡得酣酣的，你敲門也不輕一點，像患了急驚風似的。」小玉揉著他說：「野漢子在哪兒？你鑽進床肚去找啊！」

「我找他幹嘛？連我也不是正經主兒。」魏單說：「妳幫我弄盞熱茶來，讓我寬寬衣，我還有話要和妳說。」

小玉弄了茶來。魏單鬆開腰帶，脫了長襖坐下來說：

「坐山虎這個忘八羔子，他和另外幾股聯手，和咱們大當家的攤了牌，這個月裏，已經接了三次火，咱們的垜子窯雖然沒被對方拔掉，但煙源卻被對方霸佔了，對方又在河口多處佈線，用黑吃黑的手段，斬斷我運貨的路子，朝後的日子就很難過了。」

魏單垂頭喪氣的，真有些很難過的樣子，但小玉並不感覺到有什麼難過，反而有一種冷眼旁觀的快意。當魏單說話的時候，她側耳去聽床底下的動靜，心裏想著管八抱著衣物，伏在床肚底下可笑的樣子，旁的不說，單是受凍就夠他瞧的了。管八這傢伙也不是玩意，既然黏黏搭搭的捨不下自己，當初又何必拿自己當禮物，硬朝魏單的懷裏送，如今他受這種罪，完全是自找的。

「我說的話，妳都聽著了？」魏單看她有些心不在焉，便用手拍拍她的肩膀：「妳在想些什麼？」

「我在發愁。」小玉說。

「怪了，」魏單說：「我愁還有些道理，妳愁個什麼勁兒！」

「你這是在存心說反話了，單大爺，」小玉說：「我在替你費盡心機的佈線銷貨，你在背後沒命的撈錢，就算坐山虎抄斷了你的後路，黑貨買賣你不再做了，你仍然腰纏萬貫，有什麼好愁的？我呢？我母子倆兩手空空，還是要生活的。」

「這個妳儘管放心好了！」魏單說：「我姓魏的就算不再販煙走土，失去靠山，養活妳兩母子，還是養活得起，只要妳能為我把兩腿夾緊，不要到處惹騷，我絕不會虧待妳的。」

「哎，單大爺，你簡直是糟蹋人不打稿兒的，我是招誰惹誰啦？你倒說出來啊！」

「怎麼，妳生氣啦，我只是開心逗趣罷了！」魏單說：「朝後我跟坐山虎的人有得拚，有得鬥，只怕連逗趣的心情全沒有啦。」

小玉沒接腔，只在唇邊顯露出一點輕蔑的神態來，就算魏單有那份心情，也都稀鬆得緊，何況乎沒心情。由於她順手把油燈捻暗了，魏單並沒看出來。

「你還是早點睏罷，」她說：「明天的事，明天再講，總會過得了關的。」

魏單坐上了床，問說：「管八最近來過沒有？」

他突如其來的這一問，使小玉暗暗吃驚起來。

「你單單問他幹什麼？」她說。

「那傢伙不挺可靠，」魏單說：「雖然他跟我好幾年，表面上唯唯諾諾的，好像很聽話，但總在暗底下心懷鬼胎，甚至還挖我的牆角。」

「你怎麼知道他在挖你的牆角？」她試探著。

「我這個人，妳甭看我平素瞇著兩眼，」魏單說：「其實我的耳目靈通得很，管八想謀奪我的位置，可不是一天了！他轉著彎兒，找人向晉軍密告，希望把我捉進大牢去砍腦袋，好由他來頂替。這種借刀殺人的手法，對我來說，是老掉了牙，他還沒動呢，我就知道了！」

「你打算怎麼對付他呢？」小玉明知管八就伏在床底下，卻故意挑撥著。

魏單並不知道床下還有兩隻豎起來的耳朵，便咬咬牙，發狠說：「我不能放過這種吃裏扒外的傢伙，非做掉他不可，要不然，那傢伙利字當頭，會變出花樣來整我，說不定會和坐山虎那邊搭上線，再來個窩裏反，倒打我一釘耙。妳替我捎信到運城去，把他召來，我立時就了斷掉他，免得留下他，後患無窮。」

「你真打算這樣幹？」

「我哪天跟妳說過假話來著！」

「唉，」小玉嘆口氣說：「你們這些人，一個是奸，一個是辣，沒有一個是好果子，管老八跟你這些年，你們之間竟沒有半點情份，誰知道你對我又是真是假？」

「哎呦，我的小姑奶奶，小活菩薩，」魏單牽住小玉白嫩的手，表明他的心跡說：「管八怎配和妳比呀，他和妳比起來，還不及妳腳跟一塊皮呢！」

他說著說著，屁股忽然猛的朝上一挺，臉上色迷迷的笑容變成吱著牙吸氣、皺著眉強忍的神情，半張著嘴，光是吐出一個「呃」字，除了叫「呃」，連半句話都說不出來。

「嘿，單大爺，你是怎麼了？」小玉說。

「呃，呃，我……」魏單臉色變白，額角滾汗，轉手指點著他的屁股。

小玉掀開他身上的被子，發現一灘血跡正在緩緩的擴大，原來躲在床肚下面的管八，在明白魏單要除掉他的心意之後，來它一個先下手為強，後下手遭殃，從衣服裏摸出攮子，對準床板的縫隙，同時也估定了對方身體接觸床面的部位，猛力出手朝上一遞，這一刀戳上去，無巧無不巧的，正戳進魏單的肛門；魏單在黑路上混了半輩子，旁的事全經歷過，唯獨沒嘗過做兔子的滋味，破題兒第一遭就捱了又尖又硬的攮子，痛得他緊咬牙關，渾身發抖，使身下的床板吱吱作響，要是有人在窗外聽到，還以為老傢伙和小玉兩個在翻雲覆雨，盤腸大戰呢，其實他是肚破腸流，連一顆心都彷彿從肛門掉出來了。

這時候，魏單握住小玉的那隻手，也緩緩的滑落下去。他熬過一陣劇疼後說：「好啊！是妳買來的殺手！」

「你甭枉屈了她！」管八從床肚底下鑽了出來，腦袋上滴著帶糞臭的血，笑著對魏單說：「我好心把小玉白送給你，誰知拍馬屁拍到馬腿上去了，你老哥要做掉我在先，可不能怪我姓管的手辣。」

「好，我認栽了！」魏單無力的用手指點著管八和小玉：「你們這雙狗男女，串著整我，我做鬼也會咬下你們一塊肉來的……」

「不要緊，」管八開他玩笑說：「你儘可以撿嫩的吃，不會迸掉你的牙齒的！」

魏單沒再說話，他抖索了一陣，已經暈過去了。

「這該怎麼辦呢？」小玉說：「你這麼冒冒失失的一動手，卻弄出難題來了，魏單的幾個護駕都宿在後屋，我們兩個，得帶著多富連夜逃離這裏了。」

「妳很聰明，但遇事還慌糟糟的，欠個穩字。」管八陰冷的說：「把魏單的舌頭割掉，打盆水把他的臉給擦抹乾淨，被子替他扯了蓋上，妳明早對兩個護駕的講，就說單大爺在路上感受了風寒，患了感冒，一時不能出屋見風，其餘的事，由我在外面安排，等一切弄妥，我們可以丟下姓魏的，大明大白的離開，那兩個槍手，我自有辦法對付他們，使他們無法追趕我們。」

「那我們該投奔到什麼地方去呢？」

「只要有銀洋在身上，天底下哪兒都去得，」管八指指魏單捎來的袋子說：「這老傢伙的家當底子，全帶在這兒，咱們把它打進行囊，也就是咱們的了。」

「對，」小玉說：「有了這筆錢，咱們可以另轉行業，暫時拋開販煙走土這一行，他殺人王老高就是追拿我們，一時也找不著，何況目前他正被坐山虎逼迫得緊，不至於為了一個魏單去分心。」

兩個商議定了，管八真的伸刀去割掉魏單的舌頭，取繩索捆住他的手腳，用大被蒙住他，第二天，依計而行，謊稱他生了病，不能見風，管八趁機會請兩個護駕的槍手去喝酒，把他們灌得酩酊大醉，然後，他們從容的收拾細軟，弄妥行李，買了車票，上車逃走了。

等到兩個護駕的槍手醒了酒，看不見管八和小玉，到了進屋去看時，這才發現他們的總管單大爺，上面缺了舌頭，下面肚破腸流，渾身被繩綑索綁，好像一隻紅燒捆蹄，再看，他早已斷了氣了。

「這種傷，按理不會死的。」一個說。

「的確不足致命，」另一個說：「兄弟，咱們喝醉到醒過來，已經兩天啦，讓一個受重傷的人，兩天不吃不喝，硬餓也餓翹了他的娘啦。」

「管八那傢伙真是陰毒，」一個說：「他把單大爺的全部煙款全收走，把那雌貨也拐帶走了！我們若不追著他，回去對高大當家的怎麼交代啊！」

「到這種辰光，到哪兒追人去？」另一個說：「伙計，咱們若想保命，也逃走算了。」

兩個都走了之後，魏單仍然留在小玉的床上，彷彿貪戀他曾經享受過的那種款款溫柔……

十一 無端的憤恨

在陝北各股土匪屢興的攘奪和吞併中，這一回，坐山虎手段較高，把殺人王老高給盤倒了，老高的殘眾四面星散，有一部份投向虎頭蜂重新拉起的班子，另一部份和漠邊的馬賊會合，這場吞併，使坐山虎發展到一千多枝槍，約莫兩千的人頭。

他手段比別的股匪頭目高，顯係高在他會使用謀術，他擊潰了殺人王，佔去對方原有的地盤，但他卻對外表示：凡是當年追隨殺人王幹的，無論是頭目還是嘍囉，他希望這些人都能投向他，他決不計較過去，仍按他們所帶來的槍枝人頭分配職位。這一來，使他在短期實力大增，變成陝北地區最大股的土匪頭領，他的人槍盤踞了幾個縣份，一樣的設關卡、抽捐稅，儼然有和晉陝的省軍分庭抗禮的味道。

轉到晉北去的管八，帶著小玉母子倆，開了一陣子賭場，並沒混出什麼名堂來，管八聽說老高垮掉了，坐山虎正在得勢，認定這是個極好的機會，便四處拉關係、找門路，經過一個姓葉的引介，總算入了夥，不過他並沒到陝北去，坐山虎把這些新投靠他的人，都留在晉省內部，讓他們自己發展。

「想起來也真夠嘔人的，」管八對小玉說：「咱們這是越混越回去了！……早先還能跟大當家的見面招呼，如今連外八等的頭目全輪不著，多沒意思。」

「你說這些全是廢話，」小玉說：「投靠坐山虎，全是你自願的，假如要反悔，你何不自己混，你老管八也是條漢子，時來運轉，一樣能揚名立萬吶。」

「算了！我嘔一嘔妳就恥笑我，難道日後我遇上不如意的事，發上兩句牢騷也不行麼？」

「行啊，誰說不行來著？不過我還是要勸你，沒用的牢騷最好少發，省點吐沫星兒，與其把時間浪費在說空話上，不如多動腦筋，想想有用的法子。你上回不是打出我這張牌，把魏單給籠住的麼？」

「總不能老打妳這張牌呀！」管八說：「假如坐山虎的個性像死去的魏單一樣，妳貼上去也沒用，他照樣把妳剋得死死的。」

「試總得要試試的，」小玉說：「我還不算老，這身肉多少還是值價的，你和坐山虎從來沒有拉搭，不放餌能釣得著魚嗎？」

「妳的話說得不錯，妳這塊香餌真的管用，」管八說：「但我把妳從魏單手上弄回身邊來，被窩還沒捂熱呢，又把妳推給旁人，實在捨不得呀！」

管八在嘴頭上是這樣說，但小玉早看透了他的肝腸屎肚兒，她卻沒有明說出來，他姓管的對自己若是真有情意，上回就不會拿她去送禮了。魏單要是不懷疑到他頭上，他不會狗急跳牆，把魏單給做掉。這些男人像走馬燈似的繞著自己打轉，沒有一個是好東西，管八就算把糖抹在嘴上，講盡甜話，她也不領這個情，她有她的野心和慾望，那就是要朝高處爬。她只是拿他們打打腳凳兒罷了！

她明白，這些出身在下層社會，又在黑道上混混的男人，雖說都是迸不高的蟲子，但他們情急拚鬥耍野蠻，一樣夠凶狠的。華棚頭當年為了爭風，曾把長工小秦做掉，藉著她反咬劉老頭兒一口，害得劉老頭病死在獄中。眼面前的這個管八，當著自己的面戳了魏單一刀，又割掉魏單的舌頭，把他捆在臥房裏逃亡。她的日子實際是人血染成的，他們既都是些狠人，她得比他們更狠才能活得下去，要不然就會被他們拖陷在泥淖裏，難得翻身了。

她更明白鬥力氣，她鬥不贏男人，但論起動腦筋、耍手段、施媚術，她自有高明的地方。她不需要和管八這種人正面的衝突，不妨把他當成一匹叫驢，順著他的毛抹，一旦到了有利的時機，不但立刻摔脫他們，還得使他們人頭落地，臨到那時候，對方再想反擊也來不及啦！

甚至她在床上和管八敘交情的時刻，都沒有忘記她的想法，但管八做夢也沒想到，和他夾姘的女人會有這種想法，小玉在他看起來，只是一個哆蟲罷了。

他把從茶館得來的消息傳到小玉耳朵裏，使她知道陝北的行情又起了大變化，說是在閩粵湘鄂一帶燒殺的什麼大頭目的組織，流竄康東，轉道川北入陝，也來到陝北地區，和坐山虎合成一氣了。

過不久，大頭目三編兩整的，竟把坐山虎的人槍也給收編掉了。他仍然走當初股匪走黑貨的老路子，只是得了款多半是拿來購買槍枝槍火。由於他這麼一炒，槍枝槍火的暗盤交易旺盛起來，姓葉的在晉北就幫他們吸進械彈。

「老實說，這種事有得幹，也有得撈的，」管八說：「只要有人手、有路子，出黑貨，猛賺，再進械彈轉賣到陝北去，一定也猛撈。談到出黑貨，那是妳我的老本行，拾起來做，一點也不難，但是，買購槍火，咱們的路頭就不廣啦！」

「聽你這麼一說，我倒想起一個人來，那就是老華，他在晉軍裏幹過一段日子，人頭也很熟悉，」小玉望著管八說：「怕你計較這個，我不得不先和你商量了。」

「妳真的以為我會嫉妒老華？」管八笑笑說：「我不在乎那老傢伙來

和我吃一鍋飯，只要他本份點兒，自承低我一個肩膀，我就不會為難他。妳打信去河北，要他過來好了。」

管八這樣一慷慨，小玉真的打信到河北去，把老華給找回來了。管八和老華見面，彼此拍拍打打有說有笑，真像舊友重逢似的，其實兩人肚裏都結了滿把疙瘩。老華認為管八當時是仗著老高的勢，鳩佔鵲巢，硬把小玉從他懷裏奪過去，這種人太笑裏藏刀，不能共事。管八認為老華是小玉身邊一個過了氣的厭物，既經她一腳踢開，如今再回來，也只是回爐的燒餅——不脆了，哪還有什麼資格和自己來爭。不過，這兩個傢伙彼此不信任，彼此也就都防著對方一點，小玉冷眼看得明白，一概不加點破，她把這兩匹叫驢硬拴在一個槽上，是存心讓他們互相咬踢，她好在中間調和，乘機得利。

「這樣好了，你們兩個，一個走黑貨，一個收購械彈，我管和那個姓葉的接頭，清理賬目，有賺頭，折股平分，連我算三份兒。」

「這個我沒話說，」老華說：「不過，妳可甭忘記，在名份上，我還算是多富的爹，我可以做閉眼的烏龜，卻很難做睜著眼的忘八呀……再說，多富虛歲都十四了，什麼他不懂？」

「我打信要你回來，是要你跟我算這個賬的？」小玉說：「今天咱們三朝對面，凡事都挑明了講吧！用不著半陰半陽的說那些溫吞話。」

「對對對，」管八趕忙接著說：「你睜眼也罷，閉眼也罷，你真要有那個本事，為何當初不跟一撮毛去爭？又不跟魏單去爭？咱兄弟兩個，全是侍候局的，抽頭等水，同穿一雙小鞋，還爭什麼爭?!咱們如今談的是合夥做生意呀，心不和，氣不順，怎能合得起夥來？」

「你聽聽，管八這個話，還有點兒道理。」小玉說：「我這就做兩個鬮捲兒，一個是單，一個是雙，你們兩個鬮花兒的，誰也不吃虧，至於多富兒，他早就習慣了，他管事也管不到我的頭上。」

她這一說，老華苦笑笑，管八聳聳肩，但都沒有再說話了，兩個男的也都明白這些，與其把她一人一半的撕開，還不如夥著她玩兒，也許日後能沾在她的裙角上朝上竄，現在也沒有什麼好爭的了。

小玉本身沒長翅膀，無法直接到陝北去見著坐山虎，再去攀上新當令的大頭目，她只好用爬樓梯的方法，一蹬一級的朝上爬，而第一個階台，就是那個姓葉的了！為了安排生意，她出面做東，由老華和管八作陪，請到了那個姓葉的。

和姓葉的一見面，便使小玉怔住了，這個人和老華管八並不是同一類型的人，年紀還不到卅歲，有一張很中看的白臉，耳朵略薄，眼神裏略帶些風流淫邪的氣味，使她想到小曲兒裏形容的採花浪子，他這種人怎會和坐山虎搭上線？真使她困惑不解。

「我叫葉何，人都管我叫葉小老爺，」葉何說：「我是兒崇山煤礦的礦主。我不是道兒上的，但和坐山虎大當家的有交往，受他的託，順便做做黑貨買賣，不過，我本人是不出面的。」

「不瞞您說，我們是這條道上的，」小玉說：「佈線、銷貨，都有經驗。」

「嗯，這些我清楚，管老八都對我說過了！這位就是老華吧？你對收購槍枝槍火有把握？」

「有多大的把握，目前還不敢說，」老華說：「我得要先到太原陽曲那些大埠頭去走一趟，才能有個底兒。這邊離海口路途遙遠，零星的舊槍還好買，想要整批的新貨，那就難得多，非找東洋人或是西洋人不可。」

「先從舊槍著手也好，積少成多嘛。」葉何說：「總之，走土和購槍的事，就交給華嫂子妳辦了，妳一定會知道，幹這些都是行險的事，希望不要出漏子，一出漏子就會丟命，想保都難保得出來的。」

「這個我全明白，請小老爺您放心好了！」

這頓飯吃得很愉快，葉何也多喝了幾盅。不知是無意呢？還是藉酒裝瘋呢？他說話時，分外對小玉套近乎，而且總是用手撫捏她的肩膀。閱人甚多的小玉哪還有不知道的，她是一隻張了網的蜘蛛，等著男人掉進她的網裏來，這個葉何果然一見面就落網了。

妙就妙在某種微妙的分寸上，葉何和她經歷過的其他男人不同，那些粗手大腳的漢子，勇猛有餘，情趣不足，而葉何在指尖上調情，緩緩淡淡的，神情很自然，帶有一股不失正經的味道，使老華和管八都看不出來，完全算是得著了「偷」字的神髓。

葉何既能裝瘋，她又何不賣傻；內心裏儘管覺著了，表面上卻只當沒事人，和他繼續談下去。葉何手裏有錢，當時就取出一張五百現洋的銀票，對小玉說：

「這筆錢算是我先墊上的，張網佈線也好，收購械彈也好，人出去總得要花費，等日後買賣上撈了，再替我扣回來。希望你們說動就動，不要拖延，有事可以到礦上去找我，我得走了。」

「葉小老爺倒是爽快，出手也豪氣得很。」老華說：「管老八，你怎麼會和他拉搭上的？」

「他常到茶樓去聽說書，」管八說：「來時放騾車、帶侍從，認識他的都叫他小老爺，很神氣的樣子，我是存心捱上去和他聊天的，久而久之，就成了熟悉的朋友啦。原先我並沒想到他和坐山虎還有來往，後來還是他找我提的。」

「你們兩個，不要再空議論了。」小玉說：「去把這張銀票到錢莊兌現，然後分錢去辦事去。把人家的錢花了，要是事情辦不成，葉小老爺只要對礦工們呶呶嘴，一人一拳，能把你們打爛成柿餅兒，——這兒可是他的地盤，打不得馬虎眼的。」

「妳這一說，我倒覺得奇怪起來了！」老華說。

「奇怪什麼？」小玉白了他一眼：「難道你懷疑這張銀票是假的？」

「不不不，不是這個，」老華說：「我懷疑他既是礦主，他手底下一定有許多跑腿辦事的，為什麼不著他們去辦，卻要這樣信任我們？……」

「你沒聽他說，他不願意出面嗎？」小玉說：「他如果用他礦上的人手去幹這檔子事，一出漏子，準會把他牽出來，他不是豁命的窮漢，為撈錢去冒大險。」

「說來說去，問題就在這點上了，」老華說：「他是利用咱們外路人去替他冒這個險，無怪他這麼海氣。」

「這個，他並沒存心瞞咱們，」小玉說：「他剛剛不是一再提醒咱們了嗎？他鄭重其事地，說這是行險的事，要咱們務必小心，不要出漏子，一旦出事，定會丟命，保都保不出來。冒不冒這個險，全在你我，他可沒硬捏著你脖子，強迫你幹。」

「是啊！」管八立刻附和說：「咱們無論跟誰幹，險總得要冒的，他既講在明處，也就沒有什麼好議論的了，咱哥兒倆還是兒錢去吧。」

五百銀洋兌到手，教小玉揣起三百，分給他們一人一百，打發他們去辦事去了。這兩個人臨走時，彼此逗說：

「咱們拈了鬮又有啥用？單也輪空，雙也輪空，咱們不在的時刻，恐怕要便宜那個姓葉的了！」

「人要有自知之明，更要懂得權宜之道，」管八說：「咱們腰裏裝著錢，還怕找不著女人？她愛攀誰就去攀誰，咱們不必再犯嘀咕啦。」

人說：十個混混九個眼亮，管八和老華談不上有什麼長處，說他們的腦袋伸縮自如，倒是他們的真本事，竟然心甘情願的依靠小玉，吃起軟飯來了！小玉去礦上找過葉何，她發現這個人頗不簡單，他通解文墨，很會講話，但凡不該說的，他卻連半個字都不吐露，足見他城府極深，使人難以摸清他的底細。他一共有三座礦，名義上他是礦主，實際上有東洋人的股份，也請的有東洋技師，礦上有警衛、有槍枝。按理說，這麼一個有產有業的，怎樣也不會和陝北的股匪攪混在一起，又販黑貨，又販槍枝槍火的，他偏偏就這麼幹了。表面上他絲毫不動聲色，對晉省當局和地方官府照樣的來往，顯得八面玲瓏，只有一點小玉感覺出來，他擋不住她的姿色和她的妖嬈，她就用這個，主動把他吊上了。

「我說小玉嫂，」葉何對她說：「我看妳也是個伶俐人，怎麼跟上老華和管八那種夯貨？他們哪點配得上妳呀！」

「我的小老爺，你不知道我的命有多苦，」小玉藉機大吐苦水說：「我離開老家根，飄萍浪蕩的跑到山西來，被賣到交城的劉家屯做小，男人為了爭奪我，惹出一大串的風波來，我全是身不由主呀！」

「嗯，這倒也是實情，」葉何說：「不過，妳和老華並沒有夫妻的名分，管八更是個打野食的，妳就踢開他們，他們也找不到妳的頭上。」

「話是這麼說，」小玉笑了笑：「要是沒人替我撐腰，我行得通嗎？何況這兩個人都是蹚渾水的，弄急了，惹起他們的凶性，我可扛不住啊！」

「不要緊，一切都包在我身上就是了！」葉何說。

以葉何這樣的有財有勢，輕輕丟句話也有磨盤重，沒過幾天，葉何就另外替小玉賃了屋，把她和那個雜種兒子一道端過去了！這是小玉心裏早就打算妥當了的，葉何是她踏腳攀高的一個階梯。

葉何這個人是有些情趣的，他懂得挑逗調情，也懂得細緻溫存，全不像那兩個犁田漢，只會粗針大麻線的縫縫紉紉。不過，她發覺也有一件事會使對方頗不開心的，那就是夾在當中做蘿蔔干的多富。這事兒在早年不成其為問題，因為那時多富年紀還小，不甚懂事，如今這孩子虛歲十四冒頭啦，人也長得很粗壯，看上去成了小大人，他表面上雖憨頭憨腦的不管做媽的事，但卻使登堂入室的葉何覺得很礙眼，滿心都不利爽。

「多富這孩子也不小啦！」葉何提起來說：「當然嘍，妳身邊就是一個孩子，拖來帶去的，難免嬌著寵著他一點，但他既沒攻書進館，又沒學一門手藝，總不能長遠教他這麼晃蕩下去啊！」

「嗨，日子過得一波三折的，今天到東明天到西，不論到哪兒，也沒生根落腳做過長遠打算，白白把他給耽誤了！」小玉嘆口氣說：「你小老爺要是有心幫助他，還不是憑你一句話嗎？我這就先謝過啦！」

「談什麼謝不謝的，太見外啦，」葉何說：「照我看，多富這孩子，也不是讀書的種，勉強不得的。在亂世，耍槍弄棍總免不了，讓他先跟管八去走走貨，練練他的膽，日後有機會，給他一根槍扛扛就罷了……要說危險，那些沒槍的百姓，遇上強人，好像羊群遇上狼虎，那不是更危險嗎？」

「你怎麼說，就怎麼辦吧，」小玉說：「讓他長年跟在我身邊，永遠長不大的。」

把多富交給管八去帶領的事，是葉何當面交代管八的，他並且要管八告訴老華，朝後甭再沾小玉了。

「你們要找女人，另外去找，」葉何直截了當的說：「我已經決定把她留在身邊了，大鍋大灶亂攪混，不對我葉某人的胃口，這話是挑明了講的。」

「是是是，」管八乾笑說：「您小老爺端了的碗，我們絕不敢再沾。」

「你不要光在嘴上承諾，背後出花樣，」葉何警告對方說：「我可不是魏單，你的尾巴根兒，全攥在我的手裏，我要是沒打聽得一清二楚，你想我會用你嗎？」

他這話一出口，真把管八給嚇楞了，想不到葉何真有千里眼和順風耳，自己在臨汾幹的事，他已經全知道了。難道是小玉吐露給他的？這種女人，舌尖真該修去一截兒。他這樣想的時刻，葉何用冷峻的目光注視著他。

「你以為是小玉說的，那就錯了！」葉何掏出一張紙頭，攤在管八面前說：「你的根底全在這張紙頭上，你自己瞧瞧，有哪筆賬沒替你記上?!」

管八一看，那上面密密麻麻的，連生辰八字、鄉里年齡，全記上去啦，縮頭噤聲的，哪還敢再說半個字。

「我可不是那些粗枝大葉的股匪，」葉何說：「你們在外面一舉一動，甚至一句講出口的話，都會落到我的耳朵裏。不過你們放心，只要你們乖乖辦事，我還不至於留難你們兩個，明白我的意思了嗎？」

「明白，完全明白。」管八有點張口結舌的說。

管八和老華見面，把這事告訴了老華，老華一聽，兀自點頭說：

「這個姓葉的，說不定連名字都是假的，他跟在南邊燒火燒紅半邊天的什麼組織，穿的是一條褲子，這傢伙精明又毒辣，連坐山虎都是他們扶起來的，沿著滹沱河朝南走，在荒鄉僻壤、山坑水窪之處，他們的幫口可是越結越大了。」

「你怎麼知道得這麼清楚？」管八說。

「我在晉軍裏幹過，」老華說：「閻老西防他們防得很緊，常形容他們是一窩專挖牆腳的老鼠，在黑角裏吱吱叫，卻很難見到他們的影兒。」

「嗯，原來是這等的！」管老八說：「但他們和我們全不在一條道兒上。」

「誰說不在一條道兒上？殺人越貨、綁架勒索、走私販毒、搧風點火……哪樣他們不來？你我講的這些話，一旦傳到姓葉的耳朵裏，咱們吃飯的傢伙就嘰哩咕嚕的滾進路溝啃草去了。」

「這真比毒骨蛇還厲害，」管八伸伸舌頭說：「姓葉的一見面，就把小玉給摟到他的懷裏去了，朝後不論單雙，咱們都沒份兒啦！」

「現在還談那個？少做迷夢了！」老華說：「我在擔心即使脖子上加箍，能不能箍住腦袋不落地呢。」

「要是小玉還能念著過去老情份，在姓葉的枕邊幫咱們多講幾句好話，也許咱們還能勉強混下去，如今正是他們用人的時刻，咱們也並非吃白食的，不是嗎？」

「那是你一廂情願的盤算，」老華說：「我看沒那麼簡單……咱們已經掉下去了，只有朝前捱著再講吧！」

日子朝前捱過去，管八兢兢業業的為姓葉的幹走土的行當，看情形，並沒有老華預估的那麼嚴重，葉何和他一起喝過酒，還當面誇讚過他幾句，說他幹得不壞。事實上，這回他替葉何辦事，要比往昔方便得多，因為在滹沱河流域的山區，到處都有他們的窩穴，晉省防軍抓得緊了，他們只要朝山裏一遁，就找得到接應。有一回，他帶著多富、趙七、王皮臉等六七個，在清源縣漏了行藏，防軍啣尾追捕，他們連夜逃向交城，接應他們的竟然是當地的老賊虎頭蜂，他原是和股匪一撮毛互通聲氣的，一撮毛被殺人王吞併後，虎頭蜂脫出陝北，重回舊巢，拉槍再混，這一回，竟然掛上支隊的番號了。

「當家的，你也入了夥啦？」

對他驚詫的問話，虎頭蜂大笑說：

「一樣都是蹚渾，擰起來更好攪局。」

「你是怎麼認識咱們葉老闆的呢？」管八問說。

「對上面的事，你最好少問。」虎頭蜂說：「問多了，對你沒好處。」

管八果真不敢再朝下問了；至少，他能從虎頭蜂的話音兒裏，聽出點端倪來，那就是說，那個葉何在虎頭蜂看來是他上面的，可見葉何在他的那個幫口裏，算是相當有地位的了。對他究竟是何許人物的謎團，管八儘管有一種好奇的衝動，但卻不敢進一步的去探究了。

他雖然縮縮頭不再朝深處打聽，心裏卻隱隱約約的感覺到，這個幫口要比早時的股匪都不一樣，它有一股說不出的魔性，更有一股使人戰慄的神秘和恐怖，化成一條鑽進人心裏去的蛇，日夜在啃噬著你，那要比真的玩掉了腦袋更難受。不過，這種感覺只能在心裏裝著，對誰都說不出道理來。

跟著他幹的那夥小毒梟，並沒覺得有什麼不妥，趙七和王皮臉兩個有說有唱的，有幾文錢揣在腰裏，他們就騷狂起來，逗上城鎮，不是蹲在長凳上，抱著膝頭，像猴兒似的喝酒、賭錢，就是跑去眠花宿柳。

「噯，你們兩個傢伙，替我當點心兒，」管八警告他們說：「你們耍那一套，千萬不要把多富帶上，他是個新苗嫩秧子，要是把他弄得了花柳病，卵蛋爛成剝了皮的橘子，頭頂開了天窗，我對他媽怎麼交代?!」

「我說，八爺，你甭緊張，多富那小子是個傻鳥，見到婊子都當是他媽，他哪敢騎上馬背去彎弓搭箭，他又不是養由基播的種。」趙七說：「帶他去那種地方，要他在一邊抱床腿，掃咱們的興，你想咱們肯幹嗎？」

「趙七說的話，我可不敢說，」王皮臉說：「你甭看多富那孩子外表憨厚，但他一心都是鬼爪子，說來不怕捱罵，——他娘的風流性，我不相信不帶到他的血裏來。他自小就聽慣了春聲浪語，懂得的，不比大人少，日後會怎樣，誰也不敢說，咱們只能說，日後他要如何如何，絕不是咱們兩個帶領的就是了。」

「你們甭想推，」管八說：「我管不了那許多，多富那孩子，算是交在你們兩個手上了，他不論出任何事，都得由你們負責，他媽跟葉小老爺，如今正在寵頭上，我開罪不起呀！」

「既然這樣，你何必把他攬在身邊呢？」趙七出主意說：「日後只要一有機會，你再把他推出算了，留著他在身邊，替大夥添累贅，弄不好，更替自己添麻煩，何必呢？」

「唉！」管八嘆口氣說：「全是葉小老爺嫌他礙眼，把他推出來給我的呀，這種燙手的山芋，我怎麼會朝自己手上攬。」

「好罷，你既這麼說，我兄弟兩個多照料他一點也就是了！」

說是這麼說，但他們並不明白，多富這孩子可不是那麼容易照料的。他生性極為古怪，對任何事情，表面上全不動聲色，而心裏卻鬱滿無端的憤恨，他恨自小被老華奚落和虐待；恨那些走馬燈似的野男人搶去他媽，讓他被人冷落在一邊；恨他媽講給他聽過的劉家屯的故事，發誓有一天，要宰掉劉家屯的那些人，奪回劉老頭的財產，——那些財產他原可有份的。

十多年來，做媽的小玉是他唯一的依靠，但別的孩子罵她是鬆褲的女人，又使他非常羞憤。因此，凡是和他媽一樣鬆褲腰的女人他也恨起來，在心裏用刀割她們，把她們割成一堆碎肉。

正因心裏有恨，這小子就有些蠻裏蠻氣的，眉眼間浮出一片肅殺和陰冷。他們帶著貨，日伏夜行走在道兒上，多富顯得很不合群，歇下來也打個單兒，不哼不唱，更不愛和人搭訕拉聒，管八對他說過：

「小子哎，你不跟大夥兒拉成趟兒，出了事可就麻煩了，離了咱們，你一個人能肆應得了嗎？你要是有什麼險失，責任可都在你八叔我的頭上啊！」

「我怎麼啦？」多富說：「走跟你們一起走，歇跟你們一道歇，我只是不願和趙七他們胡扯，這也犯忌嗎？」他說話的口吻，一副小大人的樣子。管八不經意的伸手要去摸他的頭，多富側身閃開，用手把管八的臂膀推開了。

「這幹什麼？」管八說。

「這兒不能摸，」多富說：「摸了長不高的。」

「真是個怪胎孕成的種！」管八自承也不懂得他，搖搖頭離開，也就把他放到一邊去了。

多富有些莽撞，沒把這些有經驗的老毒梟們放在眼裏，對他們自誇如何機制，如何與防軍鬥法，如何越獄脫險，他總用不屑的眼光去瞥他們，認定那全是編來壯膽的謊話。

事實上，管八本身就被人戲稱地老鼠，全靠他的賊骨護送煙土，並沒和防軍正面拚鬥過，他手下的一窩人，根本都是毛賊，儘會耍嘴皮子，沒有一個是正經材料，這一點，多富還能看得出來。在運毒品的路途上，不出事便罷，一旦出了事，甭說趙七和王皮臉幫不了他，連管八也一樣變成縮頭忘八，他出心不想依靠他們。

他出來時，從做媽的手裏取得一支德製馬牌手槍，那還是一撮毛生前留下的，外帶廿六發槍火，他在滹沱河岸的荒地上試射過三發，覺得用槍並不難，只要心不慌，手腕把得穩，多少會有些準頭，那些老毒梟自誇如何會用槍，可是他們的槍法一樣的稀鬆平常，並不比他強到哪兒去，管八硬要他信服那些傢伙，他辦不到。

在短短的幾個月裏，他跟隨管八跑了很多個縣份，做暗盤交易，銷售煙土，時間讓他有機會去學很多事情，像他們那個行道上的暗語和黑話，像如何擺脫追蹤，如何應付關卡上人的盤詰，如何用層層的掩護交易取款，他都慢慢的熟悉了。有時候，管八把他當成一張牌，因為在別人的眼裏，他仍然是個不惹人注目的孩子，用他去穿針引線，遞送消息，或是把黑貨放在他身上，都有意想不到的方便。這樣做了幾趟之後，他在梟群裏，倒變成重要的人物了。不過，他們這樣冒險，所得的代價並不多，撈來的錢，都被葉何吸走，轉用到收購槍枝槍火那方面去了。

「唉，這年頭，想吃一碗飯真不容易，」趙七滿腹牢騷說：「貨源控在姓葉的手上，咱們硬不起來，除非不吃這行飯，要不然就得聽他擺佈。」

「這些空話你講它幹什麼？」管八說：「姓葉的並沒有強著你幹，他要的是姜太公釣魚——願者上鉤。你把一肚子牢騷，像潑水似的潑到我頭上，屌用都沒有，我有牢騷，又該對誰發呢？不管是什麼樣的牢騷話，一旦傳進葉小老爺的耳朵裏去，最倒楣的還是我啊！」

「其實，你不必擔心這個，」多富說：「沒人會對姓葉的去講的。」

「這倒是很夠意思，」趙七笑說：「多富，你這兩句話，真算是大人說的話了。不過你要明白，你媽媽跟你的想法絕不一樣，她準是站在姓葉的那邊的，如今他們兩個正熱乎，她能不幫著姓葉的來壓榨咱們，已經算是夠好的啦！」

「小玉不至於那麼沒良心，她該想想，沒有我管八居中拉縴，她哪有今天。」管八說：「她攀上新的，怎能忘記舊的？我和老華，都是貼心抬她的，坐轎的踢開轎伕，對她有什麼好處？」

小玉沒有踢他，但管八自己的運氣不好，當他帶著人轉到他的老窩運城的時刻，緝私隊已經張開大網在等著他了。他夜晚坐在茶館，便衣亮出短槍包夾上去，使他連拔槍的機會都沒有，就被人按倒在桌面上，繩捆索綁的帶走了。當天夜晚，趙七也在娼戶裏落了網，王皮臉是抓著褲子翻牆逃掉的。

便衣到客棧去搜捕餘黨，當時多富和一個叫常扁頭的傢伙，從屋山頭的小窗洞竄出去，跳到隔鄰的瓦脊上，利用夜暗狂奔，一排槍響過之後，扁頭哀叫一聲滾了下去，多富邊跑邊朝後盲目開槍，然後跳進一家後院子，拔開後門的門閂，順著窄巷脫出去，把他那柄手槍和槍火都扔到路邊一口井裏去了。

佔了他是個孩子的便宜，他在這次圍捕中漏了網，直到第三天才和王皮臉會合上，倉皇的遁回去，向葉何述說突然遇上變故的情形。

「管八這個雜碎，掉腦袋也是活該。」葉何說：「他這一出事，整個的點和線都會被掀翻，他們熬不下大刑，什麼都會吐露，連我也待不住了。」

「這該怎麼辦呢？」小玉說。

「妳立刻收拾。」葉何說：「我寫個字條給妳帶著多富和王皮臉到平遙去，妳可以按著字條上所寫的找人聯絡，那邊自會安頓妳，過些時我們再會面好了。」

晉省當局全力堵塞毒源，把陝北方面的勢力清出了若干的城市，葉何離開礦區後，行蹤也成了謎，但他在礦上的權益，由於有東洋股份的關係，卻沒有遭受到損失。在若干鄉野地區，山窩水窪裏，一些和陝北勾結的武裝像幽靈般的生長起來，他們一邊和晉軍推磨捉迷藏，一面發展著，而平遙地區成為他們匯集點之一，他們避開縣城和鐵路線，盤踞在鄉間，和早先股匪不同的是他們這股間互通聲息，而且遊竄的範圍較廣，使防軍難以捕捉。

小玉帶著多富和王皮臉到了這裏，便正式的投幫入夥幹了起來，她不單自己死心塌地的入了夥，更把多富送到他們的隊裏去扛槍。仗著葉何的後台，小玉母子倆明暗裏都受到照顧，只是鄉間的苦日子很不合小玉的胃口罷了。

她滿盼望葉何能夠很快出現，使她能夠回到另一座城市裏去，但葉何並沒有來和她見面，連老華的消息也沒聽著，倒是聽人輾轉傳講，說是管八已經被押到太原槍斃掉了！管八手下的那些毒梟，也已被判了重刑收進監獄，這使得她回到城市去的希望又減少了幾分。按照常理推斷，管八極可能把葉何和她都供了出來，使她變成晉軍緝捕的對象，為了貪圖生活上的方便丟了性命，那太划不來啦！至少得熬過一段日子，等到管八的餘波寢息了，她才能夠在晉軍控制的區域裏出現。

「不再走黑貨，就斷了財路啦，」她對王皮臉說：「閻老西逼得緊，做得絕，硬把咱們逼到鄉窩裏吃薯葉，我真是恨透了他啦。」

「不要緊的，小嫂子，」王皮臉說：「葉小老爺神通廣大，他自會另想辦法，總不會因為出一次漏子，就逼得咱們全部撤手罷！」

「你不提葉何我不生氣，」小玉說：「他臨離開的時刻，親口對我說，過些時要來會面，如今人沒來，竟連一封信也沒有，誰知他跑到哪兒去了？」

「也許他正忙著旁的，」王皮臉說：「要不然。他怎會把妳這個水花白淨的人放在一邊來著，換是我，一樣捨不得呀。」

「嘿，王皮臉，我看你真是個皮臉，我找你來談正經事兒，你倒乘機吃我的豆腐，你是活得不耐煩了。」

「嘿，生我的氣了？我的小姑奶奶，」王皮臉說：「有他葉小老爺在，我哪兒敢佔妳半分便宜，我適才一時找不到話講，只是打個比方罷了。」

王皮臉料得不錯，這話說了不久，葉何就來了。他帶著兩個槍手，壓低禮帽的帽簷兒，在肅殺的秋風裏，逕自到她所住的韓洪來找她。他告訴她，這回他直接過來看她，並沒驚動當地的幹部，他因為另外有事極待料理，只能在這裏停留兩天。

「你是說來就來，說走就走，」小玉說：「卻把我留在這山窩子裏吃苦挨餓，你也真狠得下心。」

「這可是沒有辦法的事，」葉何說：「閻老西把我們當成眼中釘來拔，各處城市都鬧著抓人，山區裏苦是苦些，但總安全得多，至少妳得暫時忍一忍，等過了這段時期，我再另想辦法。」

「希望你不是嘴上說說，」小玉說：「我總怕自己在你眼裏人老珠黃不值錢了，你扔掉我像脫掉一雙破鞋，……我不能不這麼想，你葉小老爺是有財有勢的呀！」

「妳放心，」葉何捧著她的臉說：「妳這個風騷的小徐娘，還有足夠的本錢，籠得住男人，即使我不來，妳的被窩也不會涼半截的。在咱們男男女女的事，一向都不認真，跟喝白開水一樣，有一回算一回。」

「是這樣的嗎？」小玉說。

「難道不是這樣嗎？」葉何笑了起來：「我的名字單取這個『何』字，拆開來是『人』『可』，那就是說：人人皆可，——只要是女人都行，妳碰上我，不必認真，我也並不希望妳守身如玉什麼的，只希望把人可倒過來，讓妳做個可人兒就夠了。」

葉何這樣的說法，小玉倒覺得能夠接受，她早就抱定這種打算，在這種環境裏，不能和任何男人長枕大被的守一輩子，那也太無聊啦，換來換去圖個新鮮，懷裏總有個熱的，男人既為他們自己想，她又何嘗不能為自己想。她和葉何火熱過兩天，他走了，把搬不動的太岳山和伏牛山留在她的眼底下。

對於葉何這個人，以及他的若干想法和看法，小玉自認學著了很多。葉何認為組織從南方被圍剿，一路逃竄到陝北，得要有一段喘息的機會，再行加緊發展，如果能有一場翻天覆地的大亂局，使政府方面無力續行追剿，就有機會苟存下來，在賭檯上翻本！人在亂世攪混，得要連攀帶闖，他認為要敢豁命，日後定有風光。他的話使她想到多富的身上，無論她身邊的男人怎樣替換，多富總是她後半輩子的依靠，這孩子要有葉何一半機伶就好了，如今，他扛著槍在隊上幹，眼前身後，無處不是風險，就算他能豁命，他的命只是一條，他能豁得出去嗎？

葉何所盼望的亂局在哪兒，她一時還看不出，人窩在山區裏，消息太不靈通了。

怪的是晉省當局緊接著破獲煙毒後，又著令防軍到山區進剿，使小玉不得不跟著這股子打著番號的土匪流竄，退到晉冀兩省交界的另一處山區去。但當防軍退走後，他們又竄了回來。

「閻老西是發了狠啦！」有個幹部對她說：「他硬是想把咱們的人槍全趕回陝北去，從晉北到晉南，滹沱河流域幾千里，防軍進剿只是擺擺架勢，讓咱們不得安穩罷了，若說連根拔，可沒那麼容易。」

「晉軍裝備好，有訓練，」小玉擔心說：「雞蛋能和石頭碰嗎？這樣下去，硬耗也會把你們這點人槍耗掉。」

「誰說現在要和他碰啊，」那個說：「咱們是屬兔子的，旁的本事沒有，就佔一個便宜——腿快。聽說東洋人在東三省鬧亂子啦，也許過不久就會和中國當局鬧翻，那時候，咱們就有機會了。」

有什麼樣的機會呢？看那個幹部也是笨牛，腦瓜子沒有幾條紋路的，只會跟著旁人說而已，也許葉何常在外面跑，耳目靈通，會知道得多些，如果他來，她要當面問問外間的情況，旁的機會她不管，她渴想離開這窮鄉僻壤，不再啃薯條過日子。

一直等到冬天，冰雪鎖住了路，葉何也沒有來過。小玉有些嘔得慌，在這之前，她曾是野漢子們爭奪的對象，朝秦暮楚慣了的，如今，旁人看她跟葉何有關係，都心有忌憚的避著她一點，只有一個王皮臉跟在她身邊，算是幫她幹雜活的。葉何已經跟她挑明，叫他對她和他之間的關係不要認真，他在外面隨時打野食，她又有什麼道理乾等著他，王皮臉雖說長相差，究竟還是個男人，不能搪飢，多少也能壓壓渴。王皮臉本來不敢的，經不過她的一再挑逗，也就仗著膽子入了幕啦。

「我的小嫂子，我這真算豁了命上的！」王皮臉又興奮又恐懼的說：「這比走私販毒冒的風險更大，萬一教葉小老爺知道，我就真的會變成風流鬼了。」

「他都不在乎，你怕個什麼勁兒，」小玉說：「你既不是空前，又不是絕後。」

「那我算什麼？」

「過路的，偶爾討口水喝，我就給了你，」小玉笑指著他的鼻子：

「能喝，你就喝點兒，不能喝，你就抹抹嘴，一邊涼快去。」

「我哪還有心腸涼快，我的脊背都在發毛啦。」

「你不用怕葉何怕成這樣，」小玉說：「對你這個打串兒胡的（俗語，**意指臨時客串入幕之賓**），我即使講夢話也不會提起你的名字來的。」

「噢，你這麼說，我可就放心多了！」王皮臉抹著胸口，連著吐了兩大口氣說：「你對我既然這麼關照，我能不竭力奉承嗎？」

這個異常寒冷的冬天，王皮臉由竭力變成力竭，加上受了點兒風寒，脊背上的算盤珠兒撥不動，成了個板腰，走路屁股歪翹著，總用手托在腰眼上，旁人問起他，他總推說是劈柴時不小心閃著了。

韓洪附近的百姓對這幫外來的組織，都看成邪魔，但他們有槍桿子握在手上，使百姓不敢吐出怨聲來，有不滿的言語，也只能在背地裏悄悄的說，尤其是對接觸較多的小玉，這個眼泡含水渾身發浪的女人，他們既好奇又厭惡。

小玉的一切都攤在他們眼底下，有人以為她是風月場上來的，有人以為她天生是花痴，不換男人就會發瘋，她是高級頭目的姘婦，是大夥兒都知道的，但那個姓葉的在外面奔竄，不愁沒有新的戶頭，這女人雖然看上去很夠風騷，但年紀是瞞不住的，卅多歲，像一朵開爛了的花，已經不再像當初那麼鮮嫩了，能不能再籠住姓葉的大成問題，這檔子事她心裏應該最明白，要不然，怎麼會和在她身邊幹粗活的王皮臉勾搭上呢！

葉何沒再回來，王皮臉起先還偷偷摸摸不敢放肆，逐漸習慣了，一臉順理成章的樣子，淫聲穢語都傳到戶外來，使那家屋主不得不把閨女送到親戚家裏去，恐怕聽著了難堪。

到了春天，多富領著個男人來看他娘，那人竟是失去消息很久的老華，老華這些時不知在哪兒東藏西躲，人顯得很憔悴，也蒼老了許多，他見到小玉，嘆說：

「妳倒好，躲在山窩過安穩日子，我卻像地鼠一樣到處亂竄，這兩斤半的腦袋差點就教割去掛在城門樓上啦！」

「你有點本事，竟能摸到這兒來，找到多富。」小玉說：「你認為這兒日子過得安穩，留下來過一段時間看看，不過，你得另外過你的日子，咱們的事，早已了結啦！」

「這叫什麼話呢？咱們的兒子可是姓華呀！」

「他姓的是我的華，不是你的華，你當真要來個『金盆滴血』，自損你的面子，」小玉說：「你住在我這兒，那個葉小老爺一回來，你又怎麼區處呢？」

「就是葉某人不回來，我也不答應，」王皮臉跳出來說：「葉小老爺臨走時，把她交託給我的。」

「嘿，你是管八的人，哪有資格講這種話？」老華說：「你不答應我，我還不答應你呢！你現在就給我滾開，少在我耳邊嘮叨。」

「小嫂子，事兒來了，妳看怎麼辦？」王皮臉以為小玉和他又親又熱，一定會向著他，誰知小玉兩手一攤說：「你們吵去，鬧去，我不想聽啦！」說完話，她雙手掩著耳朵，一逕奔出去了。

她走後沒多久，屋裏響出一聲悶槍，槍子兒在近距離吃肉，就像吹炸了一隻豬尿泡似的。那一槍是多富開的，正打在王皮臉的胸脯上。多富這小子認定，人活在世上總得有個爹，他姓華，老華也姓華，不管他是真爹假爹，總沾上點邊兒，對人講得開口。若說是葉何來了，看在他錢和權的份上，也能勉強吞得下這口氣。但王皮臉長得沒有人樣兒，人又十分粗賤，竟然霸王硬上弓要佔做娘的，不伸槍撂倒他幹什麼？

多富這一槍把王皮臉拉平了，但也使老華無法再待下去了。

十二 一把無情火

王皮臉的命案，是由葉何回來親自處理的。他處理得很輕鬆；首先坐實了死者王皮臉生了邪心，意圖強暴，正巧碰上小玉的孩子回來，為了保護他娘，開槍擊傷了王皮臉，後來不治死亡。開槍傷人致死的多富尚未成年，把他調離太岳山區，到晉冀察地區了事。

「小玉，我這算幫了妳的忙，」葉何對她說：「事實上是怎麼回事兒，妳我心裏都清楚，妳就是想挑人陪伴，也該找個像樣兒的，用不著飢不擇食亂抓撈，像王皮臉這種貨，夠妳拿來墊床腿的嗎？」

「原來你也知道發醋勁，」小玉慍惱的說：「你一走，就像風箏斷了線，連影子全沒有，我偏要拿王皮臉來氣氣你，我當真是一雙破鞋，你趿過就不要了！」

「嗨，妳這個女人，只知道這個。」葉何說：「是妳自己心裏有鬼，才把自己比喻成一雙破鞋，就算妳真是一雙破鞋，趿上了總比打赤腳好啊！」

「鬼話，誰信你！」小玉說：「你既不存心冷落人，怎麼一去這麼久，連封信也不託人捎來。」

「東洋人佔了東三省，妳知不知道？」葉何說。

小玉一聽這消息，也怔了一怔，但她仍然負氣說：

「他佔他的東三省，關我什麼事？」

「噯，我不是跟妳說過嗎，水渾了咱們好混啊！」葉何說：「難道妳忘記了？奉軍退進了關，一部分移駐西北，隊伍一多，派系一雜，咱們就容易在裏面插上一腳，搧風點火亂攪和它一陣，打去年秋天到如今，我馬不停蹄都在忙這個，妳該懂了吧！」

「我不懂，你總拿這些來搪塞我，其實，你要不要我，全在你一句話，假如還要我，你就得想法子安頓我，這該和外間的變化無關吧？」

「這次我回來，原就打算安排妳的，沒想到竟會遇上王皮臉挺屍在妳屋裏，我不信他跟妳真的沒有過什麼首尾。」葉何冷冷的說：「我替妳收拾這個爛攤子，實在有些不甘願，這附近的人怎麼看妳，怎麼講妳，我不用轉話妳自己去聽好了，……這種地方，妳還想再待下去嗎？」

「我倒不在乎旁人在背地裏怎麼說，」小玉說：「不過，我實在不想在這兒再待下去了，你若是肯幫忙幫到底，算我欠你一份情好不好？」

「妳又不是沒有本錢，」葉何有些動念說：「何必拖著欠著呢，現在就還掉算了！」

輕輕的春風在窗外吹著，黑夜是舒展的，最適於他們攤掠情慾。葉何在枕邊對她提起要她到陝北去，他說：

「東洋人和中國當局撕破了臉，佔了東三省，過不久就會出兵華北五省，山西地當要衝，老閻要擋讓他去擋好了，咱們到陝北，日子會過得安穩些。」

「真的要跟東洋人開戰，我那多富怎麼辦呢？」小玉想到她的雜種兒子，不禁擔心起來：「他在晉冀察地區，不正是東洋軍進撲的路線上嗎？」

「這個妳儘管放心，」葉何笑起來：「咱們這點槍枝人頭，是費多大的功夫才攏起來的，妳想，大頭目會那麼傻，拿他的血本朝檯上砸？他們要抗日由他們在前面去抗，咱們正好打起這個招牌去招兵買馬，那時候，閻老西他們都自顧不暇，哪還會再來捏住咱們脖頸。」

「到哪兒去由你好了，」小玉說：「不過，你得想法子幫我安排點事情幹，我們在一起沒有名份，你拖著我，我再拖著兒子，夠累的。」

「我會想法子，替妳找個能吃得飽的位置，」葉何說：「把妳這身細皮白肉餓扁了，多沒味道。這才幾個月，妳身上就顯得鬆軟多啦。」他一面說著，一面用移動的手指去印證，使小玉發出害癢的笑聲。

葉何在小玉的住處留了兩天，兩人除了飲食，幾乎沒離過床鋪，因為葉何決定先送小玉去陝北，他還得留在晉省辦他的事情，分開之前，他貪婪的要填一個飽。

「我留下一個勤務員送妳到那邊去，」臨走時他說：「我已經替妳填妥加入組織的單子，我兩人有了這樣的關係，妳在門外頭很不方便，這道護身符對妳是很重要的。另外還有很多事，妳進了門之後，慢慢就會懂得了。」

小玉很明白他所謂的組織是什麼，也明白葉何在他那個組織裏，是這一方的神秘領導人物之一，要不然，他想引領一個新人跨進門，並沒有這麼容易。她從沒有開口問過這些，她是跟著和上了。

一直當她到了陝北，她才明白葉何是一個叫康生的左右手之一，那是個陰森神秘的機關，她用色相攀上葉何，要比當年她攀上一撮毛更滿足些，因為這正是她所想的，使她能乘機拉拔她的兒子多富。

葉何答應給她的一個能吃得飽的位置，竟然是掌管一個小廚房，這是少數頭目們開小伙專用的，即使她撿點兒殘膹的，也吃得呃油了，不要說掌管廚房的人還可以先嘗啦。

市面是蕭條的，即使在大白天裏，也帶著一股子鬼氣。小玉到街口的菜市去買菜時，曾碰到當初跟隨股匪一撮毛的槍手小倪，一切都還是老樣子，只是身上換了一套破爛兮兮的灰色棉罩裝，頭頂上多了一頂帶耳翻結的軍帽而已。那是她遇上的頭一個熟人，也可說是她的老相好，她原想避過他，不要打招呼的，誰知小倪一眼就認出她來，跑過來招呼說：

「還認識吧，掌櫃的，我是小倪，當年跟妳走道的，還有小邱。沒想到轉來轉去，又轉到一堆來啦。」

「當然，怎麼會忘記呢。」小玉說：「小邱還好吧！」

「早就翹掉了。」小倪說：「妳如今在哪裏？」

小玉說了她所在的地方，小倪一聽，臉色便有些蒼白，不再說什麼，揮揮手就走開了。這使小玉心裏掠過一絲得意，足見葉何是個有權勢的，使得一般人都怕他，她一旦攀上來，對於曾經矮著身子替她當腳凳兒的下層混混們，就不必再去拉搭了。

她掌管小灶的差事，使她有機會在比葉何更上層的頭頭們面前走動，這些紅眉毛綠眼睛的傢伙們，有的粗蠻，有的陰冷，有的狡詐，有的凶狠，但有一點是相同的，那就是他們一見著她，便瞇起兩眼，不住的吸口水，眼光狠狠地盯著她，像抹骨牌似的從上到下，再從下到上抹遍她的全身。這個山窩裏的城市，多年來一直是老匪窩，像這樣的女人太少太少了，小玉一來，好像一塊帶肉的骨頭掉進了狼穴，無怪他們要騷動起來了！

她明白這個，便拚命的梳理打扮，生髮油啦，刨花兒水啦，畫眉的炭枝啦，土產的胭脂啦……她能找到的都用上了！這使她在原有的本錢之外，更添上一份土氣的風騷，果然把那些傢伙給迷住了。姓康的首先找她去抽了個頭兒，接著，有個也是姓葉的頭頭也馬上了，那兩個在嘗過味道之後，都大誇葉何這小子能幹，竟能物色到小玉這樣的尤物，來調劑調劑他們的身心。

「她做的菜好，人更好。」姓葉的頭頭說。

「如果傳進大頭目的耳朵裏，你我可就沒份兒了！」老康說：「但這是瞞不住的，早晚他必會知道！」

他們沒料錯，小玉剛來一個月，他們的大當家的耳風就刮著了，不好意思指名討人，卻帶著衛士親自跑來開會、吃飯，在桌面上一逕誇讚廚房做的菜好，再轉彎抹角的詢問是誰掌理這小廚房？老康推不過，只好把小玉叫出來，大頭目一見她，兩眼一亮，便把有意調人的話抖露出來，第三天，小玉便捲起行李，到大頭目所住的窯洞裏報到去了！

在小玉以為，掌管這兒的小灶根本就是個幌子，上床侍寢，肉帛相見才是她的正活兒，但等她接管這個小廚房之後，大頭目並沒著人傳喚她，除了廚房裏的人，她接觸到的只是一些佩短槍的衛隊。

她來後不久，衛隊的隊長來和她談話，問起她年齡籍貫，過往的經歷，婚姻狀況……問長問短的問了一大套，甚至連和誰有過親密關係都不肯漏過。她想：也許這就是身家調查吧，但她想不出一股勁的掏問這些，對大頭目有什麼用處？難道還怕人在他的菜裏下毒？這全是多餘的，至少，問不問她都沒有這個意思。

她想到葉何許諾她，要替她安排一個不餓飯的差事，到這兒，該是夠了，但她的日子反而過得不自在，不像當初走土販毒在外奔跑那麼放得開。這裏傍著一座不高的山丘，沿著丘腳，伸展著一列古舊的長牆，把這一帶圍成一個特殊的地帶，山頂上，長牆外設有許多碉堡，裏裏外外警衛森嚴，尤其是那幢開會用的大房子和毗連著的山腳窯洞一帶，更成了禁區，若是沒有召喚，根本進不去，這情形使她有些憤懣，對黃白鬆肥的大頭目，老實說她並沒有多大的胃口，但對一個男人在女人面前故作正經的搭架子，她是深感痛惡。有什麼臭架子好搭呢？剝光了還不是一個樣子！這些年來她所遇著的男人，無一不是開門見山直撲而上的，旁的都拋開不談，至少在這點上夠爽氣，大頭目把她要過來掌小灶，難道只為享口福，把飲食之下的兩個字割掉了。

不過，很快她就從廚上的人口中得到一些零星的傳言，說是這個大頭頭是有老婆的，但老婆瘦小多病，並不能滿足他的胃口，因此，他便東沾沾，西惹惹，使老婆打翻了醋罈子，雙方經常吵鬧不休。但他是個饞貓性子，改不了見獵心喜的老毛病，他們之間的明爭暗鬥，還不知何時能了結呢。

明白這原委之後，小玉便不再著急了，她要耐心著慢慢等待機會，她相信只要她有足夠的耐心，早晚她總會吊上他，腳步跨得太急促，說不定開罪了那個押寨夫人，把自己的性命玩掉。她到這裏來，得力於葉何，姓葉的在旁的地方看來還有些權勢，但在這裏根本還數不到他，出了事，他連話全說不上，幫忙更甭談了，她無法把姓葉的當成靠山。

她的心思算很靈巧，很快就發現這個小伙房是籠絡下面人的好地方，她不必費別的心思，只要把吃膩的飯菜給他們一點，去油油他們的肚腸，那些人就爭著來巴結奉承她了。

前後過了三個月的樣子，天氣逐漸轉熱，臨到了夏天，大房子裏老是在開會，歪鼻邪眼的聚了一大堆，不知在拿什麼主意，出什麼點子。小玉無法過去聽他們在議論些什麼，但她感覺到，總是在謀算別人。大熱天裏，早一場晚一場的接著開會，散會出來，滿頭滾著汗珠子，真虧他們有這種耐勁。

有一天，在大房子裏安排了會餐，她趕過去幫忙料理，這個機會她可不願意放過，特意換上月白布的短袖襖子，藏青的裙子，扣子上還別了一方鮮豔的汗巾兒，搽胭脂敷粉的，在人群裏笑著走動。她這身裝扮，算來是素淨的，但在一片灰浪裏，就顯得特別搶眼，那些高高矮矮、大大小小的頭目們，全都多看她幾眼。

一會兒功夫，大頭目過來了，握住她的手對她問話。從問話裏，使她發現這個男人始終記得她，他對衛隊隊長轉呈上去有關她的資料記得很清楚。他問起老華，問他人在哪裏？問起她兒子多富，在晉冀察邊區幹戰鬥員，有打信來沒有？接著，他誇她掌理這小伙房，菜做得很好，結尾他問起葉何有沒有來看過她？……從表面上來看，那是他對下面的關心，當眾問幾句話也很平常，但小玉明白，他的眼神和他肥厚的手掌，卻對她一個人說了旁人聽不著的話。

「我要著人去查一查那個老華，把他調回來。」他說：「妳年紀還輕嘛，這樣一直離開男人，不是辦法。」

小玉本想脫口說出來，老華並不是她的丈夫，但她想到這樣會使多富的出身弄得太複雜，就把話給嚥回去了，至於對方後面講的話，已經隱含著掩不住的輕佻，日後有什麼話，隨時有吐露的機會，不必在大庭廣眾之下去講，讓旁人背後去議論自己。

她預感的沒錯，這事過去沒幾天，一個夜晚，保衛員跑來找她，要她送消夜過去。她做好消夜送過去，大頭目並沒有動消夜，卻把她當成了消夜，品嚐了一個更次。她是依順的，甚至是狐媚的，她哭訴老華曾經坑殺了她的丈夫，用眼淚去爭寵。

「劉老頭死在獄裏，那老傢伙買妳去開懷，也夠可惡的。」大頭目說：「當然，這個華棚頭也不是好果子，等我找到他，一定替妳出氣就是了。」

「也許他跑到河北去了，在石家莊東南那一帶混，除了販煙走土，他沒有旁的本事啦。」

「葉何會替我找到他的，」那個說：「葉何沒沾過妳的便宜嗎？」

「我拒絕得了嗎？」她反問說。

「這倒是實話，在西北角上，出色的女人太少了，即使有，也少見像妳這樣放得開的，不過，」大頭目頓住話頭，臉色也沉了下來：「這以後，除了我之外，妳可得收斂收斂了，我可不喜歡和旁人共穿一雙鞋。」

小玉沒敢吭聲，因為這個人太陰沉了，他吐出的話，是一盆兜頭潑下的冷水，使她脊骨發麻；他從她眼神裏看出她的恐懼，便輕哦了一聲，臉變得軟活些說：

「妳用不著駭怕，只要把我的話聽進耳朵裏去就行了！妳穿整齊了回去吧，我需要的時候，會找妳的。」

說是這麼說，但他很少找她。使她驚奇的是：失蹤已久的老華居然回來了，還由警衛人員陪著來看她。她和老華之間，早就恩斷情絕，彼此見面，冷冷淡淡的再沒什麼可談的了，老華卻對她說了些話，說他怎樣被人找著了，把他送到陝北來的，並且向她說：

「他們告訴我，說是走土販毒又要佈新線了，妳先來這邊，知不知道？」

「不知道，」小玉說：「我早就不幹那行當了。」

她對他說話時，脊骨突然又寒了起來，使她想到大頭目那夜對她講的話，他既然著人把老華從遠處找回來，必會用替她出氣為由，把他做掉，這個晉軍的棚頭，在驚濤駭浪般的日子裏滾了十幾年，如今算是栽定啦！

老華還想和她多談談，警衛拖著他的胳膊，把他帶走了，隔了一會，警衛笑著回來向她討杯酒喝。

「他怎樣了？」她說。

「活埋掉了。」警衛說：「在山坡那邊的菜田裏，我敢打賭，明年的菜一定長得好，——得著人肥了！」

「聽起來好怕人。」她說。

「有什麼好怕的，」另一個說：「就在這前後左右，站著埋下去的，多得很呢！你只是剛來，一時還不習慣，日後習慣了就不覺得啦。」

小玉後來轉念想過，老華坑了小秦，他自己又被別人埋掉了，說起來也是該當的。追根究底，老華這次送命，全是自己在枕邊遞上的一句話，若說人就是自己殺的也並不為過。

「真的，有什麼好怕的呢！」她拿話安慰自己說：「在這種亂世，男人們都殺紅了眼，難道我華小玉就不能拔掉幾個不順意的。」

老華的事情就像風吹草，立即就吹過去了，在下一季的菜還未長大之前，多他一個或是少他一個，對這世界毫無影響，不過，緊跟著就輪到那位有財有勢的葉何了。

依小玉的想法，葉何是他們這夥人的高級幹部，在山西各地出生入死，無論如何，大頭目也不能為著一個女人，把他和老華一樣的處置掉。事實上，葉何只比老華多活了兩個月，也把命給貼上了。據說他是因為籌劃暗殺，被晉軍方面破獲，展開圍捕，遭亂槍打死的。為了悼念他，這邊還像模像樣的開了一場追悼會，編了一支歌公開演唱過，但小玉心裏總在懷疑著，形式是一回事，實質又是一回事，大頭目對這回事，是否有秘密授意，或是利用自己人在背後放冷槍把他撂倒？那就不得而知了。

過了夏天，她接到多富打來的信，字寫得狗爬似的，她請人唸給她聽，大意是說：他在晉北過得還好，經常揹著槍，這個村子竄到那個村子，仗沒有打，殺雞打狗打牙祭倒是常有，平常的日子裏，有幾句流諺可以形容，那是：催催糧，要要草，睡得暖，吃得飽，只有兩樣辦不了，一是蝨子滿身爬，一是疥瘡搽不好……他信上又說：雖沒開過火打過仗，但最近他被調升了。

升成什麼他沒講，她想，升什麼都是好的，他真是佔了多富這個名字的光，一個一個「父」倒下去，新的「父」又接了上來，做娘的褲腰鬆鬆，兒子就朝上冒冒，這倒很扯得平的。有些事不用說她也明白。她已經把兒子繫在自己的褲帶上了，要不然，大頭目會那樣關照，讓一個小肥豬似的傻子在晉北升級？

她託人回了信，說要是有機會，她希望他能過來和她見見面，多談談，但對老華的死，她隻字沒提。

外面的紛亂鼎沸著，處處是疾風和暴雨，她只是個擁抱原始本能的女人，糊裏糊塗攀上高枝，她決意不管那些風風雨雨，只護住自己和兒子就成了。有一天，她要帶著雜種兒子回交城去，和劉家清清那本老賬，把劉家的財產全拉出來攢到自己的手上。她夢見兒子騎了大馬，她端坐著，也成了叉開兩腿的老太君，除此之外，這世上的事情只是一幅圍繞著她的、活動的影畫，生的就讓它生，死的就讓它死，浮的就任它浮，沉的就讓它沉，那些都彷佛是無關痛癢了！

這個山寨隨著時間輾過，人多了起來，原先在各處混人頭的，在黑道上殺人越貨的，在流浪途中被騙誘的，誤打誤撞撞上門來的，替他們拉縴搭線的，無可投奔的罪犯，失意的政客，被裹脅來的莊稼漢……各式各類的都有。人多了，消息也就更多了，她每回到菜市去，都能聽到許多傳言，大多是關於華北五省被日軍佔據後的情況，和日軍要從娘子關進攻的消息。她不擔心旁的，只擔心多富，她半輩子換過太多男人，只結了那麼一粒果子，她非得盡力護著他不可。

還算好，她正在著急的時刻，大頭目又著人來傳話，要她準備消夜了。那時業已秋深葉落，她不得不架起爐火洗了一個澡，梳理打扮了，深夜去見他。他要她放輕鬆點，僵僵的太沒情調，她就提出外間那些傳言來，問他為什麼偏在這種辰光有心腸傳喚她。

「在旁人緊的時刻，我要鬆鬆。」他笑了起來。

「這是為什麼呢？」

「妳想在這兒上課嗎？」他說：「越是惶亂，對咱們越是利多害少，滾雪球也得要有雪才能滾，東洋人給咱們帶來了機會。」

「可是，我那兒子在晉北，一開火，他可是正在火線上呢。」

「這個妳放心，正面擋日軍的全是中央和山西的部隊，咱們的隊伍出沒在山窩水窟裏，等他們打完了，咱們跑出去捉馬撿槍，這種活，拾大糞的都會幹，有什麼危險的？」他說：「必要時，我會關照放他回來，讓妳和他母子倆敘敘舊的。」

「那我又得謝你啦，」小玉說。

「要謝不必在嘴上謝，」對方兩眼又瞇了起來：「床不就在那邊嗎？」

「我真怕你家那個押寨的……」她低低的說：「她不會撞過來，那有多尷尬。」

「她病得歪歪的，躺著過日子，哪還有精神管那許多？」對方一面舒解開靠頭的扣子，伸手拍拍嘴唇，打了個倦意的呵欠：「妳甭忘記，這只是趕夜工，吃消夜罷了，沒有什麼值得驚怪的。」

燈火熄掉了，一窗子墨藍的天板上貼著星顆子，遠處的槍和火正在煮著人，大頭目卻在床上擁著一懷的春風。有一隻拴在廚房裏待宰的雞在啼叫著，小玉心想：還叫什麼？明早上，牠就會被端上桌供這個人王進補啦！

甭看他在黑裏喘成一條疲乏的泥牛，小玉仍然脫不了驚悸，這種瞇著眼殺人的魔星，實在太變幻莫測了。他坐著不動，揮揮手就能從河北拎回老華來；更像沒事人似的，借旁人之手解決掉曾替他賣命的葉何；日後發起瘋魔症來，恐怕連他娘親老子也會拿來試刀。如今她用做女人的這點本錢押上去賭，能有什麼樣的結果，根本難以預料，看樣子，她必得時時小心，刻刻提防，萬一出了任何差錯，她所預想的，豈不是全泡了湯麼？

等到有機會見著多富，她想：我得要教他明白這一點，旁的老子他都能得罪，唯獨這個老子，千萬疏忽不得，他就是讓那孩子捧他的大卵，多富也得正經八百的跪下身去捧，只要他皺皺眉，多富就沒有混的了！

雞叫二遍時，她離開床鋪去穿衣。

「當心凍著。」那個說。

「我要去殺雞。」她說：「補補你，瞧你剛剛喘成那個樣子！」

離開熱被窩走進冷風裏去的滋味，很夠受的，小玉明白，不管她做為一個女人的本錢有多足，她攀上大頭目，也只有做一個在黑裏來又在黑裏去的幽靈，目前她只能著意的去培植她的孩子多富，使他從這夥人裏，學會怎樣保護自己，學會陰沉和殘忍。葉何是最現實的例子，他怎樣也不會想到，僅僅為了沾惹上一個女人就把命給送掉，那是他還不夠精到，在這夥人當中想要立足，疏忽一點都不成的。

就在那年的冬天，東北方面出了驚天動地的亂子，大頭目以為謀劃的事實現了，心裏高興，消夜吃得更勤，小玉也就趁機會央求他，能讓多富回來和她見見面。多富在不久之後，真的回來看她了。看樣子，還是木頭木腦的，不過談起話來，要比早時懂得的多了。由於他不太愛開口，即使說話，也帶著一股陰冷的神態，好像斟字酌句怕萬一說漏了什麼似的，這使她放心不少。她深深體會到，深藏不露在這夥人裏是必要的，也是自保的最好方法，這孩子先天的呆滯，使他並不太費勁就做到了，翻來覆去抱著那幾句話喊，旁人便很難挑剔出他的毛病來。拿葉何來講罷，他正是因為鋒芒太露，喜歡沾惹而賠上性命的。

「這回能來看妳，很不容易，」多富指著他身上穿的學生裝說：「過黃河，查得很緊。」

「不容易的倒不是在路上，」小玉笑笑：「沒人放你來，你來得了嗎？」

多富望了做媽的一眼，他童年的記憶使他不安起來，臉漲得紅紅的，想說什麼，又根本無法說出口來。這母子倆不用再說，彼此也就在不算太窘的情況下明白了。

「幹嘛這麼不樂意？」她說：「沒人閒得發慌，拿你過去去磨牙齒的，誰會挖根刨底算老賬，追究你是怎麼來的？」

「我……我……」多富有些張口結舌，說不出話來。

這使小玉明白，多富的木頭木腦，不是沒有來由的，從小他一張嘴，老華就會摑他一巴掌，後來他夢醒時，被窩裏常灌風，他摸著不同的毛腿，就嚇得噤住聲，連哭都憋在喉嚨管裏，不敢吐出來。更大的時候，看得多了，心底下結了疙瘩，加上別的孩子嘲笑，使他覺得低人一等，說話便有些口吃了。

「怕什麼呢？」她說：「怕劉家屯的人講話嗎？有一天咱們母子倆回去，我有法子封住那些張嘴，用棺材蓋子蓋住他們的嘴唇，看他們還能不能出聲！」

「對！」多富眼裏突然露出凶光來：「有機會就殺！殺光那些人。」

一種由環境加給他們的盲激的恨意，把這母子倆鎖連在一起了，小玉教給他很多穩住了再朝上竄的方法，多富說他都已經想到過了。

「其實，凡是跟著大頭目的，誰都有被拘被壓的感覺，」小玉鬱鬱的說：「恨火也是一把無情火，燒起來猛得很，連天都會變紅。」

多富只待了一天，就動身回晉北去了。做媽的仍然侍候著那個魔頭，幹著黑裏來黑裏去的勾當。這條路是她自己要走的，並不是唯一能走的，即使在血泊裏，她仍然念念不忘的希望伸出手來，撈住些權勢，讓她和她的孽種兒子分享。日子是一隻正在旋轉著的骰子，在它還沒有停止的時候，誰敢斷定它是「么」還是「六」，也正因這樣，她才要狠下心來賭它一賭，在這裏，上上下下有哪一個不是豁命的賭徒？

前段時間各方勢力角逐的結果，使某方面的籌謀全落了空，全國上下，反因此更加團結起來。各地軍閥看形勢不妙，急忙嚷出聯合抗敵的口號，願意接受國民政府的番號，在原駐地協助抗日。有一夜，小玉關心多富，對大頭目問起這件事，她說：

「各方勢力既然接受改編，這回可有仗打了罷？」

「嘿嘿，」對方啞笑著說：「這只是換湯不換藥的做法，晉北方面的仗，還得由閻老西他們去打，咱們只管敲敲鬧台鑼鼓，妳兒子不會損傷皮毛的。」

小玉知道，華北戰場上的惡戰早已展開了，那些抗日的部隊不論是中央的、東北和西北哪系的，都已捲進了戰場，在奮身浴血了，但不免也有一些企圖保存實力的地方勢力左顧右盼，雖然口號標語滿天飛，卻並沒衝著東洋鬼頭上放過幾粒子彈。她管不著這些，只管在黑夜裏叉開兩腿，替大頭目在被窩裏製造一點感覺上的春天。

於是不明內情的押寨夫人被氣得帶著病跑了！

這使得小玉由消夜變成他隨時可以取食的點心。小玉有個預感，這男人的胃口大，點心總有吃膩的時刻，等他打了飽嗝，她還繼續朝上端，那可就太沒有眼色啦。她私下早就打算過，只要他覓食到年輕中意的新戶頭，她就不動聲色的退到一邊去，留下點兒餘味，這樣，對她和她兒子多富只有好處。

十三　跟著火和血奔跑

抗戰像一把火，在高天下面延燒起來，一場又一場的戰役，在火光裏迸出驚天動地的響聲，只有西北角那塊女媧沒補完的天底下，日軍並沒有把主力部署到這裡，形成了三不管地帶，故雖烽火連天，這窩人倒沒受過什麼衝擊。

廿多歲的多富在晉北、河北的山區攪混了四年多，靠著他老娘鬆褲腰的本錢，算是幹部了，閉上眼蠻幹，放開手胡來，把人血潑洒的一地，好像是罌粟開花，他覺得有一種瘋狂的快意。

「我要再爬上去，再朝上爬一級，就算是地方上的領導幹部啦！」他心裏常有這麼一種聲音在鼓動著。果然，小玉讓他達成了她和他共同的心願，一紙派令把他調至他出生的地方——交城。

為這事，她親自陪她的兒子一起到任。

她把他帶到小梁山東南坡的劉家屯，把這個屯子，當成他們的巢穴。屯子裏劉姓的族人，立刻就認出小玉來。雖然前後相隔了廿來年，但老一輩的人都還記得當年的事。

在屯子裏人們的觀念裏，都認為小玉太沒良心，劉老頭一生吝嗇成性，桌面上落了一粒芝麻都要用手指沾了放進嘴裏，他娶了小玉進門，把她像菩薩似的供奉著，穿的戴的、花的用的，一樣也沒缺著她，她來了不久，竟然和長工小秦在暗中勾搭，弄出小三兒這個孽種，後來姦情敗露了，小秦惱羞成怒，在多霧的清早行兇，砍傷了德榮和喜榮弟兄倆，躺在田裏成了血人，當初族人原想把姦夫淫婦放在柴火堆上燒死，劉老頭兒阻攔了，他不但沒為難小玉，還給她幾十塊銀洋做路費，讓她帶著孩子，返回她徐州的家鄉去。

再後來，聽說她留在縣城沒有走，又跟一個姓華的棚頭勾搭上了，那個華棚頭心術狠毒，等小秦坐監出來，慫恿小玉和他成婚，然後再暗下手，幹掉小秦，把這本賬硬栽到劉老頭和他兩個兒子身上，一場人命官司打下來，劉老頭拖死在大牢裏，兩個兒子亡命天涯，也算是家破人亡了。

隨著時間的輾轉，鬧抗戰鬧了好幾年，大家都已把小玉和她的雜種兒子給淡忘了，誰知她竟然出現在人們的眼前，那個更名多富的小雜種，竟然成了幹部。

「劉家小娘這個妖婦，一把掃帚星，」劉老頭的一個堂弟，人管他叫東二爺的嘆說：「她這一回來，準拿族裏人開刀，咱們要遭大劫啦！」

「人總要有點良心，咱們沒有對不起她呀！」

「唉，這是在說夢話了，」東二爺說：「有良心的，會去和土匪夥在一堆攪混嗎？那小雜種奶腥沒脫，就竄升到幹部，若不狠毒的像狼虎一樣，會在血泊裏站得住？我敢說，所有知道他根底的人，他一個也不會留。」

「這？咱們該怎麼辦呢？」

「交城四鄉如今都控制在他們手裏，」東二爺說：「咱們得勸告族裏年輕的後輩們，想盡辦法逃離這裏，咱們年紀老了，逃不動了，很難脫出他們的牙縫，只有憑著一口氣硬撐持，活一天是一天。這種前有狼後有虎的日子，活著反而受罪，我算看開了，寧死也不低頭！」

東二爺他們老兄弟幾個，判斷的一點都沒錯，多富來了不久，就拿劉家屯開起刀來。他以放手發動群眾為名，裹脅四鄉百姓，先扒掉劉家屯的祠堂，把磚瓦運去砌茅坑，然後逐戶拉出來清算老賬，一場血腥的鬥爭，砍下劉家屯老一輩廿七顆人頭。

屯裏年輕一輩趁夜逃走的，他派槍兵追截，截回來的，用鐵鍊穿鎖住琵琶骨，再日夜施以非刑拷打，按上莫須有的罪行，坑的坑，殺的殺，又殺掉一大批。

「我要找到劉德榮和劉喜榮，扒掉他們的皮！」

多富罵是罵得很凶，但他卻是空發狠，因為德榮投入晉軍，正在晉西北和日軍作戰，而喜榮早已投入了中央的第十八軍，在鄂西川南一帶活動，姓華的小子就是生了滿嘴的狼牙，也啃不下劉家兄弟一根汗毛，他發狠，只是吐吐他心裏久鬱的恨意罷了！

「殺不到劉德榮、劉喜榮兄弟兩個，日後他們還是會把咱們的根底給抖露出來的。」多富對小玉說。

「不要緊，」小玉說：「日子還長得很，日後有機會誘捕到他們，他們投軍在外是事實，但這裏還是他們的老根，只要他們轉回家根來，你就不要放過機會，來它個斬草除根。」

小玉在郊野的腥風血雨裏站著，多富處死劉家屯的人，她都冷冷的在一邊看著，她恨自己出身在娼戶裏，恨她媽是個婊子，恨她掛名的爹華琴師，恨她早年的生活環境，她感受到身世的悲慘和曲折，覺得唯有用別人的血去清洗才會使她好過些，她相信多富的想法和她一樣，不管日後的新天新地在哪裏，先殺了再講，什麼叫娼婦，什麼叫雜種，落了地的人頭至少不會再出聲了罷？

「人，沒有不怕砍腦袋的！」她說。

但當多富抓到這屯子裏的宋大爺的時候，姓宋的偏就不在乎，他指著小玉母子倆大罵，指他們是得了瘋魔症了，所做的事，根本不是人做的。

「你們的刀快，要砍我的腦袋，儘管砍，但我還是要講，你們是一窩窮凶惡極的惡叫化子，永世都要揹罵名的，你們能踩平劉家屯，你們還能使世上活人都死絕嗎？娼婦就是娼婦，雜種就是雜種，日後你劉小三就是坐了朝廷，還是孽障，砍下我的頭，也變不了的！」

「砍砍砍！」小玉氣白了臉，一疊聲的叫著：「立刻就替我拖出去砍！」

多富也氣極了，著人把宋大爺的腦袋砍下來，他自己又提刀去亂戳亂剁一番，戳一刀罵一聲，宋大爺一隻眼珠被他挑出來，滾落在地上，仍然死盯著他，彷彿帶著揶揄的神情在說：砍了又怎麼樣呢？你媽還是娼婦，你還是雜種，變不了的。受了這種刺激，多富更是小船沒舵——橫了！

他在交城這個多山的縣份裏，變成了名副其實的大煞星，不單殺人無算，還毀建物、挖古墓，把古時的文物破壞無遺，彷彿任何前朝前代所遺留下來的舊的東西，都有一隻血淋淋的眼珠子在盯著他，喊著：

孽種！孽種！孽種！

小玉沒有再回陝北去，因為一度拿她當成宵夜和點心的魔頭，早已有了新歡，不再稀罕她這個已成破瓦的徐娘了。她佔住了劉老頭遺下的產業，照樣點種起罌粟來，她要多富用人屍來做肥料，好讓罌粟開花大，果子裏的漿水多，她仍然等著剷除劉德榮和劉喜榮兄弟兩個，她恐懼著這兩個人會對她施行報復。

等到抗戰勝利當年的冬天，落大雪的夜晚，多富的爪牙打聽出一個消息，說是劉家的老二劉喜榮回來了，他是從十八軍裏請假回來的，聽說有人陪他上過劉老頭的墳，小玉吃驚地問說：

「你們怎麼斷定那個人就是劉喜榮呢？」

「他耳邊有條疤，一直伸到嘴角，錯不了的。」

「那他人在哪裏？」多富說：「得趕緊派人去抓啊！」

多富帶了十幾支槍，連夜撲到劉喜榮可能藏身的地方，但晚了一步，劉喜榮和他姐姐姐夫全家都遁走了，只留下一幢空屋。多富沒抓著人，一氣之下，放了一把火，把那幢房屋全給燒掉了。在他四處追殺劉喜榮的時刻，劉喜榮已經回到了晉軍控制下的太原城。

「真沒想到勝利之後，家鄉會是這個樣子。」劉喜榮悲憤的說：「這窩子土匪把四鄉都給霸佔了，小三兒小時看不出，長大後成了豺狼性子，把屯子裏的長輩全殺光了，虧他還出生在那古宅子裏，也姓過幾天劉呢！」

「他這種根，敢情是胎裏帶的，他以為殺光劉家屯附近的人，就沒人知道他是雜種了。」喜榮的堂姐夫說。

「我要回老部隊去，」劉喜榮說：「我現在才真正明白，抗戰雖然勝利了，有小三兒這類人抓著槍橫行，咱們的仗並沒打完，只要有口氣在，咱們還是要打下去的！」

「是啊！」做姐夫的說：「我在安頓家小之後，也要到晉軍裏去掄槍管了！我見過小三兒，單瞧他的長相，倒是厚厚敦敦的，只是掛著一臉冰霜。雜種兩個字，並沒寫在他的頭上，但他手段的狠毒，卻是從古到今很難找得到的，比李闖和張獻忠更辣。恐怕真是妖魔降世的吧？」

「天下壞人也分好幾等，」劉喜榮說：「有些是壞在臉上，有些是悶壞不講，有些壞得流膿淌血，還要世界說他是好人。小三兒貌溫心毒，日後蹂躪的，恐怕還不止是這一方呢！」

華多富盤踞交城，這兩人談起來感慨又悲憤，抗戰這許多年，真正為

國為民的和日寇拚鬥，碧血橫飛，犧牲無算，國家卻已元氣大傷，日後究竟是什麼樣的局面，戰爭又會帶給人民多大的災劫，那就不是他們所能預料的了！他們能做的，只是收拾起回家耕作的夢，重新投入部隊，抱起槍桿去盡力罷了！

西元一九四七年的春天，十八軍的一部駐紮在滬濱的龍華，有個姓趙的班長班裏撥進來一個兵，臉頰上留著一條長長的疤痕，那就是劉喜榮。

「看樣子，你不是新兵。」

「報告班長，我是軍裏的老人，」劉喜榮說：「抗戰勝利後，我準備回家耕老田的，誰知老家被毀，待不住了，祇好再回部隊，就是換了單位而已。」

「你是哪年入伍的？」

「早了，抗戰前就入了伍，經過多次改編整訓，駐過很多省份。」劉喜榮說。

「這樣說起來，我倒是新人了。」趙班長說：「你臉上的傷疤，是戰場上鬼子留給你的？」

他這一問，引起劉喜榮的感慨來，便把他的一頁家史，源源本本的說了出來。說著說著，眼淚就不斷淌了下來。

戰火繼續在劫後的土地上蔓延著。

多富跟著火和血在奔跑，他變成一個出奇陰險的人，對任何反抗他們的人，展開辣手對付。靠了他和某些官面上的人物的關係，他朝上竄升著，而他的故事，早已經過劉喜榮的口，在十八軍裏傳播著。面對著一群有武裝的戰鬥的人，他倒也無法箝制。

西元一九五〇年，在一個小鎮上，已經退了役開設了小飯舖的趙班長，還常對人提起這個故事。

「咱們寧可受盡一切的苦，也不願在那裏跟他們和稀泥，一個瘋狗樣的孽種小子，居然也霸佔一角荒天，人五人六的殺人放火充殼子，它奶奶的，如果連雜種有一天都能成了霸王，這世界還成什麼世界呢？」

「甭氣憤啊，趙先生，」有個上年紀的勸他說：「你要是多翻翻歷史，你就會明白中國的頭頂上，天已經黑了多麼久了，咱們都是在眼睜睜的盼著天亮啊！……你放心好了，那個多富小雜種辦事，雖然手段很多，但老百姓卻都不會放心，他要在旁人頸子上磨刀，誰能放心得了呢？……天道好還，沒有人能永遠得意的。」

孽種

作者：司馬中原
發行人：陳曉林
出版所：風雲時代出版股份有限公司
地址：10576台北市民生東路五段178號7樓之3
電話：(02) 2756-0949
傳真：(02) 2765-3799
執行主編：劉宇青
美術設計：許惠芳
業務總監：張瑋鳳

初版日期：2024年6月
版權授權：司馬中原
ISBN ：978-626-7369-88-3
風雲書網：http://www.eastbooks.com.tw
官方部落格：http://eastbooks.pixnet.net/blog
Facebook：http://www.facebook.com/h7560949
E-mail：h7560949@ms15.hinet.net
劃撥帳號：12043291
戶名：風雲時代出版股份有限公司

風雲發行所：33373桃園市龜山區公西村2鄰復興街304巷96號
電話：(03) 318-1378
傳真：(03) 318-1378
法律顧問：永然法律事務所 李永然律師
北辰著作權事務所 蕭雄淋律師

行政院新聞局局版台業字第3595號 營利事業統一編號22759935

定價：340元

國家圖書館出版品預行編目資料

孽種 ／ 司馬中原著. -- 初版. -- 臺北市：風雲時代出版股份有限公司, 2024.05　面；　公分

ISBN 978-626-7369-88-3 (平裝)

863.57　　113002935